U0578119

# 衷变

轩胖儿 著

辽宁人民出版社

**图书在版编目（CIP）数据**

裂变 / 轩胖儿著．—沈阳：辽宁人民出版社，
2022.1
（暗夜悬疑小说系列）
ISBN 978-7-205-10383-5

Ⅰ．①裂… Ⅱ．①轩… Ⅲ．①长篇小说—中国—当代
Ⅳ．① I247.5

中国版本图书馆 CIP 数据核字（2021）第 263806 号

出版发行：辽宁人民出版社
　　　　　地址：沈阳市和平区十一纬路 25 号　邮编：110003
　　　　　电话：024-23284321（邮　购）　024-23284324（发行部）
　　　　　传真：024-23284191（发行部）　024-23284304（办公室）
　　　　　http：//www.lnpph.com.cn
印　　刷：北京长宁印刷有限公司天津分公司
幅面尺寸：145mm×210mm
印　　张：8.125
字　　数：228 千字
出版时间：2022 年 1 月第 1 版
印刷时间：2022 年 1 月第 1 次印刷
责任编辑：赵维宁
封面设计：乐　翁
版式设计：一诺设计
责任校对：吴艳杰
书　　号：ISBN 978-7-205-10383-5

定　　价：49.80 元

# 目 录

# 第一章　绑架

对于一栋 800 平方米的别墅而言，这间 70 平方米的卧室就不太显大了，房间中有一张大得夸张的床，窗帘拉得严严实实，吊顶中央的水晶大灯和四周的 LED 灯把房间照得雪亮。

床上躺着一名女性尸体，诡异的是，她的头部和身体以一个异常怪异的角度扭曲着，上身穿着职业女装和衬衫，下身只穿了职业女装的裙子，没穿内裤，裙子半向上翻着，她的眼睛圆睁，瞪着天花板，整张脸呈现出惨白色，嘴唇呈紫黑色，嘴唇边有一些渗出来的血迹，舌尖儿露出嘴边，一些黏液顺着脸颊流到了床上。

她的头发披散着，额头上有一个大拇指盖般的红点，双腿和手臂上满是暗红色的古怪符号，在尸体周围画着同样的符号。

尸体周围放着一些燃烧过的蜡烛和纸灰，死者的头顶放着一个碗，碗里有一些凝固的血液。

现场诡异而震撼，但警察依然保持着冷静，有条不紊地搜集着证据。

"借尸还魂！"阿哲脸上带着无比震惊的表情，却极力克制着情绪。

刘天昊没听清阿哲的话，把目光从尸体转到阿哲身上，轻问了一声："什么？"

"刘队，这仪式和符号像……"阿哲低声说着。

自打"极凶之地"一案后，阿哲调到了现在的派出所，负责刑事侦查，他知道刘天昊不信这些，所以话说了一半便停住了。

"死者身份确认了吗？"刘天昊不再纠结阿哲的话。

阿哲见刘天昊没再追问，暗中松了一口气，说道："确认了，张晓雪，重庆人，NY 市外国语学院的大四学生，父母是普通工人，据她同寝室的同学说，她从大三开始，可能兼职一些见不得光的职业，以翻译的身份陪人商务旅游。她的学习成绩不好，因为多门学科不及格，被学校劝退两次了，再有一次，估计就强制退学了。"

趁着阿哲介绍死者的工夫，刘天昊走到窗前，打开窗帘一角向外望去。

案发的这栋别墅他再熟悉不过了，松江路公馆 228 号别墅，开发商刘大龙的产业之一，在"画魔"一案中，刘大龙惨死在这栋别墅中。

蒋小琴性格乖张、刁蛮不讲理，刘大龙玩世不恭、自私自利，两人虽有钱，但素质的确都不怎么样，而他们性格的阴暗面无一遗漏地遗传给了儿子刘天一，在刘大龙死后，蒋小琴让刘天一跟了她的姓，现在叫蒋天一。

这栋别墅现在成了蒋天一的住所。

"松江路别墅离大学城很近，一些做兼职的学生经常出入别墅区，蒋天一是富二代，有钱有时间，闲着没事就跑到大学门口炫跑车，有很多女大学生和他都有男女关系，张晓雪算是其中之一吧。"阿哲介绍道。

"报案人是谁？"刘天昊问道。

"蒋小琴，说是蒋天一最近花销非常大，她就断了他的黑金卡，蒋天一找她又吵又闹，以断绝母子关系相要挟，未得逞后就摔门而去，离开后就没了消息，蒋小琴担心儿子，就打电话找他，但他手机关机，始终联系不上，来别墅找他，结果发现张晓雪死在房间里。"阿哲说道。

"为什么她报的蒋天一失踪案？"刘天昊听到蒋小琴的名字脑袋就大。

按说死了人，应该报的是凶杀案，但蒋小琴的脑回路不同于常人。

"据蒋小琴说，蒋天一从小娇生惯养，得不到一定会闹死闹活，可这次他闹了一下后就再也没找过她，所以才声称是被人绑架了。"阿哲说道。

"就这？"刘天昊表情有些不屑。

蒋小琴的性格乖张、自私、武断，张晓雪死在蒋天一的别墅里，报案时却轻描淡写，而蒋天一被绑架无凭无据，却要求警方立刻立案调查，两小时内必须把她儿子找回来！

"所以，我们现在查的是蒋天一失踪案？"正在验尸的韩孟丹表示极度不满。

"当然不是，我们调查的是张晓雪命案。"刘天昊从床上捏起一块未燃烧尽的黄色纸片，放在鼻子下闻了闻，说道："说到这些神秘符号和教派仪式，在 NY 市他是最擅长的。"

阿哲立刻说道："他老人家已经在来的路上了。"

"应该快到了吧……嗯……阿哲，刘队请葛青袍先生的事儿你怎么知道？"虞乘风走了过来。

在"极凶之地"一案中，葛青袍和刘天昊结下缘分，虽说刘天昊不相信术算之说，却被葛青袍的胸襟和气度所摄，两人成了忘年之交。

"风哥……你忘了我叫葛银哲，葛青袍是我叔。"阿哲挠了挠脑袋。

虞乘风想不到阿哲居然和葛青袍是这种关系，仔细打量阿哲，果然发现他和葛青袍眉目隐隐相似。

刘天昊轻咳两声："先说这起命案吧。"

韩孟丹已经完成验尸程序，边收拾器具边说道："死者女性，经初步检验，第三颈椎骨和第四颈椎骨有骨折迹象，损伤了脊髓神经，引发呼吸神经麻痹，导致呼吸停止，是造成死者死亡的主要原因。另外，死者四肢上所画的符号可能是用血画的，但身体其他部位未发现外伤痕迹，指甲内发现了一些类似皮肤的组织，很有可能是凶手的，从死者下半身的情况推测，死者生前应该有男女之事，根据尸僵的程度和尸体直肠温度判断，死亡时间应该在昨天十八点到十九点之间，就这些。"

"颈椎骨折，这就意味着是他杀！"阿哲说道。

"我搜查了整个房间，发现了死者的一套耐克运动服和一套穿过的内衣，在一个女士包里发现了死者的身份证、学生证、银行卡、化妆品、香水、凡士林油和避孕套，还有一些无法描述的情趣小玩具，此外在床头柜上发现一部没电的手机——苹果 XR 全网通，从手机壳上的激光雕刻照片上看，应是死者的。"虞乘风说道。

"补充一句，死者的女式包和化妆品等都是高级品牌货，价值不菲，还有女士内衣，也是国际知名品牌的进口货。"韩孟丹说道。

虞乘风接着说道："在别墅内发现了多人指纹，能对上号的就有十二人，其中包括死者、蒋天一、蒋小琴。在二楼书房的抽屉中发现了大量现金，粗略数了一下，有十来万，一楼客厅中还有一些古董和字画。"

"除了案发现场外，其他房间未发现有搏斗过或是清扫过的痕迹。"阿哲说道。

"这件案子疑点很多，如果按照蒋小琴所说，有人绑架蒋天一，按照蒋天一的性格，不可能束手就擒，肯定会进行一番搏斗。其次，绑架案大多数都是为了钱，但别墅里有大量的现金和古董字画，这不符合绑架案的规律。最后就是被害的张晓雪，先不说死因，单是她四肢和尸体周围的符号就够古怪。她现在还是学生身份，身上穿着的职业女装很可能玩的是 COSPLAY。"虞乘风说道。

阿哲接着说道："我查了别墅区的监控，发现昨天下午四点左右，死者一个人从别墅区门岗进入，穿的是运动服和旅游鞋，头型是马尾辫，一副学生的打扮，大约二十分钟后，蒋天一那台红色的保时捷帕拉梅拉开进了别墅区，跑车离开别墅区的时间在昨天二十三点，跑车贴了隐私膜，从监控上看不出驾驶员身份。另外，由于业主要求隐私性，所以监控只安装在别墅门岗和围墙的周边，小区内安装的监控全部撤销了。"

虞乘风接着说道："别墅内除了一些基本生活用品外，未见到蒋天一任何一件随身物品。"

"这说明什么？"一名民警在一旁好奇地问道。

"我明白了。我们先假设蒋天一不是被绑架，而是自行离开，这样他很有可能就是这桩谋杀案的凶手，死者身上的符号可能是他故布疑阵扰乱警方视线用的。事情有没有可能是这样的，昨晚蒋天一约了张晓雪来别墅玩，在过程中却用力过猛令她的颈椎损伤而死，为了掩盖杀人事实，他故布疑阵，随后又神秘失踪，至于蒋小琴报的失踪案，就是为了配合蒋天一脱罪……"阿哲有些兴奋。

他跟着齐维办了一些案子，都是齐维做主导，他学到了很多破案知识，但实战经验不足。

刘天昊暗道：阿哲有一定的天分，但推理太过草率，这应该就是齐维把他发配到基层派出所的原因，让他独立承担一些案件的侦破，对于培养他有着莫大的好处。

阿哲的话还未说完，便被一声暴喝阻止："放屁，狗屁不通，胡说八道！"蒋小琴粗暴的声音从别墅外传来，同时传来的还有执勤民警的阻拦声和越来越响的高跟鞋声。

# 第二章　罕见病症

人的生命是平等的，人格不分高低贵贱。

张晓雪在同学眼里是一名仗义的女汉子，在男人眼里是风情万种的尤物，在父母面前永远是挚爱的女儿，但在蒋小琴眼里她和蝼蚁没有任何分别，一条鲜活生命的逝去甚至比不上她儿子蒋天一的一根汗毛。

所以蒋小琴在看到别墅案件的第一时间报的是蒋天一被绑架案，而不是张晓雪死亡案。

人的生命在金钱面前被硬生生地分出了三六九等，不公平却是现实。

经过数年的磨砺，刘天昊已不再是冲动的小伙子，但依然被蒋小琴的飞扬跋扈激得肾上腺素飙升。

蒋小琴几乎是冲进别墅的，脸上的戾气能把人顶飞，她恶狠狠地瞪了阿哲一眼，又转向刘天昊，手指几乎快指到他的鼻尖上，操着一口浓浓的方言："刘警官，我已经和钱局说过这件事了，他让你立刻立案处理，告诉你，蒋天一是我唯一的儿子，富强集团和祥瑞集团的继承人，要是出了问题，你们都得下岗！"

刘天昊不怒反笑："蒋女士，我先声明三件事。第一，我们现在查的是张晓雪被害案，而不是没有任何证据的绑架案。第二，法律面前人人平等，集团继承人也好，乞丐也罢，只要符合立案条件，我们都会全力以赴查案。第三，你不顾执勤警察阻拦硬闯案发现场，已经构成了阻碍执法，进入案发现场破坏证据，我随时可以拘你！"

"这是我家，我回家怎么就阻碍执法了？怎么就破坏证据了？不要以为就你懂法律，我随便从集团找个法律顾问都比你强。"蒋小琴一向说话不讲理。

"你不要以为有钱就可以践踏法律，阿哲，把蒋女士带回拘留室冷静冷静。"刘天昊被蒋小琴的蛮横弄出了真火，他这套官话是跟着大领导学的，扣帽子的本领并不难学。

阿哲本来心里就窝着一股火，听到刘天昊的命令后，立刻掏出手铐。

虞乘风见状急忙上前阻拦阿哲，同时不断冲刘天昊使眼色。双方谁也不肯让步，都虎视眈眈地盯着对方。

"阿哲，你这副脾气怎么还不改改，都说过你多少次了。"颇具磁性的中年男人的声音从别墅外传来，声音极具穿透力，让人听后不由自主地产生信服感。

蒋小琴听到声音后，脸上的戾气瞬间消失不见，双眼慢慢闭合，深吸一口气后又慢慢吐出，再看她时已是满脸慈祥。

阿哲立刻绕过蒋小琴，向外迎去："叔！"

来者正是葛青袍！

蒋小琴看到阿哲的反应也是一愣，她万万想不到，这名小警察居然是大名鼎鼎的葛青袍的侄子。

葛青袍在阿哲的引领下进入房间，冲着蒋小琴双手合十施礼，又向刘天昊施礼，说道："刘警官，我说过，天涯海角迷案会在你手上揭露真相。"

刘天昊向葛青袍点头致意，虽说他不相信玄学，却对他的推演能力十分敬佩。

"刘警官，我可以进去看看吗？"葛青袍态度谦虚，让人很难拒绝。

刘天昊做了一个请的动作，又向阿哲使了个眼色，阿哲立刻拿出鞋套和手套递给葛青袍，令人意想不到的是，蒋小琴居然脸一红，从另一名民警手上接过鞋套，乖乖地套在脚上。

卤水点豆腐一物降一物，蒋小琴再乖张，在葛青袍面前却不敢表现出来。

当葛青袍看到张晓雪四肢和床上的符号以及尸体周围的布置后，他一向平静的脸上居然露出了一丝惊慌之色："刘警官，我知道你不信这些，但有些事很难用科学理论说清楚，就像天涯海角事件一样。"随后他叹了一口气，又说道："这些符号非道非佛，属于一个邪派所独有，配合阵法的布置，是用来镇魂的，锁住魂魄不得超生。"

韩孟丹在一旁哼了一声。

"另外，这间房子也邪气得很，应该出过不少事儿。"葛青袍向四周望着。

蒋小琴脸上露出惊讶的表情，随后又趋于平静。

"叔，您只解读这些符号，别乱说话呀！"阿哲小声提醒着。

葛青袍眉头微微皱起，对这个侄子的态度好像极能容忍，说道："好，好，不乱说。"随后他又转过头，对蒋小琴说道："蒋女士，你的戾气太重，会对事业和家庭不利，要收心养性才是，莫忘了本居士的嘱咐。"

蒋小琴立刻冲着葛青袍双手合十致敬,随后柔声地问道:"葛居士,您能帮我算算我儿子蒋天一的下落吗?"

葛青袍摇了摇头:"奇门遁甲只能推演运势,蒋女士,我只能劝你一句,向善才有一线生机,否则,任你家大业大也会灰飞烟灭。"

葛青袍不再理会一脸沮丧的蒋小琴,又看向刘天昊,说道:"刘警官,我能说的就这些,如果有需要,可以随时来我道馆!"说罢,他立刻转身离去,没有半分的拖泥带水。

"什么乱七八糟的,明明就是一桩命案,非说成是镇魂仪式。"虽说经历了"极凶之地"一案,但韩孟丹依然不相信葛青袍。

"分头行动,乘风,你去找蒋天一,他现在是嫌疑人,红色跑车是一条线索。孟丹,尸检就拜托你了。阿哲,你对属地情况熟悉,帮我继续调查死者张晓雪,主要从社会关系入手。"刘天昊说道。

"好!"三人异口同声。

蒋小琴上前拦住正要离开的刘天昊,脸上的戾气完全消失,但焦急之色仍在:"刘警官,刚才是我不对,但我家天一真被人绑架了,你得帮我救救他呀。"

刘天昊停住脚步,转头看蒋小琴,那个浑身戾气的蒋小琴不见了,现在的她就是一名丢了孩子的母亲,无助、伤心充斥在她的脸上,他心一软:"好,那您能和我说说蒋天一的事吗?"

张晓雪惨死在蒋天一的别墅里,而蒋天一又失踪不见,就算蒋天一不是凶手,至少也和此事有关,如果蒋小琴能提供线索找到蒋天一,对破案非常有利。

蒋小琴神色一黯,犹豫后缓缓地点头:"刘警官,我待在这儿有些不舒服,要不咱们换个地方吧。"

……

刘天昊已经不是第一次到蒋小琴家了,上一次来是为了刘大龙的案子,在蒋小琴别墅门口和她针锋相对。

蒋小琴原来的司机洪利换成一名年轻漂亮的女司机,女司机精明能干，比洪利更胜一筹，稳稳当当地把车开到蒋小琴的别墅后，又引领着两人进入别墅客厅，倒了两杯咖啡后，知趣地到院子外面刷车。

蒋小琴走到巨大的冰箱前，打开冰箱门，从里面拿出一个透明的恒温盒，里面装着四支针剂，针剂里的不知是什么药物，看起来碧绿碧绿的。

她把恒温盒放在茶几上，坐下后叹了一口气说道："可能是我和大龙造的孽太多，天一从小就得了一种怪病，有时候突然人就没了气息，要是抢救不及时就会死掉，我带着他看了很多家医院，都不知道是什么病。后来偶然一次机会，我认识了葛居士，他一眼就看出天一得的是一种极为罕见的病，从人类有记录以来，只有两个人得过这种病，他说有个药方可以治疗天一的病，但药方里有很多极为罕见的药物，这四支针剂就是葛居士的配方，再用西药的提炼技术制造出来的药物，每隔二十四小时就要注射一次，自打注射这种药物以来，天一就再也没犯过病。"

"二十四小时？"刘天昊听后一惊。

蒋小琴抹了抹眼泪，说道："这孩子最近花销相当大，我把他的黑金卡限额了，昨天他来找我要黑金卡授权，我没给，他打了针就离开了，到现在也联系不上……"

蒋小琴是典型的女强人，这个世界上没有任何困难能击倒她，除了她的孩子蒋天一！从蒋小琴嘴里说出的花销相当大，肯定都是千万级别的花销，绝不是普通老百姓能想象得到的。

"靠着药物保住了命，但也让他的体质变得很弱，你别看他人高马大的，实际上没什么力气，胆子也小……"

"他什么时候离开的？"刘天昊问道。

"昨天下午一点多。"蒋小琴说道。

刘天昊看了看手表，时间指向下午三点，已经超过打针的时间，蒋天一却仍未出现。

"这种针剂别的地方还有吗？"刘天昊问道。

蒋小琴摇了摇头，说道："绝对没有，有几种草药绝种了，需要人工培养其中所含的成分，产药量刚好够用。这孩子从小就受到病痛折磨，我和大龙这才对他百依百顺，也是害了他。"

"会不会是他和您赌气，这才不露面的？"刘天昊问道。

蒋小琴惨笑一声："他比谁都惜命，晚一分钟打针都不肯。"

刘天昊终于理解刚才在松江路别墅蒋小琴的表现，换作任何一位母亲，孩子有生命危险时都会激动。

"蒋女士，看来刚才我误解您了，对不起！"刘天昊一向知错就改。

蒋小琴一愣，泪水顺着脸颊流下来，连忙说道："我不需要道歉，只需要你把天一找回来，其他的都不重要。"

刘天昊点点头，说道："还有其他线索吗？"

蒋小琴抽出一张纸巾，擦了擦脸说道："他还有几个死党，经常在一起玩耍。"随后她从茶几下拿出一个便签，在上面写了几个人的姓名、电话和住址。

刘天昊接过一看，发现上面写的三个人都是 NY 市的富二代，加上蒋天一号称 NY 小四少。

"他们经常在一起喝酒作乐，调皮捣蛋的事儿没少做，也许他们会有线索。"蒋小琴说道，说话时眼神有些闪烁。

蒋小琴既然知道这三人和蒋天一关系好，肯定在第一时间找过三人，但没得到任何结果，又拿他们没办法，这才有了利用刘天昊的想法。

刘天昊看破却不愿说破，双手递给蒋小琴一张名片，说道："好吧，我会去查找线索的，但到目前为止，蒋天一还是张晓雪被害案的嫌疑人，一旦您有他的消息，第一时间联系我。"

刘天昊起身告辞，刚走到别墅院子里，美女司机立刻从劳斯莱斯上下来，走到后排座位把车门打开，对刘天昊做了一个请的手势。

美女司机化了淡妆，身上有一股若有若无的迷人香气，她无论从身材、相貌还是素质都属一流，比那些幕前的名模、明星之类的不知道要强多少倍，想不明白为什么会屈居在蒋小琴这里做一名司机。

刘天昊征求意见式地看向蒋小琴，蒋小琴勉强笑了笑，说道："刘警官，让小霜送你吧，时间紧迫。"

司机小霜歪着头冲着刘天昊笑了笑，眼中隐约带着桃花之意。刘天昊点头致意后坐在后座，还未关车门，手机就响了起来。

"昊子，蒋天一的车找到了，在鸿翔路。"虞乘风的声音从话筒中传出。

提起鸿翔路，刘天昊又想起"冤魂"一案中王佳佳出车祸的地方就是鸿翔路。司机小霜正要关车门，却被蒋小琴把住手。

"人不在车里，但发现了一些线索，你过来看看吧，孟丹已经在赶来的路上了。"虞乘风一向以老实人自居，很少会掩饰情绪，语气兴奋就说明他发现了有用的线索。

"美女，鸿翔路，快！"刘天昊说道。

蒋小琴立刻打开车门坐在副驾驶位置："我也去！"

他没有理由拒绝一位寻找孩子的母亲，只好点了点头。美女司机发动汽车，踩下油门，劳斯莱斯 6.7 排量的 V12 的发动机怒吼着带着巨大的车身向前驶去。

# 第三章　第三人

跑车性能好，但对路况的要求也很高。鸿翔路属于城市边缘地带，道路年久失修坑坑洼洼，不适合跑车行驶。但这段路人烟稀少、荒凉广阔，没有路灯和监控，每天经过的车辆只能用两位数来计算，如果凶手弃车逃跑或者是换乘车辆，选择这个路段再合适不过了。

红色保时捷帕拉梅拉 turbo 巨大的宽体轮胎和双管尾喉代表着强大的抓地力和动力，驾驶位的车门呈打开状态，露出骚红色的真皮座椅和极为奢华的内饰。

跑车周边三米范围被警戒带围着，一名交警把摩托车停在车后面五十米左右的位置，指挥着偶尔过往的车辆。

韩孟丹高高挽起的发髻、黑边眼镜和认真的态度让她充满了知性与智慧，看到刘天昊后，她停下手上的工作，说道："刘队，在车后座地板上发现一些疑似唾液黏液状物质，另外还有一个针管和一团带血的无菌棉球，针管上没有指纹，方向盘和挡把被人擦拭过，在方向盘下方发现半枚模糊的指纹。车钥匙还插在钥匙孔里，但电瓶已经没电了，车上有一股女士香水的味道，应该是香奈儿五号。"

指纹需要达到一定的完整度才能进行对比分析，半枚且模糊的指纹一般都会采用模糊对比的方式进行，不但效率慢，且不精确。

当蒋小琴看到后排座地板上的黏液时，神色立刻黯然下来，嘴里喃喃地说道："是天一，肯定是天一。"

蒋小琴不止一次看到蒋天一发病，每次发病时他都呈假死状态，口腔中流出的黏液和车里留下的一模一样。

刘天昊在车身四周转了一圈，发现车身前底盘有剐蹭的痕迹，用手摸了摸，应该是刚刚剐蹭的，后门处地面发现有重物拖拽过的痕迹。

沿着拖拽的痕迹向前走了一阵，发现地面上有一颗白色的纽扣，拖拽痕迹戛然而止。

蒋小琴也跟着走了过来，看到纽扣后，立刻说道："这是天一衬衫上的纽扣，这件衬衫是我去荷兰时给他定制的，他不太喜欢和别人穿一样的衣服。"

虞乘风走了过来，说道："刘队，交警已经从海燕系统调取了监控录像，我发你微信了，从目前的线索看，开车的是一名男子，戴墨镜，看不清长相，发型看起来像最近流行的各种娘炮男团的发型，发色是黑色掺杂着黄色。"

刘天昊打开手机，仔细看着截取的几段录像，突然他眼睛一亮，又操作着手机倒回去看了好几遍，随后走到跑车旁，说道："孟丹，你看看这段。"

手机画面是海燕监控系统的录像，可以清晰地看到驾驶位置坐着一名男子，穿着和发式都比较时尚，戴的太阳镜应该是雷朋飞行员版的，开车的人并未戴手套，在录像第三十二秒的时候，驾驶员打了一个喷嚏，随后他抽了一张纸巾擦了方向盘正中间的位置。

韩孟丹立刻会意，在方向盘和仪表盘上提取着喷嚏的残留物。

"从这点上看，驾驶员并不具备反侦查能力，而且经过那么多海燕监控系统，他不可能跑得了，按说不会在事后清理跑车上的痕迹，这就说明清理方向盘上指纹的另有其人，但是这人还是大意了，漏掉了半枚指纹。"刘天昊分析道。

"有道理，清理指纹的人是用车上的湿巾擦拭的，擦了方向盘外圈和大部分内圈。"韩孟丹说道。

"这个人有些像小武。"蒋小琴看着刘天昊的手机画面说道。

"小武是谁？"刘天昊问道。

"就是我之前说的 NY 四少其中的一个，小武的父亲是做服装生意的，做得很大，小武和天一的关系最好。"蒋小琴说道。

刘天昊拿出之前蒋小琴写给他的便签，上面有个叫武彦斌的人，按照电话号码打了过去，却转到了小秘书台上。

"蒋女士，武彦斌的身高和体重您知道吗？"刘天昊问道。

蒋小琴的手比画了一下，说道："和我差不多吧，反正挺袖珍的，可脾气暴着呢。"

刘天昊点点头，说道："蒋天一的身高和体重和乘风差不多，乘风，你坐进后座，咱们模拟一下。"

虞乘风二话没说，钻进了跑车的后座，后座很狭窄，他按照口腔黏液的位置躺下来，整个人只能蜷缩起来。刘天昊打开车门，用力向下拖虞乘风，随后又抱着他的上身沿着拖行的痕迹继续拖了一段，拖到发现纽扣的位置，刘天昊才把虞乘风放下，喘了一口气说道："疑点比较多。"

蒋小琴急忙问道："刘警官，怎么样？"

刘天昊沉吟一声，并未回答蒋小琴的问题，说道："能拖动蒋天一这样体重的人，肯定在体力上很好，武彦斌是典型的小娘炮，细胳膊细腿，拖蒋天一会非常吃力，但地面上的拖痕却是一气呵成，说明这人的体力只在我之上，不在我之下，绝不是武彦斌。"

"可能有第三人。"韩孟丹说道。

虞乘风从地上爬起来，拍了拍身上的土："刘队，你注意到跑车的驾驶位置的座椅了没有？"

刘天昊又走到跑车旁，看到主驾驶位的座椅空间很大，如果是武彦斌这样身材的人开车，需要腿尽力地向前伸着够油门和刹车，肯定不舒服。

"的确很奇怪。"刘天昊摸着跑车的车顶说道，沉默了一阵后，他又开口道："张晓雪的死亡时间是昨天十八点到十九点之间，蒋天一跑车离开别墅的时间是二十三点，这期间有四个小时，当时的蒋天一体内的药剂还在起作用，应该没犯病，那他当时在做什么？"

蒋小琴立刻接道："刘警官，天一看起来有些狂妄，其实胆子很小，平时连只鸡都不敢杀，别说是杀人了。"

韩孟丹听后冷哼一声。蒋小琴这句话本身就有问题，现代社会是一个分工极为明确的社会，别说是蒋天一这样的家庭，就连普通老百姓都用不着自己动手杀鸡，蒋小琴居然能说出这样的话，会让人感到有些怪异。

刘天昊把头撇过去，心里暗自想到：还有张晓雪身上的符号，蒋天一和武彦斌两人为什么要在死者的身上画这些东西，葛青袍说符号和仪式带有镇魂的意思，张晓雪不过是蒋天一的玩物，两人之间没有任何仇恨，为什么要镇住她的魂。

"再找不到天一，他会死的。"蒋小琴脸上的戾气再次出现。

"另外，从昨天二十三点到今天下午一点的十四个小时，武彦斌应该和蒋天一在一起，武彦斌知道蒋天一的病情，他为什么不送蒋天一回别墅打针，反而也失联了？"刘天昊自言自语道。

虞乘风皱着眉头盯着手上装有针管的证物袋说道："这个针管会不会是蒋天一发病后武彦斌给他注射的？"

蒋小琴立刻摇了摇头，说道："不可能，小武不学无术，还怕见血，别说是给人打针，他自己打针都害怕。"

"孟丹，张晓雪的尸检结果出来了吗？"刘天昊问道。

"没，这不半道儿就把我叫出来了嘛，我让老李正做着呢，应该快了。"韩孟丹回答道。

"好，孟丹，把车拖回队里进行检测，让技术科加个班，要快，张晓雪尸检报告也要尽快出。乘风，咱们去找武彦斌。"刘天昊说道。

"我送你们去吧。"蒋小琴立刻说道。

刘天昊知道蒋小琴并不是真正的热心，而是在尽可能的情况下提供便利条件，目的是为了尽快找到她儿子。

"好，车留给孟丹，咱们坐蒋总的车。"

劳斯莱斯又风驰电掣般地向市内驶去。

……

武彦斌所住的是一个非常高档的小区，安保制度非常严格，告知就算是警察办案也得上报保安主管，好在有蒋小琴这样的大咖在，一个电话便把保安搞定，车顺利地进入小区内。

跑过来的保安恭敬地跟着众人，三十来岁的模样，一身保安的衣服穿得笔挺，走路时挺直了腰板虎虎生风，看样子应该是复原的退伍兵，他向刘天昊问道："您就是大名鼎鼎的神探刘天昊吧？"

刘天昊笑了笑，说道："是刘天昊，但不是神探，对了兄弟，你最近见过武彦斌吗？"

保安说道："武大少啊，有两天没见了，他要是回来，那车叫保时捷的帕什么拉的，声音很大，整个小区都能知道。"

武彦斌开的也是一辆保时捷帕拉梅拉，这是 NY 四少的标配车型。

趁着坐电梯的工夫，保安向刘天昊等人介绍了武彦斌的情况。武彦斌住的是顶楼，独居，偶尔会有一些朋友来他家玩，都是通宵喝酒作乐，和楼下的邻居们闹了几次不愉快，警察和物业都介入过，但像武彦斌这种人根本不会在乎这些，依然我行我素。

下了电梯是一个非常宽敞的走廊，一层只有两户人家，保安径直走到一扇门前按下门铃。

"两边都是他家，打通了的，楼上还有一层，是跃层。"保安指了指上方说道。

刘天昊手机微信响起，是韩孟丹发来的检测报告和武彦斌的资料。

蒋天一的跑车后座发现的黏液和棉球上的血液经过 DNA 检测，确认是蒋天一的，针管中残留的液体是肾上腺素，作用是缓解蒋天一的症状，肾上腺素缓解症状只能缓解一时，一旦再次病发，死亡的概率会接近百分之百！

留给刘天昊的时间已经不多了。


# 第四章　死神代言


武彦斌长着一张任谁看了都会厌烦的脸，歪嘴斜眉大龅牙，额头和颧骨凸出得很厉害，稍微扬起点脸来，鼻孔就会朝前，和弱小的身子相比，脑袋就算是很大了，这样的相貌和身材要不是家里有钱，无论如何也称不上 NY 四少。

身高不足一百六十厘米，体重五十公斤，胳膊和腿很细，感觉提个稍微重点的水桶都会把胳膊弄断，头发有黑有白，靠近上端部位焗成了黄色，头型是经过精心设计过的，给他奇丑无比的相貌算是加了点分。

他在念高中时就被父亲强行送到英国读书，一直读到大学毕业后，又进修英国华威商学院 MBA，虽说没读明白，却为父亲结交了一批商业奇才和大咖。

武彦斌的父亲是名商业奇才，白手起家后积攒了很多产业和资金，身家十几亿，在 NY 市也是数一数二的风云人物。

武彦斌最大的爱好就是玩车，通过超跑俱乐部认识了蒋天一等人，时间久了，便混出了名堂，与另外三人被称为 NY 四少。

韩孟丹一向是瞧不起这些自认为是少爷的人，所以在和刘天昊通电话中带着的都是满满的贬义："方向盘和仪表盘上喷嚏的残留物经过对比，确认是武彦斌留下的。武彦斌的近照是从王佳佳的新闻上截下来的，发型、装扮和从海燕监控系统看到的相似度很高。"

"开车的人就是武彦斌。"刘天昊说道。

"可惜，那半枚模糊的指纹可能因为缺失部分太多，对比没有结果，技术科正在做还原处理。"韩孟丹在电话里说道。

到目前为止，张晓雪被害的案子和蒋天一有关，蒋天一的失踪又和武彦斌有了联系，只要找到武彦斌，这件事儿就算有了眉目。

但还有一个疑点，就是跑车前底盘拖地，如果说是武彦斌开的车，他应该很熟悉跑车才是，就算路况不好，也会升高空气悬架避免底盘拖地，结合给蒋天一打针救命的线索，有可能除了武彦斌之外还有第三人的存在，那半枚指纹很有可能属于第三人。

案件的复杂性出乎刘天昊的意外。

"老李叫我过去，估计是张晓雪的尸检报告出来了，一会儿再通电话吧。"

"好，随时发给我。"刘天昊挂了电话。

门铃响了一阵又一阵，却没见反应，刘天昊看了看手表，时间已经指向下午五点，已经超出蒋天一针剂失效四个小时。

"刘队，用不用找开锁的过来？"虞乘风问道。

刘天昊摇了摇头，现在还无法确定武彦斌是否犯罪，贸然打开门搜查犯大忌，若是早两年，他肯定会毫不犹豫地打开门进行搜查，但经历过诸多事件后，他懂得了稳重才是办案之道，尤其像武彦斌这样的人，处理不好会对案件造成极大的阻碍，于是他再次按了门铃。

走廊中的感应灯灭了，保安跺了一脚，灯又恢复了亮度。刘天昊无意中向走廊顶棚看了一眼，灯罩旁边有一个小黑点，他向后退了两步，靠近防盗门向灯罩看了看，笑了一声，说道："看来什么事儿都有她的份儿，这回找武彦斌的事儿有着落了。"

虞乘风顺着他的目光看了一眼小黑点，立刻想到了针孔摄像机，略有所悟地问道："王佳佳？"

最近王佳佳报道了很多关于NY四少的事儿，其中大幅报道都是关于武彦斌的。

刘天昊拿起电话开始拨号，电话拨通后王佳佳充满激情的声音传了出来："大侦探，终于想起我来啦，上次天涯海角别墅案害得我记忆受损，你也不来医院慰问我一下，还没有孟丹够意思。"

刘天昊轻咳了两声，说道："我这不是忙嘛，本来想和孟丹一起去看你的，啊……那个佳佳，我有件事想找你帮忙。"

"可以，不过……"王佳佳拖长了声音，随后惊叫一声，响起几声鼠标和键盘的敲击声，又说道："呀，你在武彦斌家门口，他犯了什么事儿了吗？"

刘天昊冲着灯罩的小黑点笑了笑，说道："有件案子可能和他有关，想找到他。"

"摄像头布置得那么隐蔽都被你发现了，看来这个世界上瞒得过你眼睛的事儿不多了。"

"你跟了武彦斌有半年了吧，说说吧。"刘天昊呵呵一笑。

"哦哦，他前天就离开家了，没开车，打车走的，去哪了就不知道了，反正没离开NY市，但也一直没回家，没去他名下的房产住，各大宾馆也没有他的入住信息，神秘失踪了。"

"你为什么调查他？"刘天昊好奇地问道。

"这人是 NY 四少之一，人丑花边新闻又多，现在的媒体不就是炒作完了明星炒作富豪，炒完了富豪炒富二代，富二代低调了再炒官二代，你看看热搜上满屏都是这些人的屁事儿，某人怀孕了，某人睡觉时放了一个屁把邻居崩醒了，某人在机场和安保干起来啦，特没意思，不过为了生存也得报啊，在没有悬疑大案的空档期，我就盯上了 NY 四少喽。哎，你最近有没有悬乎点的案子啊，来个专访呗。"王佳佳发起牢骚来绝对比很多嘴炮要厉害得多。

"你先说他的事儿，随后我和你说我现在跟进的这件案子，保证有噱头。"刘天昊及时把话题拉回来。

"好啊！最近四少中有两人去英国留学了，就剩下他和蒋天一了，听说蒋天一被他妈收回了黑金卡，没钱作不起来了，能作妖的就剩下武彦斌了，我就布下了天罗地网，搜集他的花边新闻，赚点眼球，不知为什么，他最近也老实很多，让人有些失望啊！"王佳佳在电话里感叹着。

走廊中很静，王佳佳的话每个人都听得清清楚楚，听到这里，蒋小琴脸上露出了一丝凶狠之色，她怎样对蒋天一是她的家事，但一名网络记者却把隐秘的事儿搞得清清楚楚，并随时可能爆出来，怎能不引起她的恨意？

刘天昊突然想起动画片《名侦探柯南》了，网友们称呼柯南为死神的代言人，走到哪里人就死到哪里，王佳佳的情况好像也差不多，每次她盯上的事儿总会和 NY 市一件大案挂上钩，总之很邪门！

"你想找他呗？"王佳佳话中有话。

"就知道你有线索，先帮我找到人，条件随后任你开。"刘天昊说道。

"行，一会儿我给你发个定位，你现在赶过去，咱们在那儿会合。"

……

NY 市是一个现代大都市，到处都是高楼大厦、钢铁巨物，但也有一些地方以城中村的形式存在，有山有水、垂柳遍布，人们过着相对悠闲的日子。

当刘天昊开着车来到狭窄的街道时，王佳佳立刻从红色宝马五系上下来，冲着他挥了挥手，示意他把车停在路边。

眼前是一间比较旧的房屋，好像早年的四合院，但比四合院要大一些，整栋建筑不是仿古，完全就是一栋来自于古代的建筑，在不远处一群人忙碌着，摄像机高高地架着，灯光师不停地调整着角度。

城中村因为景色仿古、建筑仿古，已经成为影视人取景的好去处。

"武彦斌在这儿？"刘天昊问道。

王佳佳耸了耸肩，说道："我也不敢确定，但有个做媒体的朋友这几天在这儿拍片儿，拍好的成片发给我让我把关，有个镜头正好把他扫了进去，武彦斌这个人打扮很招摇，比较容易认出来。这附近都是老居民了，只有这户人家比较神秘，很少出头露面，有人想借景就联系了屋主，却被严厉拒绝，我推断屋主肯定不差钱，要不这种院子租一天要两千块呢！"

"如果武彦斌在城中村有个据点，一定是这家喽？"刘天昊问道。

王佳佳眼眉挑了挑，走上前拿起古老的门环准备敲门，却发现门环下方有一个洞，里面是摄像头，在旁边还有一个红色的按钮，看样子应该是门铃。

刘天昊蹲下身子，捏起门槛上的一块泥，用手捻了捻，泥外表是干的，里面却还湿润。

"这栋房子有后门吗？"刘天昊问道。

"有，绕过去就是。"王佳佳指着旁边的羊肠小道说道。

"你继续！"刘天昊站起身朝后门跑去。

王佳佳按下了红色按钮，隐约听到宅子里传出一阵轻柔的门铃声音。

……

武彦斌做事一向招摇，对王佳佳这样的媒体从来不屑一顾，用他的话说，这种小记者根本入不了他的法眼，愿意怎么爆料就怎么爆，反正他不在乎。

别看这栋宅子在外表看起来很古老，但里面的设施绝对是超现代的，他懒洋洋地半躺在一张摇椅上，听着暴躁而激情的黑人说唱，形成了比较诡异而鲜明的对比。

一阵轻柔的铃声传来，他拿起遥控器点了几下，投影仪在对面的墙上立刻投射出大门外的画面，王佳佳站在门口顺着门缝向里面看。

武彦斌冷笑一声，自言自语道："不愧是 NY 第一狗仔，居然能找到这儿。"

他叹了一口气，起身关了音乐，开始收拾东西。

这种宅子用的是他的一名远方亲戚的名义买下来的，为的就是在需要的时候充当避难所，他最近流年不顺，连续遇到了几件让他极为头痛的事儿，不得已才躲在这里，没想到却被误打误撞的王佳佳堵个正着。

狡兔三窟，武彦斌本打算沉寂一段时间后再离开 NY，可王佳佳的出现打破了他的计划，一旦曝光他的行踪，可能要面临的不单单是承担法律责任的事儿，还有更可怕的，因此他只得临时改变主意，立刻就走。

他背着一个背包迅速朝后门走去，刚一出门，就见一个魁梧的大汉站在他面前，他下意识地推了一下对方，怒吼道："滚开！"

令他意想不到的是，对方一出手就把他拿住并死死地按在墙上，一阵剧痛伴随着手腕的冰凉传入大脑。

# 第五章　蠢猪计划

武彦斌这种人如果不是一举击溃，就很难再有所突破，所以在审讯之初，刘天昊便把所有的证据都摆在武彦斌的面前。

海燕系统的录像和截图，残留肾上腺素的针管，一份蒋天一跑车方向盘上喷嚏的 DNA 检测报告，还有一份 DNA 检测报告来自于死者张晓雪指甲里的皮肤组织，皮肤组织是武彦斌的。第三份是张晓雪体内残留精子的 DNA 报告，也是武彦斌的！

同时在张晓雪的体内发现乙醚的代谢物，这就意味着她被人用乙醚麻醉，实施不可描述行为后再残忍杀死，并在她身上和周围弄些古怪的符号扰乱视听。

武彦斌坐在审讯椅上，眼睛瞪得圆圆的，满脸不可思议，过了好一阵，他的脸上出现怒意："莫名其妙，真是莫名其妙，我要找我的律师！"

"根据这些证据，可以确定你就是杀害张晓雪的凶犯。如果你不老实交代，这个门你都出不去。"韩孟丹重重一掌拍在检测报告上。

"杀了谁？张晓雪？"武彦斌白了韩孟丹一眼，随后发出一阵令人厌恶的冷笑。

韩孟丹和刘天昊并未说话，只是冷冷地盯着武彦斌。

武彦斌感到了气氛的变化，脸上现出一丝慌张，抬起头与两人对视了好一阵，又看向审讯桌上的证据，才说道："我都不知道你们在说什么，那些事和我有什么关系，我……"

"张晓雪死在蒋天一的别墅了，她生前和你有过两性接触。蒋小琴报案说蒋天一被绑架了，在此之前，除了张晓雪就只有你和他接触过！"刘天昊的眼神像毒刺一样盯着武彦斌。

武彦斌愣了一阵，一脸无辜地说道："这他妈的都是什么事儿。"

"法律只相信证据。"刘天昊说道。他看出武彦斌乱了阵脚，不出三分钟，他肯定全招。

武彦斌摇着头叹气，眼睛向棚顶方向看了一阵，最后卸了一口气，猛地点了点头说道："行，我都说。我是吸毒了，而且……用乙醚弄翻了张晓雪，然后……但我没绑架人，更没杀人，任何人！"

"蒋天一人呢？"刘天昊问道。

武彦斌把头歪向一边，沉默着。

"你是个很讲义气的人，蒋天一有先天隐疾这件事你知道吧？"刘天昊看了看手表，接着说道："现在已经超过药效八个小时了，他随时可能丧命。"

武彦斌犹豫着，两手攥得紧紧的，眼睛急速地眨动着，牙齿不断地咬着嘴唇。

"换句话说，找到蒋天一是你洗脱嫌疑的关键，如果找不到他，你解释不清，所有的锅都得你来背，那么……"

武彦斌打断了韩孟丹的话："行了行了，先扣我一顶高帽子，然后再给一棒子，你们警察这套玩法早就领教过了。但我不和你俩计较，不过我说的这件事得替我保密，尤其是蒋小琴，绝对不能让她知道，否则，我爸的生意就完了。"

武彦斌的父亲是做服装生意的，而蒋小琴公司的主要业务是房地产业，任谁也想不明白两者之间有什么关联。但现在不是刨根问底的时候，刘天昊略加思索后点了点头。

"其实所谓的 NY 四少都是外界对我们的称呼，我们四个人只有我和天一关系好一些，另外两人和我俩不同路，至于我和天一之间的关系也很微妙，到了我们这种程度，钱多钱少都差不多，反正都是花不完。"

……

张晓雪是个非常漂亮又迷人的女孩儿，能用笑容同时征服蒋天一和武彦斌的女人并不多，她是唯一的一个。

她的生活非常奢靡，程度甚至超过了所谓的 NY 四少，要想和她约会，非超跑不坐，送的礼物低于十万的她会拒收，很多富商给她几万元的现金，她甚至连看都不看。

张晓雪是商务模特，却不是什么人都接待，武彦斌这种虽说有钱但是人长得有些丑的人，她不太愿意接近，虽然这样做得罪了一些人，却让她显得更加孤傲、高冷，身价倍增。

蒋天一在她身上很舍得花钱，为了博她一笑，甚至把 NY 市所有的玫瑰花全买下来，雇用了几百人的团队，在万达广场建一片花海。

和武彦斌一样，蒋天一没有职业，具体说他们的职业就是花钱，因为父母给他留的钱几辈子都花不完。但蒋小琴对蒋天一最近的几笔大项花销非常不满意，张晓雪只是个商务模特而已，这还是朝好听的说，无论怎样，也不可能进蒋家的门。

所以蒋小琴就停了蒋天一的附属黑金卡，每个月只留一万元的生活费，这点钱对于大手大脚惯了的蒋天一根本就是杯水车薪。

蒋天一找到武彦斌借钱，武彦斌的父亲对他要求比较严格，给的钱勉强够用，要是救急用还能拿出点钱来，但蒋天一是作为日常消耗和追求张晓雪的钱，要持续不断地输出。武彦斌也喜欢张晓雪，知道蒋天一为了张晓雪花钱却向他借，就算有钱他也不可能借。

但武彦斌不愿得罪蒋天一，因为他父亲在新开辟的生意上和蒋小琴有很多交集。他个子不高智商也比较差，给蒋天一出了一个馊得不能再馊的主意，假装被绑架，然后让蒋小琴打钱给他。

神经稍微正常一点的人都不会想出这样的馊点子。

当武彦斌逻辑混乱地把整个计划说完时，心烦意乱的蒋天一居然同意了，而且并未提出任何质疑，他们的计划其中很重要的一个人物就是张晓雪。

按照武彦斌的计划，先让蒋天一把张晓雪约到别墅，由他来当绑匪，迷昏张晓雪，然后制造绑架蒋天一的假象。按照张晓雪的冰雪聪明，她很有可能在醒来时看破这个局，但她应该不会说破，因为她知道蒋天一这样做都是为了她！

有了人证之后再加上勒索电话，爱子如命的蒋小琴肯定会瞒着警方给绑匪打钱。

……

听到这里，刘天昊和韩孟丹对视了一眼，各自心里暗地偷笑，两名受过高等教育的富二代，居然能策划出这样一个蠢猪般的计划，而且还真的执行了下去！

武彦斌感觉到二人的态度，脸一下红了起来，嚷道："哎，二位警官，你俩啥意思，觉得我智商特低是吧？"

刘天昊清了清嗓子："你继续说吧。"

武彦斌冷哼一声，撇了撇嘴继续讲着。

……

武彦斌的计划是利用蒋天一得到张晓雪，他知道蒋天一身体有隐疾熬不住，又死要面子，肯定会让武彦斌出面取药，武彦斌就可以趁机回到蒋天一的别墅。

武彦斌故意把车开得很猛，急速起步、急速刹车、急速拐弯，虽说蒋天一也是开车高手，但开车和躺在后座上的感受截然不同，把车开到NY郊区后，一直躲在后座的蒋天一就感到身体有些不对劲，但分不清是晕车还是犯了病，于是让武彦斌把车停下来。

用老一辈的话说：色字上头，智商落地。

武彦斌心中暗喜，他的计划已经成功一半，他知道蒋天一不可能让他把车开走，自己在马路边傻等着，于是便主动提出打车回去拿药。

蒋天一犯病在武彦斌的意料之中，但存放药物的地方却出乎他的意料，蒋天一告诉他药放在母亲蒋小琴家时，武彦斌立刻打了退堂鼓。

武彦斌天不怕地不怕，唯独就怕蒋小琴，不单单是她和他父亲之间的生意问题，他天生就怕蒋小琴，一听说要去蒋小琴的别墅偷药，他差点吓破了胆，立刻拒绝，提出趁着事情没闹大之前把蒋天一送回家。

蒋天一哪肯罢休，说如果不帮他，就搅黄武彦斌父亲的生意。武彦斌立刻翻脸，说老一辈人的事儿不能掺杂在一起。蒋天一不肯松口，两人差点打起来。

蒋天一知道武彦斌有顾虑，担心事后蒋小琴找他算账。但依照蒋小琴的性格，要是知道蒋天一被绑架的事儿，应该不会报警，几千万对于她来说九牛一毛，付款赎人才是她会做的。

武彦斌想了想，最终还是答应下来，于是他打了一辆车回 NY 市区，到了蒋小琴家附近时，他又打了退堂鼓，万一让蒋小琴抓到，绝不是帮蒋天一偷东西这么简单，蒋小琴的报复心很强，很可能会殃及他父亲的生意，这样的话，整个家族都不会放过他！

他想了想，最终决定去蒋天一的别墅。虽然偷不到药，偷腥还是要偷的。武彦斌有一些反侦查意识，没从别墅正门进入，而是找一处比较矮的墙跳了进去。

让他感到幸运的是，当他进入蒋天一别墅时，张晓雪还躺在地上，乙醚对每个人的效力会因体质不同有所不同。

长年的酒色生活已经掏空了他的身体，武彦斌时不时靠着吸毒来提起那方面的兴致，他在客厅吸了毒后兴致大涨，向张晓雪猛地扑了上去……

快接近尾声的时候，张晓雪晕晕沉沉地醒来，巨大的疼痛让她下意识地抓武彦斌的后背，在她的指甲里便留下了武彦斌的皮肤组织。

武彦斌趁着张晓雪迷糊、浑身无力的工夫，又用乙醚迷昏了她，把她安顿在床上后，他离开别墅打车去找蒋天一，没拿到药可以随便找一个理由推搪掉，如果蒋天一病发，借机会把他送回去，这个不太靠谱的计划蒋天一不会说，蒋小琴也就不可能知道，一切安好！

令他想不到的是，意外再次发生，蒋天一的跑车已经不在原处，他感到事情有些不妙，便壮着胆子给蒋天一打电话，电话却已经关机！

蒋天一有个习惯，就是手机会二十四小时开机，随时有事随时可以找到他，这是蒋小琴提出的要求，为的就是随时可以确定他还活着，可他现在居然关了机！

……

武彦斌的一只手已经解开了手铐，捏着一根烟猛地抽着，满脸堆笑地说道："刘警官，韩警官，我就知道这么多，其他的事儿和我没关系，张晓雪你们也知道，商务模特，大不了我给她家属十倍、百倍的经济赔偿，吸毒这件事儿吧，也算不上什么大事儿，我认了！"

武彦斌的小聪明起了作用，针对目前所知的几件事避重就轻，企图逃脱法律制裁。

"你从蒋天一别墅离开时，张晓雪什么状态？"刘天昊问道。

"好好的，我怕她当时醒来和我急眼，于是我用乙醚弄晕了她，我怕乙醚过量把她弄死了，还特意测了测她的心跳和呼吸，好得很呢，我给她穿好衣服，放在床上就离开了。"武彦斌说道。

"给她穿的是什么衣服，我需要细节。"刘天昊说道。

武彦斌偷偷白了刘天昊一眼，说道："穿的是一套制服，天一就好玩制服诱惑，内裤找不着了，当时不知道扔哪儿了，就没给她穿。"

都对上了，职业装，没穿内裤！

"还有吗？"刘天昊问道。

"没了，然后我就走了。"武彦斌嗤笑了一声，随后又说道："难不成我还要留下和她结婚不成？再好看也是商务模特，我可不像天一！"

刘天昊把一张死者四肢上画的符号的照片放在他面前，说道："看看这个。"

武彦斌看了一眼，说道："什么乱七八糟的东西，没见过！"

……

武彦斌把所有的话都说完了，也知道自己不会有太大的罪，心情又放松下来，恢复了纨绔大少的模样，眼睛时不时地瞄向韩孟丹。

"签字！"韩孟丹猛地把笔录拍在他面前，吓了他一跳。

"既然你什么都没做，为什么还要躲起来？"刘天昊问道。

"我真没说谎，我躲起来是怕蒋小琴找我，这娘儿们太厉害，每次见她我都打怵。"武彦斌苦着脸说道。

"行吧，你先冷静冷静，不急！"刘天昊和韩孟丹拿着笔录走出审讯室。

两人回到办公室正要讨论案情，却见法医老李走了进来，拿着一份报告，边走边向二人说道："刘队，孟丹，尸检报告的细节和现场的检测报告都出来了，有料。"

# 第六章　绑匪初现

"死者头顶的那碗血是狗血，和死者身上、床单上的血迹一致，燃烧过的纸灰应该是黄表纸。"老李是一名快要退休的老法医，整个人白白净净、书生气十足。

"黄表纸不是烧纸钱用的纸吗？"刘天昊问道。

"没错，但它还有个作用，在我国比较传统的道教分支中作为符咒的载体。从现场拍的照片来看，这些符咒和仪式可能和魂魄有关。"老李说道。

魂魄！

这是刘天昊今天第二次听到这个词，第一次是在现场时葛青袍说过的"镇魂"。

"老李，你说什么呢？咱们法医可是要讲究科学依据的。"韩孟丹批评着老李。

老李也不辩解："是是是，我这都是没头没脑地瞎说一气，咱说点有科学依据的。死者第三颈椎骨和第四颈椎骨脱离，造成脊髓神经受损，从理论上讲，能把这两节骨头弄脱离是一件很难的事儿。早在1979年的一件案子，是一名武功高手犯下的案子，愤怒之下打死了三人，都是颈椎骨脱离，当时那名高手被捕后还夸下海口，说除了他没人能轻而易举地把对方的颈椎骨弄脱位。"

刘天昊也是搏击高手，当头部或者颈部受到威胁时，人会下意识地用双手进行保护，除非是突然发动袭击，否则很难在不伤及其他部位的情况下扭断颈椎骨。

"能不能像阿哲分析的那样，是有人和死者进行男女之事时勒断了她的颈椎骨？"刘天昊问道。

"不能排除，我在死者体内发现了乙醚的代谢物，这点和武彦斌的口供对应上了，死者在被行苟且之事时处于昏迷状态，全身肌肉都呈放松状，就算武彦斌体力稍差，也有弄断死者颈椎骨的可能！"韩孟丹说道。

"没错！"老李赞同道。

韩孟丹点了点头："按照目前的线索分析，武彦斌的供词还不能完全确认，需要进一步验证。"

"如果找不到蒋天一，武彦斌将承担杀人和绑架两项罪名，从常理来说，他没必要撒谎。另外，如果真是他杀了张晓雪，他完全有时间隐藏尸体或是逃走，没必要躲在NY的城中村。"刘天昊皱着眉头说道。

他和韩孟丹几乎很少发生争执，一般都是他说得比较多，韩孟丹只是提供相关的法医数据，但自打"血雾"一案以来，韩孟丹意识到法医在破案小组里面的作用不单单是提供数据，要是能结合案件本身加以推理，会对案件的侦破有着快速推进的作用。

"对，对，刘队说得对。尸体上和周围的符号画法很复杂，有个别相同的符号笔画几乎分毫不差，这说明画符号的人对这些符号很熟悉，经过长期的练习才能做到这点，不太可能是武彦斌这样的二世祖能下的功夫。"老李在队里是老好人，就好像沙僧一样，满嘴都是师父说得对、大师兄说得对、二师兄说得对。

"很多都是未知数，现在还是双管齐下，找蒋天一和审讯武彦斌同步进行。"刘天昊说道。

"好，乘风有什么消息吗？"韩孟丹问道。

虞乘风一直在调查张晓雪方面的事儿，张晓雪的社会关系比较复杂，需要排查的人非常多，进展相对缓慢，其间他还通知了张晓雪的父母，两位老人已经从老家赶来 NY 了。

"还在查，给我发了一些关于张晓雪的资料，但没有实质性的进展。"刘天昊答道。

"好吧，时间比较紧，你分配任务吧！"韩孟丹说道。

"之前分析过，按照蒋小琴和武彦斌的叙述，蒋天一病发后不太可能自己开车，加上跑车底盘被刮的事儿，说明现场有第三者出现过，蒋天一的失踪和这人有关，而且最可怕的是，这人知道蒋天一有隐疾，所以他带了肾上腺素针剂来缓解他的病症！所以我觉得还得从蒋天一的社会关系入手。"刘天昊说道。

"分头行动！"韩孟丹说道。

"好，你继续审讯武彦斌，我去找蒋小琴。"刘天昊看了看手表，药效已经过了十二个小时，按照韩孟丹的说法，肾上腺素可以暂时缓解蒋天一的症状，最终还得靠真正的治疗药剂才行，而肾上腺素的有效作用时间很难超过十二小时。

无论蒋天一是什么样的人，都是一条人命。

……

愉快的时间过得飞快，难过时度日如年。

这是蒋小琴有生以来第一次感到时间过得慢，蒋天一是她唯一的继承人，是她的心肝宝贝，她终于体会到度日如年的滋味。

蒋天一被绑架的事儿还未落到实锤，所以她不敢到处张扬，她现在全部的希望都寄托在刘天昊身上。

她在别墅客厅里踱来踱去，不时地看向站在一旁的司机小霜，询问现在的时间。小霜没有表现出任何不耐烦，反而她平静而祥和的声音让焦躁不安的蒋小琴心情平复一些。

此时的蒋小琴不再是叱咤风云的女强人，而是一位丢了儿子的母亲，她的所有负面情绪都是值得人理解和同情的。

蒋天一虽说是纨绔子弟，但为人还算豪爽，很少与外人结仇，并不是不愿意结仇，而是不屑一顾，和他同等量级的类似于 NY 四少的人物很少，一般人也不愿意和蒋天一这样的人结仇。如果坐实了绑架这件事，很有可能是蒋小琴在生意上的竞争对手，利用蒋天一来打击她，也有可能是为了钱。

蒋小琴做生意非常精明，很多家公司都是因为竞争不过而倒闭，正所谓商场如战场，有些仇家再正常不过了。

她的手机始终拿在手上，并把家里的座机电话扯到客厅和卧室，同时让公司财务准备了三千万的现金放在保险柜里，让保安二十四小时看着，就算蒋小琴这样的大户，三千万的现金也不是那么容易准备的，一旦绑匪提出要求，她好第一时间能够付钱挽回儿子的命。

小霜全时守在她身边，任务是负责针剂，一旦有了蒋天一的消息，她要第一时间把针剂打到蒋天一的身上。

蒋小琴不是不相信警方的能力，而是蒋天一的病情一分钟都不能等，至少她不敢冒这个险，钱可以先付，案子可以慢慢破，但人命没了就再也回不来了。

房间内安静极了，甚至可以听到心跳和呼吸声。

门铃温柔的响声还是吓了蒋小琴一身冷汗，小霜第一时间走到门口通过监控看到大门口的刘天昊。

"是刘警官！"小霜说道。

蒋小琴二话没说，挥了挥手。小霜会意，按下遥控开关，推开大门迎了出去。

蒋小琴一向瞧不起公职人员，尤其是掌握着一些权力的公职人员，甚至连市政府一些要员她都不太愿意接触，这是她第一次这么渴望见到一名警察，而且还是有过数次摩擦和不愉快的警察。

"蒋女士，我需要知道蒋天一的社会关系，全部。"刘天昊开门见山地问道。

蒋小琴点了点头："他的社会关系并没有外面传的那么复杂，在 NY 四少里他和小武的关系比较近一些，至于其他的人，就不太知道了，因为他不存在生意上的事儿，所以在这方面也没有仇家。如果有人绑架他，一定是冲着我来的。"

"现在还无法确认蒋天一被绑架。"刘天昊并没有因为蒋小琴态度的改变而改变自己的态度。

蒋小琴愣了一下，脸色阴沉下来，但随后她叹了一口气，缓了缓才说道："我明白，无论如何，找到他才是正事儿。"

"我换个问题，在你的认知范围内，有谁知道蒋天一隐疾这件事？"刘天昊问道。

蒋小琴是聪明人，一下便知道刘天昊的意图，说道："刘大龙、我、天一的爷爷奶奶、姥姥姥爷，还有我家族的一些哥哥、姐姐，大龙和四位老人都已经去世了，剩下的人都是直系血亲，是集团的大股东，不缺钱和名气，对天一就像对自己孩子一样，不太可能绑架他。"

说到这里，蒋小琴看了看小霜，又说道："还有我之前的司机洪利也知道，现在的司机小霜。"

小霜点了点头，却并未说话，脸上的情绪没有任何变化。

"之前还有家里雇用的一个厨师和园丁知道这件事，但这都是几年前的事儿了。"蒋小琴说道。

"我需要所有人的名单。"刘天昊说道。

蒋小琴点点头："没问题，小霜，你加下刘警官的微信，转发给他。"

小霜见刘天昊脸上有一丝不快，便微笑着说道："我可是刘队的仰慕者，能加刘队的微信是我的荣幸。"

刘天昊对蒋小琴大老总的做派有些不满，但见小霜的态度后也不好发作，只得加了微信。

"无论如何，得先救出天一，已经超过十四个小时了。"蒋小琴说话的声音已经变了调。

刘天昊郑重其事地点了点头，正要告辞，却见蒋小琴的手机响了起来。

蒋小琴脸色一变，哆哆嗦嗦地按了通话键："喂！"

"蒋小琴，你立刻准备七十五万现金，还有你儿子的针剂，随时听我电话，还有，别报警！"打电话者用了变声器，声音不男不女很奇怪。

绑匪的话无一例外，赎金、别报警。

"好，好，我马上准备，你能不能让我听听天一的声……"蒋小琴话还没说完，对方便挂断电话。

刘天昊急忙凑过去拿过蒋小琴的手机，看到号码是一个陌生号，而且初步判断是不用身份证注册的号码段。这种号码段几年前还有，近来由于实名制已经逐步淘汰，市面上很少有这种号码出现了。

刘天昊立刻把号码发给技术科，让他们锁定号码的位置，想不到的是，五分钟后技术科回了电话，那个号码已经关机。

绑匪终于出现了！

# 第七章　金牌律师

大部分的绑架案都是为了钱，索要的数量一般和被绑架者的身家有关，就像当年发生在香港的某李姓大佬的儿子被绑架，竟被勒索了十亿港币，创造了绑架勒索金额之最，进入吉尼斯世界纪录大全。

还有历史上不可一世的凯撒大帝，在被奇里乞亚海盗绑架时，因嫌弃绑匪提出的赎金过少，居然主动提高赎金的价格。

在蒋天一被绑架案中，让刘天昊等人不解的是，绑匪居然提出了七十五万的赎金价格，这个价格对于蒋天一简直就是一种侮辱。

要知道在蒋小琴没冻结蒋天一黑金卡之前，他一天的平均消费就能达到六位数，七十五万作为赎金的确有些匪夷所思。绑匪既然连蒋天一有隐疾这件事都知道，怎么可能不知道蒋家的资产！而且就算是要赎金，一般都是取整，哪有要七十五万这么怪的一个数字！

蒋小琴松了一口气，要是早得知绑匪只要这么一点钱，连报警都没必要，光是放在家里的零花钱就可以解决。

"刘警官，这件事不如这样，绑匪索要的金额不多，而且绑匪提出要针剂就说明不想要天一的命，不如……"

蒋小琴的意思刘天昊明白，她是看事情有了眉目，又在她的力所能及范围之内，就想自己出钱来解决问题，如果让绑匪知道警察介入就会对蒋天一的生命造成威胁。

"好，那就先按照绑匪的要求付赎金，先救回蒋天一最要紧，其他的事儿好说。"刘天昊答道。

刘天昊的痛快出乎了蒋小琴的意料，按照他的性格，肯定是要争执一番，大到法律、小到人质安全等等，最后不欢而散的。

"刘警官，这件事结束后，我会给你们一些补偿的……哦，你别误会，我指的不是钱。"蒋小琴说道。

刘天昊说道："没关系的，有蒋天一的着落立刻通知我，别忘了，他现在还是谋杀张晓雪的嫌疑人。"

蒋小琴微微一笑，说道："这个没问题，我相信天一不是杀人凶手。小霜，你送一下刘警官吧！"

小霜点了点头，脸上微微红了一下。

"不用了，我还有些事要办，你们先忙吧。"刘天昊转身离开。他不愿意和蒋小琴纠缠是因为知道纠缠不会有结果，还不如痛痛快快地离去，按照他的方案进行部署，对付蒋小琴这样的人他还是有把握的。

离开蒋小琴别墅后，他立刻给老蛤蟆打了电话，在一番劝说后，老蛤蟆终于同意用窃听软件偷听蒋小琴的手机和座机，但条件是王佳佳和他要参与此案的侦破，拿到第一手资料。

"蛤蟆兄，你什么时候和佳佳学的讲条件？原来你可是一向大公无私、有求必应的。"刘天昊调侃着。

老蛤蟆发出难听的笑声，说道："不是我和她学的，是她要我这样做的，她就在我身边，要不你俩聊？"

随后电话里传出王佳佳的嗔怒和老蛤蟆被扭住耳朵的惨叫声……

刘天昊回到刑大，看到韩孟丹从停车场陪着两位老人向刑大法医鉴定中心走去，他心里咯噔一下。

这两位老人应该是张晓雪的父母，是来刑大认尸的。按照张晓雪的年纪来计算，这个时候还是实行计划生育的阶段，张晓雪应该是独生女，两位老人在这个年纪失去了孩子，是一件令人极其悲痛的事儿。

刘天昊不知道怎样面对家属的悲戚，所以他的脚步有了些迟疑，慢吞吞地挪到大门口，却见韩忠义从办公室出来，冲着他招了招手。

韩忠义一般很少找他，一旦找了，肯定没啥好事儿，不是派给他艰难险阻的任务就是一顿训。

刘天昊硬着头皮向韩忠义的办公室走去，手机微信响了一下，他停住脚步一看，是蒋小琴美女司机小霜发来的信息，关于知道蒋天一隐疾的人员名单，并告之除了这些人之外还有其他人知道的可能性。

刘天昊回复了"收到"后，敲了敲韩忠义的门，得到应答之后便推门而入，刚一进门，一股沁人心脾的幽香钻进鼻孔中，原本很显眼的韩忠义却被站在一旁的一个女人给显没了，刘天昊不由自主地忽略了韩忠义的存在，目光望向女子。

她一身得体的小翻领西装，不但把身体绝妙的曲线和大长腿勾画出来，更体现出职场专业女性的独特魅力，恰当的淡妆和黑边方形眼镜更是衬托出职场女性的干练和精明，在韩忠义一百八十厘米的身高面前，她看起来丝毫不逊色。

她的身材和相貌几乎能和许安然媲美，却多了一股职场女性的美。

韩忠义清了清嗓子，介绍道："小刘，这位是青柏律师事务所的金牌律师慕容雪，专程为武彦斌的案子来的……这个……"

慕容雪转身向刘天昊展示了一个职业式的微笑，伸出修长的手说道："久仰刘警官大名。"

慕容雪对于韩忠义金牌律师的称呼并未反对，显然是自信心十足。

刘天昊轻轻地握了握慕容雪的手。

"韩队，我单线和刘警官联系，就不打扰您的宝贵时间了。"慕容雪说道。

韩忠义耸了耸肩，做了个请的手势。

慕容雪说完便向外走去，高跟鞋的声音像是拥有魔力一般，每一下都敲击在刘天昊的心坎上，当她彻底走出房间后，他才松了一口气。

"师傅，什么情况？"刘天昊小声地问道。

"这女人可不好对付，武彦斌怕是留不住了，而且……"韩忠义欲言又止。

刘天昊从未见过韩忠义支支吾吾地说话，也是一愣。

"行了，她还等着你呢，多配合理解吧。"韩忠义下了逐客令。

刘天昊敬了礼后走出房间，见慕容雪正盯着他，她的眼神充满了智慧和洞察力，像是一眼就能把人看穿一样。

当慕容雪把一摞子资料放在刘天昊的办公桌上时，他才知道韩忠义所说的不好对付是什么意思。

武彦斌患有严重的甲状腺亢奋、严重的精神分裂症、Ⅰ型糖尿病、肌无力等等，数份报告都盖着各大医院和专家的章。

还有几份是海燕监控系统的截图，是武彦斌侵犯张晓雪后从别墅区出来打车和到达蒋天一等他地方的照片，照片下方清晰地印着时间。

"刘警官，相信韩队已经和你说过我的经历了，大家的时间都很宝贵，闲话不说。首先，死者张晓雪死于颈椎骨骨折的衍生伤害，我的委托人患有严重的肌无力，还有其他很多严重的病症，无法完成杀害死者的动作。其二，现在蒋天一已经确定被人绑架，而我的委托人此时正在拘留室蹲着，可以排除绑匪的嫌疑。"慕容雪的思路异常清晰，堪比刘天昊的推理过程。

刘天昊示意慕容雪继续说下去。

慕容雪从其中拿出几张照片打印纸，说道："其三，这两张照片显示委托人出现在两个地点的时间，我核对过，误差不会超过一分钟，第一张是凌晨零点二十五分，我的委托人和张晓雪交易完成后，从别墅院墙跳出来，打车前往和蒋天一约定的地点，这就意味着此时张晓雪还活着，但按照尸检报告所示，张晓雪的死亡时间却是在十八点到十九点之间，这是很明显的矛盾和逻辑性错误，如果警方急着破案，就得认真一点，不能拿纳税人的名誉和生命开玩笑。"

在审讯完武彦斌之后，刘天昊也发现了这个问题，就是死者死亡时间和武彦斌的口供对应不上，但因为蒋天一的事儿还未来得及梳理案发时间顺序，想不到被慕容雪先揪了出来。

而且从慕容雪的陈述来看，她不但精通法律，更在各个部门都有相应的关系，否则不可能得到尸检结果和监控系统的截图。

这个女人太可怕了。

"很多不可思议的事情背后都有关联，我们会调查清楚的，绝不会冤枉一个好人，也不会放过一个坏人。"刘天昊说道。

慕容雪冷笑一声，说道："刘警官什么时候学会这么官僚的话了，这些话不是应该由钱局这样的领导来说嘛！"

"第四点，我的委托人在遭受非法拘捕时受到暴力侵害，就是你，刘警官。"没等刘天昊说话，慕容雪又继续说道："还有，在我来之前的审问过程中，韩孟丹警官也使用了暴力，我有权利怀疑警方刑讯逼供。"

他在抓捕武彦斌的时候的确将对方控制在墙上，但抓捕就是抓捕，本身就是武力行为，这点没有任何争议。至于韩孟丹刑讯逼供的事儿，他不太相信，首先是审讯都是由两名警察完成的，而且依照韩孟丹的脾气，不太可能对武彦斌使用武力，最大的可能性就是武彦斌用语言激怒韩孟丹，韩孟丹可能会有些过激行为。

想起武彦斌盯着韩孟丹那邪恶的目光，刘天昊心里就一阵膈应。

"如果你无法证明我的委托人的犯罪事实，那就得立刻释放，否则，他在拘留室出了任何问题，都不是你能承担的。至于暴力非法抓捕这件事，咱们可以容后再说！"慕容雪说完把一张释放通知书轻轻地放在刘天昊面前，在通知书的右下角有钱局的签名。

"可他还涉及……"

慕容雪摆了摆手，打断刘天昊的话，说道："涉及吸毒和嫖娼对吗？"

"具体说，应该是迷奸！"刘天昊说道。

慕容雪又把一个档案袋放在桌上，打开后里面是一些照片和资料，是关于张晓雪的，都是她在夜总会喝酒和男人亲热的合影，照片大小不一，像素完全不同，很显然来源渠道很杂。

刘天昊立刻明白了慕容雪的意思，她想把武彦斌迷奸张晓雪这件事性质改成嫖娼，性质一变，整个事情就变了，金牌律师果然厉害！

# 第八章　放长线钓大鱼

慕容雪又拿出一张纸，上面的内容是微信转账的明细，和一张截图，其中有一条是武彦斌给张晓雪转钱的明细，金额是两万元整，时间是昨天凌晨零点十分。截图是武彦斌的手机上的截图，正是他和张晓雪两人的转账截图，但转账并未被张晓雪领取。

张晓雪的苹果手机现在还在技术科，当初拿到手机后不是因为没电，而是被人为地破坏，技术科修不了手机，但为了保存数据，又不能寄回原厂修理，只得找一些懂得手机维修的师傅来修。武彦斌被抓时手机摔到地面上，应该是被摔坏了，技术科也一直未能开机。

两部手机都处于无法开机状态，慕容雪是通过什么渠道得到了这个截图就不得而知了。

"要是你来当警察，破案效率肯定比我们高。"刘天昊说话间带着调侃和讽刺的味道。

慕容雪却并未在意，摆了摆手，小声说道："刘队抬举我了，其实咱俩所涉及的方向不一样，这也是我能占优势的原因，你作为警察，要抓住罪犯，需要大量确凿证据，而我只需要证明我的委托人无罪就可以了，难度相对比较简单。"

刘天昊看向转账的截图，脸上露出疑惑的神色。

慕容雪把证据转向刘天昊，轻声说道："我知道你会质疑这些证据的来源，不过请放心，我是律师，讲究的就是证据，做伪证的事儿我从来不干，那会毁了我名誉的。"

"做伪证也没用，张晓雪和武彦斌的手机都在技术科，只要修好了就可以辨别真伪，但我想不明白，没有手机你是怎么得到这份截图的。"刘天昊说道。

"这并不重要，咱们各有各的道儿。重要的是张晓雪是外围女，也叫作商务模特，这点你应该知道，所谓的清纯和不为钱所动都是她自己一手营造出来的，最终的目的还是为了钱，你看这些男人，有几个不是歪眉斜眼、肥胖流油的，她还不是一样跟他们上床，武彦斌的家世你也知道，所以他们之间是交易，只是交易的形式不同而已，现在这些商务模特，玩的花样可不少啊。"慕容雪点着照片中的几个男人说道。

在慕容雪的话语中能听出她对商务模特和这些男人满满的厌恶，她作为律政精英，年收入至少在百万以上，加上平时一些案子的提成，上千万的收入都有可能，对于靠卖身体为生的商务模特自然瞧不上。

"这些证据就算到了检察院和法院，也说得过去，至于吸毒，不过是为了缓解他的病痛，就像一名癌症患者打杜冷丁一样，算是情有可原吧。"慕容雪说道。

警察和律师是一对矛盾体，有时候可能是对立面，有时候可能是合作伙伴，相爱相恨不一而同。

但无论如何，慕容雪的强势介入引发了刘天昊的倔强和不满。他抓起释放通知书，另一只手抓着纸的一侧，眼睛盯着慕容雪，满脸的傲然之气。

慕容雪一笑，凑到刘天昊的耳边小声说道："如果你撕了这张纸，恐怕就不是被控告使用暴力非法抓捕这么点事儿了，这是践踏法律。刘队，你是聪明人，惹上官司对你的前途不利。"

刘天昊一天之内遇到了两名强势的女人，一名是蒋小琴，另一名就是慕容雪了，蒋小琴属于蛮横不讲理，还算好对付，但慕容雪不一样，虽有些强词夺理的成分，却有根有据、有节制、有手段，让人想发火还发不出来。

慕容雪在业内是最为著名的律师，NY 市的大案要案几乎都经历过，实战经验非常丰富，在她的职业生涯中还从没失过手，她的律师费自然也是业内最高的，但仍有源源不断的人来找她打官司。

"放心吧，你是侦探界的明星，我不会让你的前途受到影响，我会说服武彦斌撤销投诉的。"

"我不在乎武彦斌的投诉。"刘天昊下定决心撕掉释放通知书，哪怕对改变事实无益也要撕。

"另外，我知道你一直在关注 NY 五号案件，我是这件案子的经办律师之一，有些案件的细节也许我可以提供……"慕容雪的声音小到只有两个人能听到，她并不是一味地强压，在大棒政策的同时还有利益诱惑，再加上她本身魅力的影响，几乎任何人在她面前都过不了三回合。

刘天昊拿着通知书的手慢慢松了下来，同时给对方眼神示意，意思是这种隐晦的事不能在这里说。

慕容雪立刻会意地笑了笑。

他向四周看了看，同事们都在忙乎自己的事儿，并未在意两人谈论的内容，这才松了一口气，皱着眉头思索着。

"尤其是在我喝了酒以后，会很渴望和朋友说起一些往事！"慕容雪又凑近刘天昊，嘴唇几乎贴在了他的耳边，声音酥得他有些听不清她的话。

刘天昊脸一红，退了一步，又轻咳了两声掩饰尴尬。

"武彦斌的情况比较特殊，必须得离开拘留所到医院治疗，如果刘队不放心，可以亲自送他到医院，或者请这几位帅气的小哥哥陪我一起送他。"慕容雪又恢复了正常的声音，同时开始收拾资料，只把释放通知书留了下来。

话音刚落，办公室内其他几名警察悄悄地瞄着慕容雪和刘天昊，内心都渴望刘天昊说出"好"这个字。

"既然钱局签字了，我们没理由不放人，但到目前为止，武彦斌和蒋天一仍是杀害张晓雪的嫌疑犯，不能离开 NY 市，如果未经刑大同意擅自离开 NY 市，我会秉公执法。"刘天昊说道。

NY 五号案件一直是刘天昊心里的一个疙瘩，曾经的办案人员都守口如瓶，仿佛提前约定好一般，谁都不愿意提起当年的事儿，像是在极力隐瞒着什么，这件案子是刘天昊最大的心结，也是他从警的初衷，遇到今天的机会他怎会放过。

叔叔刘明阳即将出狱，却没有任何翻案的欲望和迹象，这一点又像带倒刺的钩子一样钩在他的心头，拔还拔不掉，拽着还疼！

"当然不会离开 NY 市，我以名誉担保。抛开工作，其实咱们俩挺配的，如果现在有时间，一起出去坐坐，我和你细说说那个案子的事儿，也许还有其他的事儿可以谈谈。"慕容雪眼神中的凌厉逐渐消失，转而温柔起来，整个人的气质也发生了变化，说出的每句话都是一语双关，让人听了不由得想入非非。

"容后我约你吧。"刘天昊拒绝了慕容雪的提议，他心里非常想知道 NY 五号案件的细节，但张晓雪和蒋天一的案子非常紧迫，容不得他分心。

"我就喜欢你这种专注于工作的态度，那就再约吧。"慕容雪把手机调出微信二维码的界面。

刘天昊应了一声，扫了二维码，慕容雪的微信头像是一张她的工作照，红木书柜的大背景，她坐在一张巨大的老板桌和一张夸张的真皮老板椅上，表情虽带着微笑却能感到隐含着的杀气。

微信头像可以体现一个人的年龄、身份、地位、性格等，这点在慕容雪身上展现得淋漓尽致。

"我更希望我们是朋友，而不是对立面，无论是律师还是警察，宗旨都是维护法纪、为人民服务，在这点上，我们的立场一致，所以我们是同志，对吗？刘天昊同志。"慕容雪冲着刘天昊眨了眨眼睛，给刘天昊的微信发了一个警察敬礼的图片，随后转身离去，看走路的姿态应该是经过专业的训练，胯部扭动得恰到好处，既能体现女性独特的曲线美，又不失风雅，每走一步都会牵引着众多的目光。

高跟鞋的声音渐渐小了，整个办公室的人不约而同地松一口气，众人都把目光看向刘天昊，气氛变得尴尬起来。

"刘队，就这么放那个二世祖走了？"一名警察问道。

"放长线钓大鱼吧。"刘天昊脸上的神色渐渐变得沉重起来。

被强行压下去的弹簧最终会弹起来，压得越狠，反弹的力量就会越强大！

韩孟丹走了进来，抽了抽鼻子，她闻到了一股高级香水的味道，显然办公室这帮男人不可能有喷香水的情趣，这种味道有种似曾相识的感觉。

"是她！"她脸上露出不快之色。

韩孟丹和慕容雪打过交道，她很欣赏慕容雪女强人的做派，却对她的情商有些不满，慕容雪好像一块磁铁，无论走到哪里，她的一举一动都会吸引众多男人的目光，却让任何一名女人都会视之为敌人。

韩孟丹看了一眼情绪未平的年轻警察们，众人急忙避开她的目光，假装忙乎着自己的事儿。她轻哼了一声，拿出一张报告单："刘队，尸检结果可能有误，这点我得和你细说。另外，死者张晓雪的父母提供了一些重要的信息，他们在会议室等你。"

刘天昊听后心里咯噔一下，尸检结果有误对于一名法医来讲是很大的错误，因为这涉及一条人命，如果纯是人为的失误，轻则会做检查，重则可能会受一个处分，法医老李一向严谨，又马上面临退休，怎么可能出这种低级的错误？而且他记得韩孟丹在案发现场进行初步检测的时候也是这个死亡时间，一个人判断错误还有可能，两名优秀的法医怎会判断失误？

两人沿着刑大的走廊走着，谁都没说话，走廊中只剩下皮鞋咔咔的声音。

刘天昊最不想见的就是受害者的父母，他们的情绪会感染他，会让他失去应有的理智和判断力，甚至有时候很多天在他的脑海里都是他们的影子，这是作为刑侦人员的大忌，但也是人之常情，任谁都无法避免。

张晓雪的父母坐在办公室，父亲紧紧地握着母亲的手。母亲不停地抽泣着，不时地用另一手的手背擦眼泪，两人见刘天昊和韩孟丹走了进来，便同时站起身，向他深深地鞠了一躬。

刘天昊知道这一躬代表的含义和重量，当他看到两位老人满脸的悲伤和苦楚时，心头又是一沉。

韩孟丹给三人互相介绍后，张晓雪的父亲便说道："刘警官，昨晚小雪在晚上八点左右给我打了一个电话，我还没来得及接通就挂了。"

"确认是晚上八点吗？"刘天昊缓了缓情绪问道。

老人拿出自己的老年机，调出手机通信记录："确认是晚上八点。"

二十点，这就意味着张晓雪的死亡时间果然有误差！

随后两位老人又提供了一个非常重要的线索，就是蒋天一和张晓雪之间的事儿，这件事是通过张晓雪和母亲之间的谈话知道的。

……

张晓雪的父亲沉默寡言，和张晓雪说话绝超不过三句，但她和母亲之间关系很好，母亲是能听得进任何牢骚的人，而且绝对能保密，因此张晓雪有烦恼时都会和母亲聊天。但父母并不知道张晓雪所从事的是见不得人的职业，一直以为她是名很勤奋的女孩，在勤工俭学的同时全心全意读书。

据张晓雪说，蒋天一并不在乎她的出身，他爱她，为了追求她花了很多钱，数字多得会让普通的老百姓惊掉下巴。但蒋小琴一直持反对态度，认为两人门不当户不对，而且蒋小琴心机太重，以断了蒋天一的经济来源来要挟两人分开。这段时间蒋天一为了钱的事儿和母亲闹得很僵，但他不敢和母亲彻底翻脸，因为他有先天疾病，需要的针剂异常昂贵，没有了钱的支撑，怕是活不了多久。他的内心一直挣扎着，一方面舍不得张晓雪，一方面又不敢和母亲对抗。

张晓雪还说过一件事，就是蒋天一可能和其他女人还有来往，这种事对于富裕的纨绔子弟来说算不上大事儿，但蒋天一对此却死不认账，对天发誓说除了张晓雪之外，心里再也没有其他女人的存在。

张晓雪为此找过私家侦探，只查到蒋天一和一些女子有来往，但并没有查到他们之间发生过关系。

对于蒋小琴的强势反对，张晓雪也陷入了内心挣扎中，她不知道真的顶住压力嫁入豪门后会怎么样，豪门的生活真的很幸福吗？她如何年复一年地面对看不上她的蒋小琴？

这些问题对于一名只向往爱情和家庭的女孩儿来说的确有些难……

# 第九章　跟踪

嫁入豪门或是娶一个有钱的媳妇其实是一种投机心理，渴望过上富裕生活，但又不想凭借自身的努力，找个豪门是最好的捷径，但真正拥有这种生活后，因为生活来源的依赖性太强，人往往会迷失自我、失去人生目标，不知道自己所处的位置，会沉迷于金钱和酒色中，最终沦为金钱和权力的奴隶。

张晓雪步入风尘不假，但她依然是一名在校大学生，接受着高等教育，受现代思想的熏陶，她和蒋天一纯粹是为了爱情才在一起的，而并非嫁入豪门过上富豪生活，但她必须要顶着各种压力才能实现和蒋天一在一起的梦想。

尤其是来自于蒋小琴的压力。

刘天昊暗自叹了一口气，听完两位老人的陈述后缓缓点头，问道："之前这段时间张晓雪有什么异常的表现吗？"

两位老人纷纷摇了摇头。

张晓雪母亲哭着说道："一切都和往常一样，她给我们寄钱，打电话和我聊天，问问她爸爸的身体，但最近这几次她好像有些不愿说话，聊不上几句就挂电话。"

从目前的线索来看，应该是蒋小琴给了张晓雪太大的压力，导致她有些闷闷不乐。

"她提过蒋天一之外的男人吗？"刘天昊问道。

张晓雪母亲立刻回答道："没有，蒋天一的事儿还是一次她喝了酒和我说的，平时她说的都是学校的事儿。"

张母说到这里眼泪又噼里啪啦地落下来。

"放心吧，我们会查到凶手，给你们二老和张晓雪一个交代。"刘天昊说道，随后给两名警察眼神示意。

从两位老人的叙述中可以得知张晓雪和蒋天一之间的爱情是经得住考验的，蒋天一甚至用性命来威胁母亲蒋小琴，这种事在很多人年轻时都发生过，但蒋小琴不同于一般的母亲，她的性格强硬，加上极度的理智，让她狠心地拒绝了蒋天一。

从动机来讲，蒋天一没有理由杀害张晓雪，倒是武彦斌，在侵犯张晓雪后可能担心被蒋天一抓住把柄，有杀死张晓雪的可能性。

两名民警带着老人离开后，刘天昊向韩孟丹问道："孟丹，张晓雪死亡时间有误是怎么回事？"

韩孟丹没立刻回答，想着当初初步尸检的过程，当时他们赶到案发现场的时间大约是中午十二点，当时她给尸体测过直肠体温，又结合当时肌肉松弛程度、尸斑、尸僵程度判定死者死亡时间应该在十七到十八个小时之前，也就是头一天晚上的十八点至十九点之间，这是经过严格的现场测量和科学计算的。事后法医老李在解剖尸体后再次确认了韩孟丹推测的死亡时间是准确的，死因也正确。

她知道刘天昊没有任何责备的意思，因为在尸检过程中法医会受到各种干扰，尸体也会因为环境的变化而产生一些变化，对最终尸检的结果造成一定的影响，有误差也是常见的事儿。

比如尸体在夏季存放在水里，水温相对气温较低，会导致法医判定的死亡时间出现差异。还有一些案子凶手把尸体置于相对炎热的环境里，也会导致类似的效果。

但张晓雪尸体存放的环境是正常环境，未发现有移动尸体的痕迹，死亡时间却出现了巨大的差异，难道说是尸体四肢和周围的符咒起了作用？

这种结论在刘天昊和韩孟丹看来荒诞至极！

"我现在无法给出结论，得再做一次尸检。"韩孟丹不敢再轻易下结论。

"那……拜托了。"刘天昊郑重其事地说道。

韩孟丹很少见刘天昊这样严肃，也知道这件案子的分量，于是点了点头，转身朝着法医鉴定中心走去。

刘天昊正思索着案情，就听见一旁的对讲机响了起来："刘队，刘队，蒋小琴坐车出去了，开车的是她司机，开的乔治巴顿，副驾驶的座椅上好像还有一个皮箱和一个恒温箱。"

蒋小琴收到绑匪的电话后就一直在家待命，刘天昊等人离开很久之后，疲劳至极点的她在昏昏欲睡时，再次接到了绑匪的电话，告知了交易的时间和地点，并再次强调不得报警，还让她们开着乔治巴顿出行。蒋小琴并未和刘天昊联系，与待命的美女司机小霜立刻拿起钱和针剂开车出发。

刘天昊急忙拿起对讲机："收到，乘风，东西都准备好了吗？"

原来在得知绑匪找上蒋小琴后，他安排了老蛤蟆监听蒋小琴的电话，同时又让虞乘风想办法监视蒋小琴的别墅，并随时做好跟踪的准备，在条件可能的情况下，把跟踪器藏在蒋小琴的车里。

"准备好了，保证出乎你的意料，只要绑匪敢出面交易收钱，就一定跑不了，我现在开着车跟踪她们，还有三个小队的兄弟做接应！"虞乘风兴奋地说道。

乔治巴顿这款车在国内很少见，而且车体宽大，加速性不好，虞乘风是老刑警，对 NY 市的路况非常熟悉，跟踪蒋小琴是轻而易举的事儿。

放下对讲机后，老蛤蟆打来了电话，告知蒋小琴和绑匪之间谈话的具体内容，绑匪仍然使用了变声器，号码是一个新号码，还是不用身份证注册的号码，打的是蒋小琴的手机，内容如下：

"带上现金、针剂立刻出发，我就在你家附近观察，如果有警方的人，撕票。"

"好，真没报警，放心吧。"蒋小琴说道。

绑匪冷哼一声，由于变声器的缘故，显得比较怪异："让你的司机开乔治巴顿，拿上你的手机，出了别墅区后向右拐，第一个路口红绿灯左转上滨河路，沿着滨河路一直开，走到尽头后右拐进入凌河路，电话随时保持联系。"

……

"就只有这些？"刘天昊问着电话另一头的老蛤蟆。

"只有这些，绑匪很谨慎，一句废话都不愿意多讲，而且他反侦查能力很强，通电话的时间绝不超过三十秒，要是能再多给我十秒钟，就可以锁定他的大约位置。"老蛤蟆的语气中透着惋惜。

"好，你帮我继续监听蒋小琴电话，有消息第一时间告诉我。"刘天昊嘱咐着。

"放心吧，我一直盯着呢。"老蛤蟆信心十足地说道。

挂了电话后，刘天昊和另外几名警察向外走去，但他的心中有种隐隐不安的感觉。

　　首先是绑匪要的钱数比较古怪，为什么会是七十五万，而不是一百万、五百万、一千万、两千万？对于身家几十亿的蒋小琴来说，她儿子蒋天一的命就是让她拿出一个亿，她也会毫不犹豫。其次，绑匪还对蒋小琴家的情况非常熟悉，例如蒋天一的隐疾、蒋小琴的座驾乔治巴顿、美女司机小霜，如果绑匪不是在蒋小琴身边工作过，就是蒋小琴的身边出了内鬼。最后一点是绑匪对 NY 市的路况非常熟悉，要么是绑匪提前踩点，要么就是当地人！

　　但无论怎样，都无法解释张晓雪的死。绑匪的目标是蒋天一，和张晓雪的关系不大，不太可能大费周折杀害张晓雪后又弄出那么多花样出来。

　　刘天昊开着大切诺基沿着凌河路向前行驶着，他的手上拿着一个 ipad 样的仪器，屏幕上是地图，地图上有一个红点不断地变换着位置。仪器是虞乘风提供的，是跟踪器的终端，有效范围是三公里，也就是终端距离跟踪器三公里之内是有效的。

　　原本虞乘风是要把跟踪器放在车上的，但转念一想，如果绑匪临时改变方案，让蒋小琴拎着钱箱和针剂箱改乘地铁，跟踪器就会失去作用，索性把跟踪器藏进钱箱子里，方案说起来简单，但操作起来却有些复杂。

　　由于从别墅出来后可以有向左向右转两个选择，虞乘风便让交警队的哥儿们在别墅区外的主干路上设了两个卡，以抓酒驾的名义排查过往的车辆，好在这条路车流量相对较小，所造成的交通阻塞并不严重。

　　当小霜驾驶着乔治巴顿出了别墅区向右转时，便被执勤的交警拦了下来。光是看汽车的档次，交警也知道车主不好惹，但有了虞乘风的提前嘱咐，也只有硬着头皮硬上。

　　查完了驾驶证查行驶证，查完行驶证查保险，最后还以车辆涉嫌改装继续查，和小霜纠缠了好一阵，忍耐已久的蒋小琴终于爆发，从后座下车，对众交警破口大骂，并作出推搡的动作，小霜见状急忙下车阻拦。

蒋小琴永远都是蒋小琴，说起蛮不讲理和骂人当数世界一流，要不是虞乘风提醒众交警提前有个心理准备，众人怕是能当场和她干起来。

虞乘风趁乱把跟踪器放进钱箱子的外夹层里，随后向交警们做了一个"OK"的手势，一名老交警立刻出面，和蒋小琴打圆场。若放在平时，蒋小琴肯定不会善罢甘休，但现在和绑匪交易才是最重要的事儿，她甚至没说一句废话，上了车便立刻离去。

……

说起车速，乔治巴顿并不出众，甚至说很差，最高每小时一百六十公里，由于三点六吨的自重和庞大车身，在城市拥堵道路上没有任何优势，但在地形较为复杂的地面上它的优势就显现出来了。

NY市凌河路的尽头是一条岔路，一条通往高速公路，另外一条是通往山区的土路，由于山里的村落经济并不发达，道路年久失修，路况极其复杂，尤其在下雨之后，一般的轿车甚至是性能差一些的SUV车型都会经常陷在其中。

乔治巴顿却如履平地，巨大的车身稳稳地前行着。

"刘队，蒋小琴的车向刘家村的方向开过去了，那边的路不好走，我的车肯定不行，而且那条路几乎没车，就算能跟上去也会暴露。"虞乘风让民警不要进岔路，继续向高速公路的方向开去，随即用对讲机向刘天昊汇报。

乔治巴顿的巨大车身很快消失。

# 第十章　声东击西

很多影视剧为了追求视觉效果，刻意强化追逃时的紧张氛围，警察会开着警车一路狂奔，和嫌疑犯进行公路追逐，风驰电掣、你追我赶、不亦乐乎。

但现实是非常残酷的，警车绝大部分是小排量的国产轿车，SUV 车型也是轿车底盘拉皮加高而成的假越野，要速度没速度，要越野性没越野性，在城市道路还好些，要是上了高速或者是野外追逃，只有吃土的份儿。

虞乘风和三名警察驾驶的一台中华尊驰 1.8T 的手动挡，在路上开还勉强，到了年久失修的乡村土路上几乎是牛车一般的速度，这条路他办案时走过几次，轿车底盘完全无法通过，要是速度稍快一些，走不出一公里，底盘就会被磕烂。

二十分钟后，刘天昊开着大切诺基 SRT 出现在路口，和守着的虞乘风挥了一下手，随后驾车进入土路追了下去。

乔治巴顿的越野性好，刘天昊的大切诺基 SRT 虽说是为了公路赛而生，但越野性至少要比轿车和一般的 SUV 要强一些，急速行驶让车后掀起一股巨大的烟尘。

行驶了大约十公里，映在眼前的是两座大山之间一个自然形成的村落，房子的建设并无规划，村中道路崎岖而狭窄，只能容一台车通过，加上前不久刚下过雨，路况变得更加恶劣，不时地有牛羊和小孩等窜出来，逼得刘天昊不得不让车速再次降下来。

"红点已经穿过了村子向红旗镇的方向驶去了。"坐在副驾驶位置的警察提醒着。

红旗镇是大山里比较大的集镇，因为周边的村甸盛产山货，又紧挨着省级高速公路，所以红旗镇成了附近最大的山货批发市场。出了红旗镇有两条路，一条是南下上高速去另一个城市，另外一条是走国道绕回NY市。

"如果所料不错，绑匪应该在带着咱们绕圈子。"刘天昊说道。

"绑匪已经知道咱们介入案子了？"警察问道。

刘天昊摇摇头："王佳佳虽说一直跟进案子，却答应我在案件没有水落石出之前不进行报道，警察内部应该没人会泄密，但不排除有其他渠道会泄露秘密，比如蒋小琴方面。"

"可蒋小琴一旦泄露信息，她儿子就有危险，没理由啊，另外，蒋小琴应该不知道咱们跟踪她。"警察说道。

刘天昊立刻想到了蒋小琴的美女司机小霜，按照小霜的条件，屈居在蒋小琴旗下做一名专职司机的确有些不可思议，从对她的观察看，应该是一名拥有极高智商和情商的女子，跟着蒋小琴肯定有其独特的目的。

车辆缓慢地在村子里行驶着，一群羊却从村里一条小岔路跑出来，把整条路堵得水泄不通。刘天昊按了两下喇叭，但羊倌儿就像没听到一般，在羊群旁边慢慢悠悠地走着，只有跟着羊群的土狗有了反应，朝着车不停地咆哮着，看样子只要有人下车，两条狗就会立刻扑过来。

按照羊行走的速度，估计这段窄路没半个小时过不去。

刘天昊咂了一下嘴，无奈地带着刹车慢慢地跟着，又走了几百米，他一脚刹车停住，盯着前方愣着神。

羊倌儿好像也感到自己做得有些过分，挥舞着鞭子吆喝着把羊群分开，让一条路出来，随后羊倌儿面无表情地冲着刘天昊挥了挥手。

刘天昊眼神突然活了起来，看了一眼坐在副驾驶位置疑惑中的警察，随即调头向回开去。

"刘队，咱不追了？"警察有些不太理解刘天昊的行为。

"按照乔治巴顿的油耗，就算是满箱油状态，也该差不多烧完了，如果上高速开往下一个城市，至少要在六十公里外的第一个服务区才有加油站，它根本撑不到，但从国道向 NY 方向只要十公里左右就有一个加油站。绑匪熟悉蒋小琴家里的一切，肯定也知道乔治巴顿的续航里程，他们是为了甩开咱们，拿到钱和针剂，不可能让蒋小琴在半路上抛锚。"刘天昊分析道。

"那就意味着，绑匪让蒋小琴开车遛一圈，最终还得在 NY 市区进行交易！"警察眨了两下眼睛又问道："那万一绑匪在红旗镇交易呢？"

"从理论上讲不太可能，红旗镇的道路很狭窄，过往的货车很多，一旦有警方盯住了绑匪，他们很难快速脱身，如果我是绑匪，绝不会选择在红旗镇交易。"刘天昊猛然轰下油门，车辆在土路上飞驰起来。

"刘队，蒋小琴的车从红旗镇向 NY 方向走了，我先去入市区的路口盯着了。"虞乘风用对讲机喊着。

"收到，我们跟踪蒋小琴被阻在刘家村，已经调头向回走了。"刘天昊用对讲机说道。

"刘队，用不用联系一下那边的派出所，让他们帮忙？"警察小马问道。

"小马，绑架案中什么最重要？"刘天昊反问道。

小马挠了挠头，说道："人质安全。"

"没错，这件事不能动用除了咱们之外的任何警力，其他警力不熟悉案情，很可能会在行动中暴露身份，万一被绑匪知道不利于人质安全。"刘天昊说道，话音未落，他的手机又响了起来，是老蛤蟆来的电话。

老蛤蟆告诉刘天昊绑匪给蒋小琴打了电话，让她给车加油，并从国道返回 NY 市！

坐在副驾驶的民警冲着刘天昊竖起大拇指："刘队果然厉害。"

"厉害个球，咱们怕是赶不上了，就看虞乘风的了。"刘天昊不敢再踩油门，因为车辆颠簸得异常厉害，再快就要和轿车一样磕底盘了。

……

随着国家现代工业的发展，城市中的车辆越来越多，很多楼盘原本没有设计更多的地下车位，车就违章停在路边。虞乘风等人所乘坐的车辆就停靠在诸多的路边车辆中间，违章车反而成了最好的掩护。

等乔治巴顿巨大的车身经过他们面前时，司机小温才轻踩油门慢慢地跟了上去。

城市的道路在白天异常拥堵，乔治巴顿的车身巨大，非常显眼，加上还有跟踪器，所以虞乘风等人不慌不忙地在后面跟着。

"刘队，我们跟上蒋小琴了，人、钱都还在。"虞乘风一边从手机上摆弄着海燕监控系统的画面一边用对讲机汇报着。

"收到，跟住她们，我们也快和你们会合了。"刘天昊用对讲机回道。

话音未落，就见蒋小琴从车上下来，一头拱进停在路边的一辆别克商务车上，商务车立刻启动，迎着虞乘风等人的车辆向另一个方向驶去。而虞乘风的车辆行驶在慢车道上，无法立刻完成调头。

别克商务车的电动车门上贴着车辆租赁公司的广告纸，很显然是一辆营运车，应该是蒋小琴用打车软件刚刚定的车。

"虞哥，追哪边？"司机小马问道。

虞乘风正犹豫着，对讲机传来刘天昊的声音："乘风，蒋小琴是不是换乘车辆了？"

刘天昊又从老蛤蟆处得知蒋小琴曾经电话联系过一个租车公司，这才推断出的结论。

"是，蒋小琴换乘了一辆香槟色的别克商务车，向城东方向的岔路去了。"虞乘风又汇报了别克车的号码。

"你继续跟乔治巴顿，我追别克商务车。"刘天昊命令道。

……

跟踪车辆并非一件易事，尤其在拥堵的城市，最重要的是，刘天昊等人还不敢把警报器拿出来用。

现代城市中的人大多数都比较浮躁，路怒症属于常态化，只要摸上了方向盘，除了自己之外其他人都是大傻蛋，车辆三别两别就让刘天昊的车远远落后。用某些影评人评价杰森·斯坦森的《非常人贩》系列里面的汽车追逐一样，如果大背景放在中国，可能都不用警方和反角方出手，光是满大街的路怒症和乱开车的出租车司机就把主角杰森·斯坦森拿下了。

"刘队，红点停了！"坐在副驾驶的警察提醒着。

刘天昊向仪器瞄了一眼，问道："什么位置？"

警察小马摇了摇头，说道："这一片儿属于郊区了，我不太熟悉，终端地图好像一直就没更新了，没注明是什么地方。"

……

小孤村是离 NY 市最近的一个自然村落，人口虽然不多，但人均收入却不错，路两侧不少商贩兜售着各种各样的商品。

刘天昊的车停在路边，在车上盯着跟踪器的屏幕看，红点显示的地点就在大院的最里面。另外几人下车假装在路边看水果摊上的水果，有意无意地向一个院子里看着。

院子的大门很宽敞，是红色的漆，有些斑驳，门的一侧墙上挂着一个竖着的木牌匾，白漆黑字写着"小孤村幸福院"。

"刘队，应该是个养老院。"小马看着大门口一名颤颤巍巍走出来的老人说道。

刘天昊冲着回头看的警察小马使了个眼色，小马会意地点点头，从街头买了一袋水果，随后向幸福院大门走去，另外两名警察又换了一家水果摊，假装询问价格。

小马刚走到养老院门口，就见一名身穿保安服装的中年男人突然走出来拦住他，问他来养老院做什么。

小马撒了个谎，轻而易举地进入大院。

隔了没一分钟，小马给刘天昊发来一张照片和一段语音：刘队，车上只有钱箱子和司机，蒋小琴和装针剂的恒温箱都不见了。

"糟了，上当了，绑匪的真正目标不是钱，而是针剂，怪不得要七十五万这么少，原来赎金只是个幌子！"刘天昊立刻下车，向养老院冲去。

# 第十一章　幌子

别克车司机面对突如其来的几人有些丈二和尚摸不着头脑，还以为是来抢车、抢钱箱的，要不是刘天昊及时出示证件，怕是要和三名警察打起来。

"蒋小琴人呢？"刘天昊问道。

别克车司机脑子转得很快，立刻说道："您说的是刚才那位乘客吧，她半路就下车了，留下这个箱子，让我送到小孤山幸福院，还多给了我二百块钱。"

警察小马检查完别克车司机的驾驶证和行驶证，又到一旁往租车公司打电话询问车辆和司机情况。

"我就是接了一单打车的生意，客户让我在路边等着，还不让我给她回电话，就干等着，然后我看到她从那个大装甲车上下来，上车就告诉我往这儿开，我看她的样子蛮不好惹的，也没敢多问。走了两公里左右，在一处公交车站她下了车，拎走了另外一个箱子，让我把这个箱子送到养老院，养老院会有人联系我。"司机说话间表情有些冤枉。

蒋小琴平时就霸气惯了，身上自带霸道总裁的气质，加上这次绑匪要得她团团转，令她气愤至极，表情好比万年冰山一般，焦急中还带着一股煞气，任谁见了都不敢多问。

刘天昊立刻给老蛤蟆打电话询问，但老蛤蟆矢口否认没有人给蒋小琴打过电话，但他表示监听只针对来电，短信和彩信之类的无法分辨。

刘天昊看了看放在副驾驶位置的钱箱子，向司机问道："你打开过吗？"

司机犹豫了一下，随后摇了摇头。刘天昊正要打开箱子，就见一名五十来岁的中年妇女从养老院的小楼走了出来，她戴着金丝眼镜，一身斯文气质，可能是长年操劳，脸色看起来有些憔悴，她看到别克车后快速向车辆走来，却分不清哪个是司机，于是便问道："请问哪位是司机师傅？"

司机挥了挥手，随后从副驾驶位上拿起钱箱，说道："您是这儿的廖院长吗？"

中年妇女从口袋里掏出身份证，同时把胸前的证件拿下来递给司机，说道："我就是院长廖晓珍。"

说话间她一直盯着司机手里的钱箱子，眼神中充满了渴望之色，但对刘天昊几人还有些不放心，随即向一名经过的男医生喊道："白医生，你过来一下。"

男医生听到召唤后立刻走了过来，怀着敌意看着刘天昊几人。

刘天昊拿出证件并告知其身份，廖院长这才松了一口气，假装给白医生分配了一些临时活儿，白医生被廖院长这一出弄得有些迷茫，嘴里嘟嘟囔囔地离开了。

司机看了看刘天昊，见他微微点点头后，这才把箱子递给廖院长。

"廖院长，请您把箱子打开。"刘天昊不容置疑地说道。

廖院长犹豫了一下，看了看四周，小声说道："刘警官，要不到办公室吧，这里人多眼杂。"

刘天昊点点头，向警察小马说道："小马，你给司机大哥做个笔录，我和小李到廖院长办公室。"

……

廖院长的办公室不大，陈设很旧，松松垮垮的办公桌上放着一些纸质的资料，电脑显示器是老式的显像管显示器，还有一个键盘磨得几乎看不清数字的计算器。

地板的漆大部分已经磨掉了，踩上去发出咯吱咯吱的响声，靠墙的一面放着几个书柜，看起来年代还算比较正常的家具。

若不是放在桌上的一个智能手机，会让人误以为穿越到了二十世纪的八九十年代。

廖院长边走边介绍着："幸福院原来是村里的，后来村支书出了问题被抓了，村里的钱亏空很厉害，幸福院的资金来源没了着落，当时我是院长，也舍不得这些老人，就花了点钱从村里接了下来，想不到我没有经商的头脑，几年下来不但没赚钱，还把自己原来的积蓄都搭了进去，这两年要不是有赞助商时不时地救济一下，怕是撑不下去了。"

"身体比较好的老人闲着没事种了些菜，能省下一大笔伙食费，到了冬天就比较难熬，只能吃些萝卜白菜，好在老人们也不挑，能吃饱就行。"廖院长把桌子上的资料收拾起来，腾一块空地方出来。

刘天昊想起"血雾"一案中由洛樱资助的那家孤儿院，和这间养老院的情况居然异常相似，这两个产业存在于社会角落，因为没有太多的商业价值，所以不受关注，但这两类人恰好又是最需要关注的群体。

中国社会已经进入老龄化社会，很多老人的子嗣只有一个，导致很多家庭都是2+4+1的模式，也就是两名年轻人加上四名老人，再加上一个孩子，养老、育儿都落在两名年轻人身上，老人身体好还好，要是任何一名老人身体不好，这个家庭就要处于极其困难的境地。

但中国的养老院并不普及，不能满足现今社会养老需求，私人高档养老院收费又太高，一般的百姓家庭承受不起，所以养老业处于非常尴尬的境地。

廖院长叹了一口气，扶了扶眼镜，把箱子轻轻地放在办公桌上，小心翼翼地打开箱子，当露出箱子里一沓沓的人民币时，她险些惊讶地叫出声来。

小孤村幸福院因为经费问题已经很久都未进行维修了，这些钱足够把所有的房间维修好，还能置办一些家具和电器，改善老人的生活质量。

"廖院长，这些钱涉及一起绑架案，恐怕您还不能用。"刘天昊说道。

廖院长脸上的笑容立刻消失，取而代之的是巨大的沮丧和失望。

"这些钱是怎么回事，您能和我说说吗？"刘天昊问道。

廖院长犹豫了一下，随后点了点头。

······

经费的问题已经困扰廖院长很久了，她原本有个美满的家庭，因为当年选择接盘养老院，家里的钱源源不断地填到养老院这个窟窿中，还有一些慕名而来的老人，他们没有医保，没有退休金，没有儿女，如果廖院长不收留，他们只能回到家中等死。

廖院长若是狠心人，养老院也不至于落到如此落魄的境地，只要养老院住得下，她全盘收了下来，她把毕生的经历都投入到养老事业中。

但生活就是生活，她的丈夫要生活、孩子要教育，家里没钱这些事儿都撑不下去，最终丈夫提出了离婚，带着孩子回了江苏老家，从此很少再和她见面。

账面上的钱越来越少，老人却越来越多，眼见就要支撑不下去。昨天，廖院长接到一个神秘电话，说今天会有人送一笔钱来养老院，数额是七十五万。

廖院长并未当回事，这些年她接触的假慈善人多了去了，都是利用捐款来减少缴税额，但捐款却很少有真正到位的。

今天早上，这个神秘电话再次打来，告诉她大约中午的时候钱会送到，廖院长询问谁是捐款人，联系电话是多少，以便做个登记。神秘客并未再提供任何信息，直接挂了电话。

"以前也接受过这种匿名捐款，但数额都是几百几千，没有这么大数额的。"廖院长说道。

刘天昊从箱子里拿出一沓钱看了看，随后又放回箱子，给一名警察使了眼色，警察立刻开始对钱箱进行勘察。

"神秘人是男是女？"刘天昊盯着廖院长的眼睛问道。

廖院长并未回避刘天昊的目光，说道："不男不女，听不出来，好像用了变声。"说完，她把手机打开，递给刘天昊看。

刘天昊看了最近的一个通话记录，廖院长指着一组号码说道："就是这个号码，上次给我打过电话后，我再回过去就打不通了，始终是关机状态。"

陌生号码和廖院长的通话记录只有两次，还有很多陌生号码和廖院长的通话记录，大多数也都是一两次。

刘天昊按下通话键拨了回去，打开免提后果然是关机的提示音。

"如果你拿到这笔钱，想怎么花？"刘天昊有意无意地问道。

"还没想好，我得详细做个计划，这么一大笔钱，够用好多年的了。"廖院长说道。

从她的表情来看，她并不像撒谎的样子，按照绑匪的条件设定，廖院长并不符合，而且郊区小村落的一个养老院院长很难和蒋天一联系在一起。

"刘队，七十五沓。"警察从钱箱子一处隐蔽的夹层把追踪器拿了出来晃了晃。

七十五沓，为什么不是七十五万？

"缺了多少？"刘天昊问道。

"每沓都缺一到两张，加一起整整少了一万，现在是七十四万整。"警察说道。

是司机！

蒋小琴不太可能从里面抽出一两张省钱，七十五万都出了，哪差这一万元。蒋小琴拿钱之后一直未离手，只有在她拎着针剂箱子离开别克车后的这段时间，是只有司机一个人长时间接触过钱箱子。

"带回去提取指纹。"刘天昊随后又向院长说道："廖院长，这件事事关重大，麻烦您一定要保守秘密，不能和任何人说起，任何人。"

廖院长看了钱一眼，脸上尽是可惜，点了点头。

"如果神秘人再打电话来，一定要录音，然后立刻联系我。"刘天昊又嘱咐道。

廖院长应了一声。

刘天昊向廖院长告辞，拿着钱箱子来到别克车旁。司机正在做笔录，不时地抹着脸上的汗水，神情有些不自然。

"兄弟，一万元钱对于现代人来说不是大钱，但折到法律体系里就属于数额较大，盗窃公私财物一万以上，不满六万元的，基准刑期是三年，看你的月收入也不少，一万元值不值得你蹲三年牢？"刘天昊突然敲了敲钱箱子说道。

不得不说司机很聪明，没有偷一沓钱，而是从每沓抽出一两张，如果不是刘天昊等人的介入，廖院长很难发现。

"这些钱涉及一桩绑架案，我劝你最好离这件案子远点，沾上了可就摘不清了。"警察小马说道。

"刘警官……"司机眼神不停地闪烁着。

刘天昊知道对方正在做着心理斗争，招供是早晚的事儿。

"如果主动自首，全额退赃的，可以免于刑事处罚，兄弟，自由才是最大的财富。"小马又加了把火。

"为了追踪绑匪，钱上都做了记号，只要你用了这笔钱，就会被立刻锁定。"另一名警察说道。

"还有，你在抽钱的时候应该在其他钱上留下了指纹，只要回去提取指纹做对比……"刘天昊话说了一半，但意思却很明显。

司机长喘了一口气，手伸向驾驶位座位下，掏出一沓散着的钱，说道："我错了，刘警官，你得帮帮我。"

小马接过钱，放进钱箱子里，随后拿出手铐，伸向司机。司机手有些发抖，用求助的目光望向刘天昊。

"对了，刘警官，客户在坐我车期间接了几个短信，随即就删除了，后来还用我手机打过一个电话，不知道是不是和绑架案有关。"司机急忙说道。

刘天昊用手压住小马的手铐，向司机问道："说了什么内容？"

"这个养老院在地图上没显示，郊区我也很少来，所以对这里的地形不太熟悉，我就通过手台问了同行，也没人知道，于是我就让客户问问养老院到底在哪个位置。客户很不耐烦，把我骂了一顿，也指挥了一阵，但可能也是不熟，走了一会儿后就迷路了。我也找不到，只好把车停在路边。客户用我的手机拨了一个号码，然后客户转述对方的话，详细地告诉我地点，她打完电话后就下车了，让我继续带着箱子找到养老院，把箱子送给养老院的廖院长。"司机说道。

"你再好好想想，蒋小琴说让你给养老院的廖院长还是院长？"刘天昊打断司机。

司机想了一阵，说道："是廖院长，当时我还挺奇怪，印象中这个姓好像就在三国里出现过，有个将领叫廖化。"

小孤村养老院本就不出名，除了比较熟悉的人，没人会知道院长姓什么。另外从绑匪指点司机行车路线这一点来看，绑匪对养老院附近的路况很熟悉。

绑匪不但熟悉 NY 市郊区的小孤村路况，而且还对小孤村养老院的情况比较熟悉。

另外蒋小琴的行为也有疑点，如果她对小孤村的情况不熟悉，怎么可能指挥司机开车，但要说熟悉吧，她又指挥得不对。

刘天昊用手机拍下司机的身份证后便让他去派出所投案自首，司机苦着脸刚刚开车离去，老蛤蟆便再次打来电话："刘队，蒋小琴和绑匪交易已经完成了，答应她下午三点放了蒋天一，让蒋小琴到天兴大厦二楼的咖啡厅待命，随后蒋小琴给司机打了电话，准备去天兴大厦。"

刘天昊放下电话，说道："通知乘风，去天兴大厦。"

# 第十二章　人质死亡

　　天兴大厦处于 NY 市中心，属于黄金地段，人来人往川流不息，勉强把车停在路边一个收费位置后，四人下车按照原定方案守在各个路口，刘天昊则是和虞乘风会合后进入大厦上了二楼的星巴克。

　　蒋小琴坐在最显眼的一个位置上，面前放着一杯咖啡，眼睛始终盯着手机，时不时地解锁到待机界面上看一眼。

　　虞乘风进入星巴克，在吧台点了一杯咖啡。刘天昊到外面的商铺转悠，见虞乘风带的三名便衣在咖啡厅的两个出入口附近转悠着，这才找了个僻静的地方给老蛤蟆打了一个电话，目的自然是为了让他黑进大厦的监控系统。

　　如果蒋天一被释放，绑匪势必会出现在附近，监控系统会锁定绑匪的真实身份。

　　电话还未讲完，老蛤蟆便哎呀一声，随后说道："刘队，蒋小琴用电话安排她的司机小霜又取了七十五万送到小孤村幸福院，说是以富强集团的名义捐款，很有可能是她又收到了绑匪的短信。"

　　看来绑匪已经知道蒋小琴报警，也知道警方的一切行动，绑匪的目标是用这七十五万让小孤村幸福院生存下去，第一次赎金被警方截获，便有了第二次！

　　正当刘天昊思索时，不远处一名高挑的美女冲着他挥了挥手，随后摆动着腰肢向他走来。

　　"刘队，这么巧啊！"慕容雪微笑着说道。她穿着一身黑色连体短裙，高跟鞋也是黑色的，由很多窄窄的皮带子编织，套在她的脚上异常性感，眼镜换成了黑边的，配合着绝佳的身材，吸引着所有过路人的目光，连一点心思也没有的刘天昊也不禁在心里暗自赞美着。

"慕容律师，你这是……"刘天昊心里突然升起一丝疑虑。

慕容雪刚刚保释了和案子有关的武彦斌，又出现在天兴大厦。她所在的律师事务所在 NY 市的东城区，东城区是一个以文化、科技为主的城区，大部分的律师事务所、会计师事务所、文化创意公司都在那里，而天兴大厦所在的区域是地道的商业区，和东城区隔着大半个城市，如果慕容雪是刻意来天兴大厦逛街，而且只有一个人，这就太不正常了。

"来逛商场啊，刘队不会刻意在这儿等我吧？"慕容雪挑逗式地问着。

刘天昊笑了笑，说道："散散心，警察也是正常人嘛，慕容小姐一个人吗？"

慕容雪眼神中散出异样的光芒，一语双关地说道："本小姐一直单身，这件事在警律界很多人都知道。"

刘天昊的疑虑越来越重，但表面却依然不咸不淡："慕容小姐一直是中年成功人士所追求的目标，这点我倒是知道。"

他暗指很多公司老总和政界有地位的领导追求慕容雪这件事，但慕容雪生性高傲，往往将这些人玩弄于股掌之中。

慕容雪不屑一顾地一笑："那些人可没法和刘队相提并论。"

"既然美女有邀请，我就陪你逛逛吧。"刘天昊想借此机会套套她的话。

刘天昊的反应出乎了慕容雪的意料，她只是稍稍迟疑了一瞬间，随后笑得像花一样，说道："好啊，有你在身边，估计没人敢打我的主意了。"

像慕容雪这种明星级别的美女在大街上走路，自然会受到很多人的关注，人和人之间的关注程度可能有所不同，关注大劲儿了就变成骚扰了。

慕容雪上前挽住刘天昊的胳膊，弄得他脸一阵通红，她穿了高跟鞋的缘故，看起来比刘天昊还要高一些。两人向前走时，引起周边诸多男女的目光，男的是羡慕和恨，女人是羡慕和嫉妒。

慕容雪的品位很高，一般的商铺她连看都不看，只挑那些奢侈品牌的商铺看，出乎意料的是，她都是只看不买，哪怕脸上露出了十分渴望的神色，依然会把商品放下。

其间，刘天昊数次和警戒的警察们走个对面，他不断和众人眼神交换，众人表示蒋小琴并未和第三者有任何接触，也没人见到蒋天一。

时间在一点一滴地过去，刘天昊已经逛得腰酸腿痛头发昏，要不是有任务在，他现在最想的就是躺在床上休息。

女人天生就擅长逛街，挑挑看看，看看挑挑，永远不会腻烦。慕容雪虽说是金牌律师，理智大于感性，但依然无法逃过这条魔咒。

一条一条的信息从耳机传递到刘天昊的耳朵里，所有的信息几乎一致：未发现蒋天一踪迹。蒋小琴仍然坐在原处。

眼看着时间接近下午五点，绑匪依然没有任何动静。

慕容雪的兴致越来越高，刘天昊的眼皮却越来越沉。慕容雪在一家鞋店试鞋的时候，他终于坚持不住，坐在试鞋店的沙发上靠在沙发背上休息着，用手背捶腰的同时，慢慢活动着有些胀的脚踝。

宁可去跑十公里越野，也不愿意再陪女人逛街。刘天昊暗暗发着誓。

正当他眼皮快要合上的时候，耳机响了起来，是虞乘风的声音："刘队，有人报警，说地下二层发现一具尸体，从报案人对尸体的描述，和蒋天一的特征很相似。"

刘天昊几乎是一瞬间打了一个激灵，立刻站起身向外走去，边走边向慕容雪说道："慕容律师，我有事先走了，下次再陪你逛街。"

话刚出口，他就有些后悔，下次这种逛街最好还是不陪，太折磨人了，绝对比破一百桩开膛手杰克的案子还累。

"哦，好吧！"慕容雪有些失望地看着刘天昊离去的背影低声说着，想了一阵，她又脱下自己的高跟鞋，穿了店里的一双运动鞋，从包里掏出一把现金扔给店员后向外追赶出来。

刘天昊几乎是跑着来到电梯口的，见虞乘风已经在电梯口等着他了，见几部电梯并没有到来的意思，两人对视一眼，转身向步行楼梯跑去。

"小组其他人原地不动，继续监视蒋小琴。"虞乘风边跑边喊着。

……

大厦的地下一层是停车场，地下二层除了停车位之外还有几个机房，其中放水泵的机房面积很大，除了水泵之外，地面上还堆放着一些破纸壳、塑料瓶等，应该是清洁工人捡垃圾临时堆放在这里的。

一名男子躺在一堆废纸壳中间的空地上，身体以腰部为中点，上半身和下半身反着折成一个平常人不可能实现的角度——接近九十度直角。巡警之所以没有再叫120救护车也是因为这个原因，身体折叠到这种程度，除非是玩杂技的软体人，否则没人能做到这点，还有就是死人除外。

男子的脸色煞白，嘴唇呈黑紫色，一些咖啡色的沫状物在嘴角和旁边的地面上，身上穿着短袖T恤衫，下边穿了一条七分牛仔裤，光着脚，四肢上画着稀奇古怪的符号，在其头顶与墙壁之间的缝隙放着一个碗，碗里有一些血状物质，碗边有一些燃烧过的黑色残留物。

男子身边的地面上也画着一些符号，部分符号因为染料不足而显得有些不清晰。从符号的形状和样式来看，和蒋天一别墅命案中的死者张晓雪身上的几乎一致。

男子胳膊附近整齐地放着两个注射器，其中一个是蒋小琴提供的特殊药剂的自动注射器，还有一个是普通的塑料注射器。特殊药剂注射器中还有碧绿色的药液，普通塑料注射器中有一些黑色的残留物。

是蒋天一！

"啊！"一声惊叫突然在房间门口爆发出来，原本地下二层就很安静，这一嗓子差点把正在勘察现场的刘天昊和虞乘风的魂吓散了，接案的巡警和保安以及清洁大姐也吓得差点背过气去。

刘天昊回头一看，只见慕容雪脸色煞白地站在门口，双手不知所措地攥着拳头发着抖，眼神中流露出巨大的惊恐。

"谁让你进来的，没看到外面的警戒带吗？"巡警立刻上前示意慕容雪离开。

慕容雪看了一眼刘天昊，随后缓缓地点点头，离开房间，巡警立刻跟着走了出去，守在外面，让慕容雪出示证件，并驱赶她赶紧离开。

"乘风，快叫孟丹来。"刘天昊说道，随后在房间地面上搜索着，过了一阵，他从水泵房的门后找到一支烟头儿，是一根很细的女士香烟，烟嘴上还有口红的印记，烟只抽了一半，随后硬生生地摁在墙上熄灭的。

门后的墙上有一个排气扇，排气扇接的是公共烟道，在这儿抽烟应该是为了香烟的味道迅速散出去。香烟的牌子是云烟 WIN，大约 20 元一盒，算是性价比比较高的一款香烟。用白手套在香烟过滤嘴摸了摸，手套上立刻染上焦油色。

他又在门后发现了一根黑色的长头发，头发有三十五厘米左右，在灯光的照耀下，闪着油亮的光芒。

刘天昊看了看清洁人员，她看起来五十多岁，头发蓬蓬着，呈现出黄黑白三色，发梢的部分是黄色比较多，中间一段是黑色，靠近发根的位置呈现白色，应该是焗油焗出来的头发。

虞乘风拿着手机走了进来，说道："刘队，孟丹很快就过来，另外，蒋小琴已经离开了，坐车回别墅了，其间点了两杯咖啡，有两人坐过她对面，几分钟后都因为她的脸色太吓人而离开，没有人和她说过话。"

刘天昊看了看蒋天一的尸体，心里暗自叹了一口气。

无论蒋小琴多霸道、多胡搅蛮缠，但对于蒋天一来说，她永远是他的母亲，最爱他的母亲，然而两人已经阴阳相隔，而他的母亲等他时，正坐在他尸体上方三十米处的咖啡厅，要是让蒋小琴知道这件事，怕是这辈子不会再喝咖啡。

"要不要通知蒋小琴？"虞乘风问道。

"先别通知，等勘察完现场之后吧。乘风，你立刻调取大厦的所有监控录像，把目标锁定在年纪在二十岁到三十五岁之间的女性，身高在一百七十五厘米，黑色披肩长发。"刘天昊说道。

虞乘风应了一声，把目光望向门外站着的律师慕容雪，如果按照刘天昊的条件，慕容雪符合所有的条件，而且她还出现在现场，她完全可以杀了蒋天一后，再从容地离开，乘坐电梯到二楼商场……

刘天昊默默地走出水泵房，来到慕容雪身前。

慕容雪仍是一副惊魂未定的状态，拎着高跟鞋的手一直颤抖着，虽说她是律师，参与过的杀人案不少，但都是在事后看的照片，远没有现场看到尸体这样有冲击力。

慕容雪的行为太过可疑，如果这一切都是她做的，现在她却是一副受到惊吓后楚楚可怜的模样。

若真是这样，那这女人就太可怕了！

刘天昊并没有安慰她，只是在一旁观察着。慕容雪慢慢把目光移到刘天昊身上，小声说道："那人是蒋天一吗？"

刘天昊一愣，他没想到慕容雪会这样问，于是反问道："你认识蒋天一？"

慕容雪点点头，说道："NY 四少中就数蒋天一和武彦斌的涉案最多，我当然认识了。"

刘天昊与慕容雪对视一眼，他心里升起一股非常熟悉的感觉，慕容雪的眼神和容貌有种似曾相识的感觉。

小霜，是蒋小琴的美女司机，慕容雪和她在气质、身材、相貌上居然非常相似，比之当年"画魔"案中的杨柳和杨红两姐妹还要相似。

"你认识小霜吗？"刘天昊突然问道。

慕容雪向后退了两步，抿着嘴点了点头，说道："小霜？哦，小霜是我堂妹，我三叔家女儿，她的名字叫慕容霜，在蒋总那儿当生活秘书，怎么啦？"

小霜的名字叫慕容霜，居然是慕容雪的妹妹！

刘天昊一时间脑子有些短路。

张晓雪死在蒋天一的别墅里，身上和周围画着镇魂符号，蒋天一被熟悉蒋家的人绑架，要的赎金居然是古怪的七十五万，而且还送到了城郊的养老院，蒋天一死在天兴大厦地下二层，慕容雪却不合时宜地出现在二层商场，现在她又和蒋小琴的生活秘书慕容霜有了联系！

慕容雪来天兴大厦本身就很奇怪，现在她居然跟着刘天昊来到案发现场，还进入了现场，到底是故意而为还是巧合？

他无论如何也不愿意把慕容雪这样的美女和命案联系在一起，但越来越多的线索开始指向慕容雪姐妹。

# 第十三章　虐尸泄愤

漂亮女人之间会不由自主地产生敌意，这是原始人类 DNA 中就存在的，为的就是争夺配偶权，这和男人之间比强壮是一个道理。而到了现代，除了漂亮和强壮之外，比的还有钱和权力、人格魅力、修养等。

韩孟丹看到慕容雪和刘天昊贴身交谈后，心里便升起一股醋意来，但命案当前，她一言不发，和助手戴上手套和鞋套准备进入现场尸检。

慕容雪也不放过任何一个可以抨击韩孟丹的机会："韩大法医，这次尸检可得认真点，别弄错了时间，误了合法公民的性命啊！"

韩孟丹已经迈进房间的脚停了一下，回头向慕容雪说道："好，我会很认真地验尸，不会再出错给人留下把柄。"

"这可不好说，如果有证据表明你是故意的呢，那可是利用职务犯罪。"慕容雪继续说道。

韩孟丹冷哼一声，不再理会慕容雪，径直向尸体走去。

刘天昊一直暗中观察着慕容雪和韩孟丹，他明知道慕容雪是故意刁难韩孟丹，却并未出声阻止，因为慕容雪的反应不正常，她由最初的恐惧、慌张到现在的抨击韩孟丹，情绪变化太快。

这种反常只能说她在掩饰情绪。

见到尸体满身符号后，她恐惧、慌张的情绪应该是真的，而后对韩孟丹横眉冷对的情绪是假的，目的是为了掩饰最初的情绪，这就意味着慕容雪很有可能知道符号的含义。

"慕容律师，死者身上的符号你见过吗？"刘天昊知道和慕容雪这样的人绕弯弯没用，索性就直接问。

慕容雪立刻摇头，说道："没见过，觉得好奇怪，我这是第一次见尸体，而且尸体折成这种角度，太吓人了。"

慕容雪是一名极其理智的女子，否则也不可能成为金牌律师，要说她被一具尸体吓到，说服力并不充足。

"那张晓雪的死因是颈椎骨骨折你怎么知道的？"刘天昊问道。

张晓雪的死因并未公布，除了刘天昊小组和局里少数领导外，应该没人知道。

慕容雪勉强笑了笑，脸色依然惨白："我自然有我的渠道，刘队不会因为这个拘我吧？"

她精通法律，懂得避重就轻，不肯正面回答问题。

"当然不会。这儿的氛围不好，不如我让人送你回去吧？"刘天昊知道在她身上不可能再得到任何线索。

慕容雪有意无意地向里面看了看，随后点了点头，和巡警一起向外走去。

刘天昊盯着慕容雪的背影愣神，却引来了韩孟丹的不满："你看够了没有？"

刘天昊立刻反应过来，清了清嗓子："那个……"

韩孟丹哼了一声，说道："张晓雪的死亡时间经过再次解剖后，发现是在当天凌晨一点半到两点之间，也就是在武彦斌离开后的一个多小时之后，基本可以排除了武彦斌作案的可能性。"

"怎么会有这么大的时间差？"

韩孟丹略加思索后说道："可能是环境的变化导致尸体出现尸僵、尸斑加快，误导死者的死亡时间，但绝不是符咒。"

"是空调，它可以极大地提升房间内的温度，加速尸体腐败，定时开关又可以让它在事后无据可查。"刘天昊说道。

韩孟丹点点头："和我想的差不多，最初我也动摇过，认为有没有可能是符咒起的作用，但后来想了想，符咒属于无稽之谈，凶手一定用了某种比较隐蔽的手法，直到我的助手因为房间太冷关闭空调时，我才想到了是空调起了作用，但凶手为什么要这么做？"

说起凶手的动机实在是让人难以捉摸，凶手杀死昏迷中的张晓雪有很多办法，却偏偏选择了相对较难的弄断颈椎骨，而后在其尸体上画符咒，又费尽心思利用空调加速尸体腐败的时间，进而打乱死者的死亡时间。

刘天昊看向蒋天一的尸体，说道："现在还不知道凶手的动机，但至少知道了一点，凶手又用了同样的手法——符咒。孟丹，说说尸检情况吧。"

"好。"韩孟丹已经忘了刚才和慕容雪之间的不快，走到尸体前蹲了下来："死亡时间大约是今早六点到六点半之间，死者双手手腕和脚踝有被捆绑过的痕迹，两个手肘的内侧静脉都有针眼，在臀部和大腿部位也发现注射过的针眼，其他部位并未发现有开放式伤痕，死者真正的死因不是脊柱折断，而是死于急性呼吸窘迫加上失血过多，急性呼吸窘迫很可能是过量的肾上腺素导致死者产生呕吐，呕吐物进入气管和肺部，引发 Mendelson 综合征。失血过多是用针筒从死者的手臂静脉抽取了大量的血液，最终两者结合导致死亡。"

刘天昊补充道："肾上腺素的注射方式为肌肉注射，所以死者腿部和臀部肌肉的两个针孔是注射肾上腺素留下的，而两个胳膊肘静脉的针眼则是抽血留下的。"

"现场遗留的注射器是用来注射肾上腺素和抽血的，抽出来的鲜血很可能用来画了这些符咒！"韩孟丹说道。

"绑匪在绑架死者的第一时间注射肾上腺素缓解死者的症状，就代表着绑匪有一定的医学知识。"刘天昊说道。

"从死者脊柱折断部分的水肿程度来看，应该是在死后被人硬生生地给折断的，死者呈脸向下趴着的状态，凶手拉起死者的身体，踩住死者的腰部用力向后拉，最终导致腰部脊柱折断。"韩孟丹比画着。

"这需要凶手有很大的力气。"刘天昊说道。

这种动作和结果连他都没有绝对的把握，更何况是女人。而在此之前，他的分析结论是绑匪年纪在二十岁到三十五岁之间的女性，身高大约一百七十五厘米，黑色披肩长发，根据韩孟丹尸检结果得出的推论与他之前的分析有些相违背。

而且绑匪已经杀死了蒋天一，为什么要再费力气弄断他的脊椎骨，虐尸泄愤还是另有目的？

"没错，我的力气是不足以硬生生地拉断死者脊柱的，你还可以。"韩孟丹说道。

"这些符号看起来和张晓雪的有所不同。"刘天昊指着符号说道。

"这我可解释不了，你得去问葛青袍。"韩孟丹说道。

刘天昊应了一声，小声嘀咕着："死亡时间在六点到六点半之间！"

刘天昊看了看站在门外的保洁大姐，走出房间，向她问道："大姐，您一般都是几点上班？来水泵房大约都是什么时间？"

大姐向里面看了看，才说道："警官，大厦八点半就有人上班了，所以我们保洁人员一般都在七点半上班，物业公司规定在上班期间不得休息，对自己分配的区域进行跟踪清扫，上午我可能会捡到一些瓶子、纸壳之类的，就把它藏在楼梯下面的那个小空间里，等到吃中午饭时，我再统一拿到水泵房里，攒够了，就趁着下班没人时拿走卖掉。"

刘天昊点了点头，蹲在房间门口附近看着地面的痕迹。

按照保洁大姐所说，绑匪应该了解保洁大姐的习惯和作息时间，所以才在大厦的工作人员上班之前把死者弄到大厦里，然后在房间里杀害死者，布置好一切后才离开，绑匪没有要隐藏尸体的迹象，反而是要利用大姐发现尸体并报警。而在此期间，绑匪还安排蒋小琴交易的事儿，大约在上午九点，利用警方的漏洞完成和蒋小琴的交易，把针剂拿到手，而在此时，蒋天一早就死在水泵房里！

绑匪在明知蒋天一死亡的情况下，仍然和蒋小琴玩绑架游戏！

对大厦地下房间设置和工作人员作息时间了如指掌，这说明绑匪很可能在大厦工作过。

刘天昊又想到了莫名其妙出现的慕容雪，便向大姐问道："大姐，大厦里有律师事务所吗？"

"有啊，事务所规模还行，据说一年能赚不少钱，说是还出了一个有名的律师，叫……"大姐说到这里挠了挠头。

"慕容雪？"刘天昊不太希望大姐给出肯定的回答。

"对，慕容雪，和慕容复一个姓，说是鲜卑族的姓，稀罕得很。"大姐说道。

刘天昊暗中叹了一口气，沿着地面又勘察了一阵，并未看到明显的拖行痕迹。

虞乘风气喘吁吁地跑来，手里拿着 U 盘晃了晃："刘队，还真让你说着了，监控里还真有一名你说的那种特征的女子，从感觉上，和蒋小琴的司机小霜有点像。"

慕容霜和慕容雪再一次和绑架杀人案联系在一起！

# 第十四章　凭空消失

随着生活水平的提高，人的平均身高越来越高，但身高超过一百七十五厘米的女性占比并不高，走在人群里也非常显眼。

刑大的办公室很冷清，偌大的办公室只有刘天昊和虞乘风在，其他同事都出去办案了，有时候他们也羡慕很多人气满满的办公室，同事们坐在一起喝茶聊工作、讨论人生，当有一天刑大办公室也变成这样，就说明这个世界已经没有了犯罪。

这是一个美好的宏愿，如果人类自身不发生质的改变，就永远不会实现。

刘天昊和虞乘风坐在电脑前反复看三段监控录像，其中一段监控录像的地点是天兴大厦地下一层入口处，一辆黑色别克凯越从入口进入停车场，车速不快，而且司机并未打开车灯，开车的是名女子，她一头披肩直发，戴着墨镜，烈焰红唇，穿着黑色的短袖，从头型和长相来看，居然和慕容霜有几分相像。

第二段录像是在天兴大厦的二层商场星巴克附近，黑色短袖女子快步向星巴克走去，走到星巴克大门时，女子没有半分迟疑，径直从星巴克直穿而过。

第三段录像是一名男子开着别克凯越从地下停车场离开的视频，男子留着锅盖头，歪眉斜眼，面相比较凶恶，脖子上挂着标志性的金链子，花衬衫，半敞着怀，在收费口缴费时给的是现金，可以看到递给收费员钱的手腕上戴着一串沉香手串，小臂上还有一个文身。

"车牌子我去车管所查过了，是假的，压根就没有这个车牌，你看这里。"虞乘风不断地放大着录像的一部分，车牌越来越清晰，但装车牌的固封螺丝并没有 NY 市特有的发牌机关代号，而是空白的。

"这款车在 NY 市有多少台？"刘天昊问道。

"三万多台，这台应该是真正意义上的黑车，连套牌都懒得套，想要在车管所查到这辆车是不可能的。"虞乘风说道。

"开车的女子疑点很多，首先是地下车库光线很差，在外面戴着墨镜可以理解，进入地下停车场后应该及时摘掉，这是常识，这名女子却未摘墨镜，显然是为了掩饰身份，还有……"刘天昊说到这里一顿，看向虞乘风。

虞乘风一笑，说道："她还戴了手套，别克凯越这种车只是家用买菜车，不可能达到戴手套开车的程度，更何况她戴的还是工人常戴的那种粗线手套，目的应该是为了不留指纹。"

"没错，你看这段录像，从黑衣女子和周围人群的对比，大约可以判定出她的身高应该在一百七十五厘米左右，体重在一百四十斤左右，再看她的肩宽，明显比一般女人要宽一些。"刘天昊说道。

"游泳运动员或是健身教练？"虞乘风问道。

"有这种可能，这也解释了为什么她可以一个人扛动蒋天一。"刘天昊说道。

两人正说着，阿哲和韩孟丹走了进来。

韩孟丹把一沓检测报告放在刘天昊面前，说道："刘队，技术科的检测报告出来了，张晓雪手机、武彦斌手机、蒋天一的跑车，还有在蒋天一被害现场发现的头发和画符染料的鉴定。"

"蒋天一的尸检报告出来了吗？"刘天昊问道。

"还没有，老李正带着助手做着呢。"韩孟丹淡淡地说道。

"我相信你，也相信老李。"刘天昊点了点头说道。

老李在张晓雪的尸检过程中犯了错误，韩孟丹却一力承担下来，并未抱怨和责怪，仍然一如既往地信任老李。老李也明白韩孟丹的苦心，他一辈子兢兢业业，几乎没出过错误，在即将退休时，如果挨个处分，退休后的待遇肯定会受到影响，也会给他的职业生涯留下遗憾。

信任才是一个团队真正能团结奋进的基础，如果缺乏信任，团队就会变成一盘散沙，尤其是警察这种职业，是需要把后背让给战友守护的职业，缺乏信任是非常致命的。哪怕是像刘天昊一样盛名在外的神探，也无法一个人完成一件案子的侦破，他需要法医和侦查员提供各种各样的线索和信息，经过梳理后再形成推理结论，然后进行验证，最终破案后还要进行抓捕，任何环节都需要团队共同完成。

"谢谢！"韩孟丹很诚恳地说道。

刘天昊和韩孟丹的眼神交汇了一下，韩孟丹立刻低下头，脸上飞起一阵红云："两部手机都恢复了，里面有些信息可能有用，你们看看吧。"

技术科修好并破解了张晓雪、武彦斌的手机，从张晓雪的电话记录和微信来看，武彦斌的确有张晓雪的联系方式，也在之前约过张晓雪，但都被她拒绝，而他在侵犯她之前给她转账无非是为了以后东窗事发的时候好有说辞。

无论张晓雪收钱或是不收钱，凭借她的身份和转账就让她难以说清。

在张晓雪死亡的前一天，她除了和武彦斌、蒋天一联系过之外，还和大学的两名同学、两名网约车司机联系过，通话时间均在一分钟之内。她的微信未读信息最多的是一个商务模特的群，是一个模特之间相互介绍业务的群。当天的朋友圈发的是蒋天一的豪华别墅和几张自拍。

武彦斌手机里面的内容就比较精彩了，其中存有大量的男女之间的视频，还有和一些商务模特之间的露骨聊天记录，可以看出他绝对是一名优秀的泡儿将，泡女人的技巧一流，聊天吹牛的功夫也堪称一绝。

案发前，武彦斌和蒋天一联系过，通过微信可以知道两人之间的关系不错。蒋天一和武彦斌讲了他和母亲蒋小琴之间的事情，并向武彦斌借钱。武彦斌委婉地拒绝蒋天一，并出主意可以用绑架案来吓唬蒋小琴。

两人你一言我一语地在微信里讨论着计划，似乎蒋天一对这个计划更为激进一些，讨论到最后，武彦斌已经感到蒋天一的疯狂，但又不愿意借钱给他，只好答应帮蒋天一实施计划。

武彦斌手机微信里面的内容可以证实他的供词基本无误，愚蠢的绑架计划来自于武彦斌，但也排除了武彦斌绑架杀害蒋天一的可能性，而他侵犯张晓雪一事，很可能会在律师慕容雪的帮助下变成嫖娼案，最终逃避法律的追究。

韩孟丹又拿出一份报告，是关于蒋天一的兰博基尼跑车的勘察报告。

方向盘内侧的半枚指纹已经还原完毕，通过指纹库的对比，并没有找到对应的对象，法医老李还在副驾驶的地板上发现了数根长头发，能够确定的有三人，都是张晓雪商务模特群里面的女子。

兰博基尼受损的底盘经过痕迹对比，证实就是在鸿翔路刮的。

韩孟丹把两个透明的证物袋放在桌上，证物袋上分别写着取得证物的时间、地点和来源以及涉及的案件等等。

证物袋里装的都是头发，其中一个是蒋天一案发现场发现的黑长直发，另外一个是在蒋天一的跑车上发现的一根头发。

"这两根头发一致？"刘天昊见韩孟丹把两根头发放在一起就知道她的用意。

"经过反复对比和 DNA 鉴定后，两根头发属于同一人，年龄大约二十岁，女性，从发梢尖端来看，应该是刚理过发不久。"韩孟丹说道。

"这和刘队之前的分析基本对上了，女性，二十岁左右，身高一百七十五厘米，黑长直发，抽女士烟云烟 WIN。"虞乘风兴奋地说道。

"此外她还熟悉天兴大厦及其工作人员的作息时间，否则她不可能躲过那么多的摄像头，更不可能从容地把死者弄进水泵房再杀死，另外她对蒋小琴家庭情况非常熟悉，知道蒋天一的隐疾，具备一定的医学常识，会驾驶，但对豪华跑车的掌控并不好。"刘天昊补充道。

"还有一点，就是符咒的事儿，虽说我一直不相信这玩意，但在两个案发现场都发现了类似的符咒。"韩孟丹看了看一旁的阿哲。

阿哲呵呵一笑，说道："孟丹姐，其实我也不太相信符咒，我叔有些神神道道的，一直想让我学，可我没兴趣。"

"至少说明一点，凶手懂符咒，而且还能熟练运用！"刘天昊说道。

"不如去问问我叔！"阿哲说道。

韩孟丹继续说道："蒋天一身上和周围的符咒经过检验，确认是他自己的血，还有那个注射器里面也发现了肾上腺素和蒋天一的血液。"

见韩孟丹不再说话，刘天昊转向阿哲问道："阿哲有什么收获吗？"

"风哥让我帮着查的那个人，哦，就是开车离开大厦停车场的男子，他叫李大国，是我辖区里面一个做金融的，实际上就是放高利贷的，因为借出去的钱有些收不回来，就把一些抵押的车和房子收来，车辆无法完成过户，所以就搞了一个租车行，做短期租车业务，这段录像我反复看过，这台车应该是他的。"阿哲指着男子开车离开大厦的录像说道。

"能找到他吗？还有这台车！"刘天昊问道。

"我尽力而为，这家伙很狡猾，而且江湖义气很重，想让他开口怕是很难。"阿哲说道。

"这个没问题，找到人后，连车带人都拘到刑大来，其余的事交给我。"刘天昊说道，又向虞乘风问道："乘风，还有黑衣女子的线索吗？"

虞乘风摇了摇头："我查看了天兴大厦外路面上的监控，出了大厦后，她又进入附近的百年城，但再查百年城的监控，她却消失了，技术科的同志们认真排查过，百年城入口和地下停车场的进出口都查了，没有她再出去的画面。"

"除非她一直待在百年城里，否则一定逃不过百年城四个入口的监控的。"阿哲说道。他曾经在百年城附近的警亭执过两年的勤务，对百年城非常熟悉，无论是四个地上入口还是地下车库进出口，都有监控录像。

百年城到了半夜之后，绝对不是一个可以容身过夜的地方，难道她真的是凭空消失？

# 第十五章　借尸还魂法

现代的监控系统很发达，治安防控和城市管理有天网系统，交通道路安全有海燕系统，还有众多的以私人名义安装的各种各样的监控，多如牛毛。但天兴大厦和百年城每天都有数十万人的流量，神秘黑衣女子还具备反侦查能力，要想从监控系统找到她，排查的工作量非常巨大。

刘天昊一向都不是钻牛角尖的人，见这条路已堵死，便说道："乘风，你协调技术科的同志再辛苦一下，把蒋天一别墅周边的监控排查一遍，时间段就是张晓雪被害的前后二十四小时，一会儿咱俩再去一趟葛青袍的道馆。阿哲，高利贷李大国就拜托你了。孟丹，蒋天一的验尸报告你盯着点，有消息随时告诉我。"

韩孟丹脸色异常凝重，她明白刘天昊的话的分量，之前张晓雪尸检有误造成了他对凶手判断失误，还让律师慕容雪钻了空子，轻而易举地保释了纨绔少爷武彦斌。

一想到慕容雪，韩孟丹就恨得牙根痒痒。她在职业生涯中不止一次和慕容雪打过交道，慕容雪是一个极其精明而且能抓住关键的律师，在几件证据确凿的案子里，她依然能够为雇主寻找检方的漏洞和破绽，最终反败为胜，或是无罪释放，或是从轻处罚，其中有两件案子是韩孟丹做法医实习生时的案子，她看到的是被害家属无穷无尽的痛苦和折磨，而另外一边的慕容雪则是趾高气扬和春风得意，两方的巨大反差让韩孟丹印象深刻，也对傲气十足的慕容雪产生了敌意。

而且在她见到慕容雪的第一时间，她就闻到了危险的味道，如果慕容雪在其中搅局，不但可能造成案子破不了，更有可能让刘天昊等人陷入一个新的危机当中。

她送走刘天昊之后心中暗自做了一个决定，既然神秘黑衣女子和慕容雪姐妹长得比较像，那就去查查慕容雪，说不定还真有关联。

心里惦记着慕容雪的还有刘天昊，并非惦记她的人，而是惦记她参与的 NY 五号案件，慕容雪是一个心机非常重的人，当年 NY 五号案件牵扯面非常广，还涉及一名像刘天昊一样的神探刘明阳，她作为参与案件审理的律师之一，肯定会私下进行调查，不但知道面上的事，背后的事肯定也知道不少。

但目前这件案子关系到两条人命，钱局已经下了死命令，必须在一星期内破案，他只好把内心的激动压在心底。

"昊子，蒋小琴那儿怎么办？要不要通知她来认尸？"虞乘风问道。

蒋小琴是个难惹的主儿，要是让她知道儿子死了，肯定要闹翻天，到时候整个 NY 市都会知道这件案子，很多可以暗中调查的线索都会变成明查，绑匪很可能会隐匿起来甚至闻风逃走，对破案十分不利。但目前韩孟丹需要对蒋天一的尸体进行尸检，要是没经过家属签字同意，事后蒋小琴一定会追究。

"先别惊动蒋小琴，等孟丹需要尸体解剖同意书时再说。"刘天昊说道。

"这事儿不用和韩队请示一下吗？"虞乘风好心地提醒着。

刘天昊摇了摇头。他作为中队长就得有中队长该担当的责任，大事小情都去请示韩队，不但对自己不负责，更是对领导不负责，一旦请示韩队，他答应了，以后真的有问题，他就会第一个挨板子，如果不答应，又破坏了刘天昊中队的破案计划。

虞乘风开车还是一贯地稳，大切诺基不急不缓地行驶着，热风不断地灌进车厢内，吹在脸上，让本就烦躁的刘天昊有些气闷。

他打开空调关上车窗，冷气很快充满整个车厢，让外面的燥热无法侵袭。他焦躁的情绪也跟着冷了下来，开始思考这件案子。

案子有两名受害者，张晓雪和蒋天一，张晓雪是因为受到了武彦斌的侵害，被乙醚弄得昏迷不醒，最后被人弄断颈椎骨而死，凶手还利用某些手段加速尸体腐败的速度，让法医尸检结果出现误差，最大的可能就是在制造不在场证明。

蒋天一和武彦斌设计绑架案，却在半路上犯病，武彦斌去取治疗药剂，在蒋天一犯病时，绑匪绑架了蒋天一，最终在天兴大厦将其杀害。

两名死者共同点之一是凶手是在借机会杀死二人，杀张晓雪是借武彦斌侵害她之后，杀蒋天一是利用了武彦斌的蠢猪绑架计划。其二是两名死者身上和周围都画着道符，但画在张晓雪身上的符咒是用狗血画的，而蒋天一身上的符咒是用他自己的血画的。

但从符咒的组成来看，两人身上的部分符咒不一致，应该是起了不同的作用，按照葛青袍所说，张晓雪身上的符咒起的作用是镇魂，蒋天一身上的符咒是什么作用呢？

凶手绑架蒋天一后要了七十五万的赎金和治疗针剂，却又让蒋小琴把七十五万捐献给养老院，在警方介入拿到七十五万现金后，绑匪再一次让蒋小琴捐献七十五万现金，这究竟是为什么？

既然要了蒋天一的治疗针剂，为什么又要将其杀害，这样做岂不是多此一举，而且还面临着暴露的危险，从目前的情况看，绑匪的目的绝不是为了钱，让蒋小琴给养老院捐款的事儿很可能就是凶手故布疑阵的幌子！

杀人和绑架不是为了钱，也不存在其他的利益关系，那凶手作案的动机很可能是为了复仇，也可能两人之间还有第三者的存在，也就是视频里面的黑衣女子，有情杀的可能。

根据绑匪绑架蒋天一的时间，在把蒋天一弄到天兴大厦之前，肯定还有个落脚的地方，这个地方很有可能就是凶手的老巢。

总而言之，案子的疑点非常多，从目前掌握的线索来看，张晓雪被害和蒋天一绑架杀人案的凶手应该为同一人，可以做并案处理。凶手很有可能是那名神出鬼没的黑衣女子，像幽灵一般，时不时地出现在视野中，但又抓不到她半分影子。

不知不觉中，车停了下来，停车场站着一名美女，冲着刘天昊二人招了招手。

"这不是葛青袍道馆的前台吗？难道是葛青袍知道咱们要来，提前让她在这儿等着？"虞乘风熄火拔钥匙一气呵成。

两人刚下车，前台美女便走了上来，冲着刘天昊一笑，说道："刘警官、虞警官，葛老师派我来迎接二位。"

"葛青袍怎么知道我们要来？"虞乘风好奇地问道。

美女笑着摇摇头，说道："道馆正进行装修，葛老师怕你们找不到人，所以就让我提前来这里，至于怎么知道你们要来，只能二位自己去问了，他在顶层的私人会馆，会馆的老板也是葛老师的朋友。"

……

会馆占用了大厦一层的面积，装修装饰的风格是中国风，装修的材料用的都是高档的木料，看起来古香古色。

葛青袍早有准备，茶水都已经泡好，巨大的茶几上还放着一些黄色纸，上面画着奇形怪状的符号，看起来和蒋天一、张晓雪身上的符号比较相似。

三人寒暄一番后落座，葛青袍把画有符号的几张纸放在刘天昊面前，缓缓说道："我知道你肯定要来，所以提前做了些准备，第一张纸上所画的符号和那名女孩儿身上的符号一样，第二张纸上的和现在这名死者身上的一致。"

刘天昊一惊，蒋天一的死讯他们也是刚刚知道，葛青袍大门不出，怎么会知道这些？

葛青袍呵呵一笑，说道："是阿哲告诉我的，他对蒋天一身上的符号描述了一番，我便画了出来，你们看看对不对？"

刘天昊这才长叹一口气，认真地看了看第二张纸。

纸上的道符和尸体上的完全一致！

刘天昊数了一下茶几上的纸，一共是六张，其余四张也都是奇形怪状的符号，看不懂，但能看出每张纸上的道符都有所不同，他又仔细回想了一下两个案发现场，尸体周边画的道符却和纸上的有所不同。

"葛老师，这些道符您说过，是镇魂的作用，但为何有所不同？"刘天昊问道。

葛青袍呵呵一笑，倒了一杯茶慢慢地喝下，说道："说起来话长了，简单地说，这是道家的一个派系五行门所用的符咒，每个符咒单独存在时，起的就是镇魂作用，但因为每个人的属性不同，分为金木水火土五种镇魂符，女孩儿属水，身体上画的是水属性的镇魂符，蒋天一属土，身上的是土属性的镇魂符。"

"单独存在？"刘天昊有些疑惑。

"就知道你是最有悟性的。"葛青袍点了点头，又说道："五行门曾经有一种秘而不传的道法，叫五行借尸还魂法，据说可以借助刚刚死去的人甚至是活人的身体复活，两名死者身体周边的道符、头顶的那碗血，还有燃烧过的符咒属于辅助符咒，起的作用就是利用五种属性的魂魄让死者复生。"

"镇魂符加上辅助符咒组成了法阵，让死者复生？这太不可思议了吧。"虞乘风满脸的不可思议。

"我知道你们不信，其实我也不信，但这些就是五行门的道法，应该对破案有些用处。"葛青袍表情并无半点波动。

"按照您的说法，如果凶手在作一场道法，还要有三人才能完成，金、木、火三种属性，这就意味着还要有三人被杀害！"刘天昊惊道。

"没错。"葛青袍的表情逐渐严肃起来。

# 第十六章　五行门

葛青袍和刘天昊是两个世界的人，他所掌握的道是现代科学体系无法评估和量化的，符咒到底有没有作用无法评述，但至少在这桩案子里嫌疑犯使用了这种手段作案，刘天昊必须要进行了解，要通过此事追查到嫌疑犯作案的动机和目的。如果能通过葛青袍查到五行门的来历和门徒的身份，对于追查嫌疑犯是有很大好处的。

"葛老师，您能详细说说五行门吗？"刘天昊诚恳地请求道。

葛青袍所学的奇门遁甲是正宗的道教术法，起源是轩辕黄帝。他对道教的门派、类别、术法所知甚多，可谓是一本道教发展史的活教材。

葛青袍给两人斟了茶，随后慢慢悠悠地讲述起五行门的事儿来。

……

中国传统的道教发源于春秋战国时期的方仙道，后期又演化出诸多道教派别，如全真教、正一教、茅山上清派等等。根据法术类别的不同，分为两大类，即丹鼎派系和符箓派系，全真教和正一教便是两大类别的代表。

五行门正是符箓派系演化出来的一个小分支，起源于南北朝时期，擅长用五行符咒来施法，金木水火土相生相克，法术无穷无尽，但由于起源时间较晚，是诸多道派中的小门派，只在五行山方圆百里内比较流行。南北朝时期，在高层士大夫中流行服用一种药物，叫五石散，是丹鼎派道士炼丹的产物，由于产量很少，便成了稀罕之物。丹鼎派道士也因此比较吃香，而符箓派大多数都是用符咒施术作法，在效果上看起来远没有五石散来得直接，相对而言气势便弱了一些。

在一次机缘巧合之下，五行门的创始人吞并了当地的一个邪教，在邪教的藏书中得到了一本奇书，融合本门派的符咒后居然创造出一门逆天的法术，五行借尸还魂法。

道教崇尚长生不老，但实际上没人能真正修炼到这个境界，如何延续生命就成了当时诸多教徒钻研的门道之一，借尸还魂正是其中一种，但这种术法在正统的道教人士看来就属于歪门邪道。

借尸还魂并非真要把灵魂钻到尸体里，而是要在适当的时机制造一具比较合适的躯体，即宿主。要想成功借尸还魂，首先要找到五名相应属性的人，在其身上画上相应属性的符咒后将其杀死，再用法器将死者的魂魄收起，五种魂魄收集齐后用符咒炼化宿主的魂魄，让宿主的魂魄消失，但肉身无损，这样一来就完成了宿主部分，最后再把要转移的魂魄转移至宿主就完成了借尸还魂。

修道者就可以用新的躯体继续生存下去。这就意味着要想完成借尸还魂，就要杀死六个人。

至于施术者究竟能不能借尸还魂已经无据可查。

在北魏皇帝拓跋焘在位期间，因佛教寺庙豢养的僧兵参与谋反，他一怒之下便开始下令灭佛，一时间，佛教徒哀声遍地，而道教借此机会发展壮大起来。随着拓跋焘的孙子拓跋濬继任，佛教开始盛行，道教势力渐渐衰退。

五行门修炼之法比较邪门，一般的百姓人家无法满足修炼条件，而相对富裕的人家和权贵舍得花钱买人命，但效果却不确定，绝大多数人都失败了，个别说有成功的也可能是五行门的人做的扣儿！

民间一些江湖人士为了续命便私下使用借尸还魂法，因为涉及人命，就连累到这门法术的起源者五行门，在各门派和当政者的联手打击下，五行门终于销声匿迹。

五行借尸还魂法从此消失在历史长河中，再也没有人听说过这种法术，当年创建这种法术的掌门不知是否还用这种法术继续活着。

……

葛青袍说完后喝了一杯茶，悠悠地说道："生老病死乃是常理，魂魄可以永存，但躯体却无法避免衰老，五行借尸还魂法正是基于此而创造出来的，目的就是让修道者换一个身体活着，以便继续进行修炼，直到修炼到长生不老的境界，这种法术我只是听师傅说过，却没真正见识过。"

"五行门到了现代还有传人吗？"刘天昊问道。

"不知道，不过从目前的线索来看，应该有，我看过张晓雪尸体上的符咒，画得很专业，按说画符一般都是用朱砂，拥有镇邪的效果，但施法者却用狗血，镇邪驱魔效果比朱砂更胜一筹，至于蒋天一的案子，凶手用了他的血来画符，我就不知道究竟是何意了！"葛青袍说道。

"镇魂的作用仍然是一样的吧？"刘天昊问道。

"作用是一样的。"葛青袍答道，但不再给刘天昊和虞乘风续水。

"我明白了，谢谢葛老师的指点。"刘天昊从葛青袍的动作看出他下了逐客令，再待下去也不会得到线索，便起身告辞。

葛青袍对这名年轻人颇有好感，正像菩提祖师对孙悟空颇具悟性的好感一样。

他起身捋着胡子说道："五行门之所以败落，是因为修道的手段是以他人性命为基础，道不正则衰。刘警官，无论这件案子中的法术是真是假都不重要，最终都会被你的正义所击败。你还记得在'极凶之地'的案子时我说的话吧。"

当时案子刚刚发生，葛青袍便预测案子最终会在刘天昊手上告破，后来果然应验。刘天昊脸上露出钦佩之色，冲着葛青袍拱了拱手，转身正要离开，手机却响了起来，他看了一眼手机屏幕，脸上神色一变。

正常来说，警察队伍等级分明，很少有越级下达命令或指挥这类事情，但在特殊情况下，也可能会出现。钱局是一名懂得管理的好领导，很少越过韩忠义给刑大的中队长或是侦查员打电话，所以刘天昊一看到是钱局的电话时，就感到事情有些不妙。

"喂，钱局您好。"刘天昊小心翼翼地接了电话。

钱局什么话都没说，先来了低低的一声长叹，随后才说道："小刘，蒋天一遇害的事情蒋小琴知道吗？"

"还没来得及和她说，孟丹和老李如果需要死者家属签字解剖，应该会联系她的，我现在还在调查这件案子，没来得及去找蒋小琴。"刘天昊答道。

"不用去找她了，现在她就在接待室，差点没把公安局掀个底朝天，韩忠义正安抚她呢。她可不怕事儿大，把大小媒体的记者都叫来了，堵在大门口嚷嚷着要采访。还有那个难缠的律师慕容雪也跟着她一起来了，一个蒋小琴就够难缠的了，加上个慕容雪，我是如坐针毡啊。"钱局语气中充满无奈。

"明白了钱局，我和乘风马上回去。"刘天昊带着歉意说道。

蒋小琴不但是著名的企业家，自打刘大龙死后，还接替他成为 NY 市的人大代表，带有半官方的性质，所辖的两个企业每年为 NY 市创造了巨额税收，连市长和书记见了她都要让三分，加上她飞扬跋扈的性格，怎能不让钱局头痛！

"小刘，目前这件案子已经公开，想暗中调查怕是不太可能了，媒体一旦炒作起来，会造成更坏的影响和后果，当务之急就是迅速破案。"钱局语重心长地说道。

刘天昊放下电话，歉意地看了一眼葛青袍，鞠躬后向外走去。

"刘警官，蒋小琴方面需要我做什么你尽管开口。"葛青袍好意地说道。

刘天昊犹豫一下，在这一刻他真的想开口求葛青袍弄走蒋小琴，但这件事一旦开口，不但会被葛青袍看轻，更会被蒋小琴瞧不起，他骨子里的傲气陡然爆发出来，眼睛散射出坚定的光芒，微微摇了摇头："谢谢您，我明白您的意思。但这件事还得从根本上解决，只有破了案，抓到了凶手，才能向死者和家属交代，才能向社会交代。"

"好，好，好！"葛青袍一连说了三个好，他并非溜须拍马，而是打心眼里喜欢这名年轻的后生，在他的身上，葛青袍看到了自己年轻时的影子，桀骜不驯、傲骨十足、能力超强，相信假以时日，刘天昊定会成为全国乃至全世界最优秀的警察。

……

世间之事千变万化，没人会预料到事情的结果，甚至连下一刻的变化也无法预料。

韩忠义是 NY 市最著名的神探，也是神探的导师，他培养出来的弟子几乎个个都是警界的精英人士，他本人更是创下了全省破案数量之最和速度之最，但是他是属于铁汉但没柔情的那种男人，说起破案，他是绝对的专家，但对付蒋小琴，只能用束手无策四个字来形容，钱局派他来安抚蒋小琴和得理不饶人的慕容雪实在是个决策性错误。

但他是刑大的负责人，政委又出差在外，责任大于天，想不想出面都得硬着头皮上！

韩忠义坐在接待室几乎一言不发，看着面前的两名女人不断地提出各种各样的质问，质问破案速度太慢导致蒋天一死亡，质问警察隐情不报，质问刑大办案程序有误等等，慕容雪不时地在旁边补上一刀，让韩忠义彻底变成了哑巴，想说几句官话都说不出来。

蒋小琴失去了儿子，看韩忠义一言不发是越讲越气，最后站起身指着韩忠义的鼻子骂粗口，要不是其他几名老警察和女警拦着，韩忠义险些把手铐铐在蒋小琴的手腕上。

蒋小琴并没有因为韩忠义的忍耐就适可而止，反而变本加厉地骂人。正当她发飙到极限时，手机响了起来，她连看都没看，接起电话便骂了过去，但刚骂到一半，她便停住，摆弄了几下手机，手机免提把声音扩散出来。

"蒋小琴，你立刻准备一千万，记住别报警，否则撕票，两小时后等我电话！"一名很粗的男人声音从话筒中传了出来。

蒋天一已经遇害了，尸体就躺在刑大法医鉴定中心，这又是哪里来的绑匪！

# 第十七章　乌龙案

人性的暗面之一就是自私，具体表现是强烈以自我为中心，在这种人眼中，一切不利于自我的事全都是错的。

蒋小琴是最典型的代表。

自打她进入公安局接待室的那一刻，嘴就没停过，一直在喋喋不休地羞辱着和她接触的各种各样的警察，这也是钱局不愿意和她接触的原因之一。

蒋小琴也懂得审时度势，众人对她头痛，她对刘天昊也是头痛不已，因为刘天昊不比韩忠义，不比面前这些老警察，更不比避而不见的钱局，他敢作敢当，而且骨子里透着宁折不弯的倔强和顶天立地的正气。

刘天昊进入接待室后感到了韩忠义的愤怒和无奈，暗自叹了口气，转向蒋小琴，尽量用柔和的语气说道："蒋女士，我非常理解您的心情，但现在凶手还未缉拿归案，当务之急应该先冷静下来，配合警方的工作，把凶手抓到给死者一个交代才是。"

蒋小琴正要发火，忽然感觉刘天昊的眼神中透露着一股肃杀之意，让她立刻想起了葛青袍的气势和神韵，她撇过头去，想起了已经死去的儿子蒋天一，自己就算有再多的财势也无法挽回他的性命，就算再拼搏、再努力，创造出再大的事业，在她百年之后也会灰飞烟灭，想到这里，她的神色黯淡下来，泪水慢慢地从眼眶中流出。

刘天昊冲着韩忠义等人点头示意，众人立刻会意地离去。韩忠义经过刘天昊时，拍了拍他的肩膀，又看了看接待室门外站着的精神科主任医师许安然，拍在刘天昊肩膀上的大手用力捏了一下："先到我办公室来一趟！"

韩忠义是 NY 警界蝉联五届的自由搏击冠军，手劲儿相当大，捏得刘天昊险些叫出来。许安然冰雪聪明，一眼就看出韩忠义的意思，捂着嘴偷笑着。

要是遇上蒋小琴这种事，一般都是赵清雅出面，但前段时间有个案子，赵清雅到外地出差，其他几名老警察都是圆滑有余、能力不足。为了安抚蒋小琴，刘天昊不得不动用私人关系请来了许安然。

许安然见众人离开接待室便走了进去，慕容雪原本就是蒋小琴请来助阵的，见雇主的气势弱了下来，也不再对警方追击，用眼神询问蒋小琴，却并未得到回应，便跟着他们离开接待室。

……

韩忠义把办公室的门关上，盯着立正站好的刘天昊和虞乘风，目光像刀子一般，令二人不敢直视，过了一阵，就在两人快要窒息时，才说道："到底怎么个情况？为什么不通知死者家属认尸？"

还没等刘天昊解释，他又把目光转向虞乘风，责问道："乘风，你可是老刑警了，怎么也跟着犯错误，你不知道办案程序吗？"

刘天昊自然不敢把老蛤蟆监听蒋小琴的事儿说出来，只好说道："师傅，是绑匪找到了蒋小琴，我们暗中跟着，想顺藤摸瓜……"

"结果还是没抓到绑匪？"

刘天昊无奈地点点头。

"越是疑难的案件，就越要抛开表象认清本质，跟着绑匪绕圈圈那是新手才会犯下的错误。"韩忠义敲了敲桌子说道。

刘天昊两人低着头，连大气都不敢喘。

韩忠义摆了摆手："刚才蒋小琴接到了绑匪的电话，我录了音，你听下。"

他拿出手机，一段有杂音的录音播放出来，正是刚才绑匪打给蒋小琴的电话。说话的是声音很粗的男性，估计年纪应该在三十岁到四十岁之间，NY 当地口音很重。

"打进来的电话号码我发给你了，另外，提醒你的朋友注意保密，刑大门口一大堆媒体记者就等着要新闻呢。"韩忠义说道。

"师傅，绑匪在和蒋小琴接触过程中用了变声器，听不出是男是女，所用的手机号码是五年前非实名注册的那一批号段，电话只打一次就扔掉，据目前所掌握的线索，绑匪的目的并不是钱，而是另有目的。"刘天昊解释道。

"另有目的？"韩忠义疑惑道。

刘天昊讲述了镇魂道符和五行借尸还魂术，以及葛青袍对道家门派的认识，听得韩忠义一阵阵皱眉头。

"师傅，我知道您不信，我也不信，但现在这件案子已经和这玩意挂上钩了，咱们不信，可凶手信，按照葛老师的说法，还得有三人被害才能完成这个法术的第一阶段，最终完成还要杀一个人！"刘天昊说道。

韩忠义摇了摇头，没说什么。

"我一直在想这件事会不会和蒋小琴或是蒋天一有关，这才先去做了外围的调查，而没通知蒋小琴来认尸。"刘天昊解释道。

"按照你的说法，刚才给蒋小琴打电话的绑匪是假冒的了？"韩忠义问道。

"没错，无论是声音还是动机都不符合真正绑匪的特征。"刘天昊说完便拿出手机，复制韩忠义刚刚发给他的绑匪电话号码拨了过去。

电话居然通了！

粗壮男声从话筒传了出来，语气非常不友好。

"嗯……"男人有些爱答不理。

刘天昊努力挤出一个笑容，夹着嗓子说道："你好，我这里是做贵金属的公司，我可以帮您做贵金属交易理财，回报率可以达到300%……"

"去你%……%￥%……"粗声男人爆出一顿粗口，随后挂断电话。

刘天昊耸了耸肩，说道："真正的绑匪给蒋小琴打完电话或者是发了短信就会扔掉电话，反侦查意识很强，而眼前这位并不具备反侦查意识，所以我认为这是一起绑架乌龙案，就是利用蒋天一被绑架这件事勒索蒋小琴，但嫌疑人对蒋天一的死并不知情。"

韩忠义点了点头。

"只要目前这个绑匪不关机，查到他并不是件很难的事儿。我是这样打算的，乘风跟踪现在这起勒索案，我继续查蒋天一和张晓雪被害案，争取在下一个被害人出现之前揪出凶手。"刘天昊说道。

"可以，不过蒋小琴和慕容雪比较难应付，用不用我把齐维弄回来？"韩忠义问道。

齐维不但是神探，而且颇具痞气，对付蒋小琴这种人再合适不过了。

"不用，我能对付得了。"刘天昊向韩忠义敬了一个礼，随后转身出去。

虞乘风见刘天昊已经离开，才小声向韩忠义说道："韩队，天昊已经成长起来了，我觉得您是不是该放一放手？"

韩忠义冷冷的目光望向虞乘风，吓得虞乘风立刻低下头。他轻叹一口气，慢慢走到窗口，推开窗户深吸了一口气，语重心长地说道："严格意义来说，昊子的叔叔刘明阳是我的领路人，我之所以让你盯着刘天昊，就是不想让他走他叔叔的老路，一名优秀侦探的培养，绝不单单是学会破案这么简单的事儿，还有更为复杂的人为因素掺杂在其中。"

虞乘风点了点头。

韩忠义转过身来："乘风，你记住，刘明阳出狱的那一刻并不是 NY 五号案件的结束，也许会是另一个新的开始，但很多人不想它重新开始，也许天昊的侦探之路会因此而受阻。"

虞乘风的性格憨厚而不是傻，他立刻便明白了韩忠义的苦心。

优秀的人才很多，但要想真正成长起来，还需要人才在前行的道路上没有污点，这一点韩忠义作为老刑警是最懂的，在他身边有很多具备条件的刑警，因为犯了一点小错误，在提拔的时候便被一票否决。

说起来很残酷，但这就是现实。

韩忠义明白这点，是因为他曾经经历过，要不是遇到钱局，恐怕他现在已经调到基层当片警去了。齐维也是刑侦的天才，也是因为做事不太守规矩总是错失晋升的机会，导致他变得有些玩世不恭。

"我明白了韩队，您放心吧，我会看好昊子的。"虞乘风话音刚落，刘天昊的电话便打了进来。

"乘风，绑匪又给蒋小琴打电话了，告知交易地点在南郊废弃工厂区，你让技术科锁定手机号的位置，把他们抓回来。"刘天昊对这个绑匪压根没放在眼里，好像对待碗里的肉一样，随时可以夹起来吃掉。

虞乘风给韩忠义敬了礼，小跑着离开。

……

不得不说许安然是名很专业的心理医生，在她的介入下，蒋小琴已经恢复了理智，和刘天昊陈述绑匪联系她索要赎金的全过程。

整个过程和老蛤蟆提供的线索、刘天昊的分析几乎一致，不一致的是后来绑匪还用了短信的方式联系蒋小琴。

至于蒋小琴是如何得知蒋天一的死讯，也是绑匪通过彩信告知的，内容除了一张蒋天一死亡现场的图片之外，还有一句话：福来有由，祸来有渐。

意思是幸福的来临是有原因的，祸事也是渐渐积累出来的。

这就意味着绑匪和蒋天一或是蒋小琴有关联，从绑匪的行为来看，这个关联还可能和赎金金额七十五万有关。

当刘天昊问蒋小琴七十五万这个数字时，她脸色微微一变，但随即又恢复到悲伤的情绪。虽然是一瞬间的事儿，却瞒不过刘天昊和心理专家许安然。

刘天昊和许安然不约而同地对视一眼，彼此心里有了数。

蒋小琴一定知道七十五万的含义！

# 第十八章　目击者

有一种人是极度自负的，而且反复无常，只要事态发展不利于自己，就会立刻转变风向和态度。例如蒋小琴，已经在许安然的心理介入下要配合警方的工作，但可能七十五万这个数字涉及她的隐私或利益问题，在面对刘天昊的质疑时，她不但不积极配合，而且还蛮不讲理地打断对方的问询。

"你们是警察，这些问题你应该去问绑匪，他们杀了我儿子，现在还要勒索我一千万，你们不去抓他们，反倒在这儿质问我！"蒋小琴忘了绑架案刚发生时她求刘天昊的状态了，刚才被许安然找回来的那种安逸状态一去不复返。

"绑匪已经有人去抓了。"刘天昊看了看手表，又说道："三个小时，就可以抓到绑匪。现在我还需要您提供一些线索，给绑匪定罪需要证据，而且您也不希望绑匪脱罪吧。"

关于要一千万的绑匪不是真绑匪的事儿，刘天昊不想和蒋小琴多费口舌，要是和她解释，会惹一些不必要的麻烦。

蒋小琴把手机向桌子上狠狠一拍，表情像极了一头发怒的母狮子："我已经请了慕容律师，碰过我儿子的谁都跑不了。"

"七十五万，到底为什么是这个数字，这件事对于破案很关键。"刘天昊说道。

"不知道，说了几遍了，不知道，不知道，你总在这儿盯着我干吗，你应该出去抓绑匪，把他们都抓回来枪毙，给我儿子报仇！"蒋小琴一口气说了很长一段话，差点没憋断气，说完将脸撇过去不再说话，只顾着喘气。

刘天昊叹了一口气，向许安然眼神示意，两人看了一眼蒋小琴后转身离开，立刻又有两名老民警从走廊里进入接待室，蒋小琴的咆哮声和老民警老狐狸般的赔笑声再次从接待室传了出来。

……

和许安然走在一起，刘天昊感到很有压力，无论是身高还是相貌，许安然都是国际名模级别的，而且她的眼睛似乎还会说话，每逢和她对视，都会感到她的眼睛表达无数种意境。

刑大的小公园依然安静，刘天昊本打算送许安然回医院的，但许安然见到刑大的小花园盛开着各种各样的花时，她的眼睛一亮，自顾着走了过去。

刘天昊无奈，也只好跟了过去。

"有时候放松一下，会启发你的办案思路。"许安然闭着眼睛闻着一朵花。

"要是葛青袍说的是真的，可能还会出现第三名被害者，我现在必须要在他再次作案前找到绑匪。"刘天昊咬着牙说道。

许安然轻轻地抚摸着花瓣，睁开眼睛说道："具体的案情我不知道，但蒋小琴一定有问题，尤其对七十五万这个数字，好像过敏一样，在心理学上叫心理过敏反应。通过我对蒋小琴的观察，这人很固执，心理防御极强，几乎没人能走进她的心里。"

因为财富的缘故，蒋小琴将自我定位为唯我独尊的状态，无论是谁，都不能入其法眼，尊重葛青袍是因为当初救过她儿子蒋天一，现在蒋天一死了，她在心理上再无牵挂。

"想在她这儿获得线索怕是不太可能了。"刘天昊叹了口气。

"那就另辟蹊径呗，条条大路通罗马，刘大神探还能被这件案子困死？"许安然一脸阳光。

"和你聊天真的很愉快，谢谢。"刘天昊语气中满是诚恳。

许安然脸上一红，低下头去回道："哪里啦，都是朋友嘛。"

小花园突然变得安静起来，连一向吵闹的蜜蜂也不知到哪里去了。

手机铃声的突然响起吓了刘天昊一跳，是虞乘风的来电。刘天昊嘴角露出一丝笑容，小声自言自语道："看来是抓到了。"

许安然非常识趣，自顾着向一旁走去，避开他和虞乘风的通话。

"昊子，人抓到了，三个，正往刑大赶呢。"

"好。"刘天昊应了一声，抓到勒索一千万的绑匪是他预料之中的事儿，这个消息并未让他太兴奋。

"也不是没收获，其中一个人在被抓后立刻招供，说领头儿的无意中听到蒋小琴儿子被绑架的事儿，是听一个女人说的。"

神秘黑衣女子!

刘天昊的第一直觉就是她。

"好，我在刑大等着，由我来亲自审问。"刘天昊说道，随后他向远处的许安然抱歉地看了过去。

许安然回应着微微一笑，说道："刘队，一会儿我自己坐车回去，正好要去医药公司有点事儿要办!"

……

绑匪头目不是人们想象中的那种凶神恶煞，单单从相貌和衣着打扮上看，和邻家的大叔没有任何区别，说起话来有些磕巴，声音很粗，和长相完全不搭。

刘天昊斜坐在审讯桌上，虞乘风在一旁记录着，墙角的摄像机红点一闪一闪的。男子不时地看向摄像机，却不敢和居高临下的刘天昊对视，神情有些紧张。

"现在你涉及绑架勒索，你的两个同伙什么都说了，你是主犯。"刘天昊脸上故意露出幸灾乐祸的表情。

要不是手铐的缘故，男子估计能蹿到房顶上，他气得满脸通红，牙齿直打战，眼珠左右不停地摆动："这两个王八蛋，这两个孙子!"

"其实也没什么，毕竟你们没形成犯罪事实，危害也不大，如果认罪态度好，轻判的可能性很大，这事儿我可以帮你!"刘天昊说道。

男子的头点得跟小鸡吃米似的："刘警官，我从哪儿开始讲？"

刘天昊一咂嘴，皱着眉头说道："你那两个同伙可没你这么多问题。"

男子苦着脸，眨了半天眼睛，也不知道说什么好。

"先说说你策划勒索蒋小琴的事儿吧。"刘天昊提醒道。

"我就想弄点钱儿，又不爱干活儿，找了和我一起混日子的那哥儿俩，他俩是哥儿俩，肯定串通一气乱招口供害我。"男子说到这儿抬起眼睛看了看刘天昊。

"别跑题！"虞乘风用力拍了一下桌子。

男子吓了一跳，又说道："我无意中得知蒋小琴的儿子被绑架，就想借机会弄点钱，谁都知道蒋小琴有钱，拿个千把万都不当回事。我找人弄到了蒋小琴的号码，后面的事儿你们都知道了。"

"你怎么知道蒋天一被绑架的事儿？"刘天昊的问题才是他亲自审讯的目的，蒋天一被绑架这件事除了几个相关的内部人之外，并未扩散出去。

男子露出为难之色。

"说吧，只要不涉及人命案，我都可以向法官求情，给你轻判。"刘天昊说道。

男子犹豫了一阵才点点头，说道："我相信刘队，您是大神探，应该说话算数！"

……

男子叫刘贺，人比较中庸，做任何事都不太愿意付出努力，总想走捷径，这些年做了一些事儿，但大部分是被人骗，所以生活过得不怎么样，丢了原本很好的工作，妻子和孩子因为他懒惰无法撑起家庭而离去，他不但没痛改前非，反而守着仅有的一套房子勉强度日，把所有的希望都寄托在虚无缥缈的拆迁上，每天到处打听拆迁的消息乐此不疲。

他看着已经拆迁的人们拿到大笔的补偿金眼红，看着别人住上了豪宅、开上豪车眼红，"等"便成了他人生里最重要的一件事，甚至忘了还有勤劳致富的事儿。

可事与愿违，头两年 NY 市发展正盛的时候拆迁的项目还比较多，近一年来，房地产已经饱和，很多盖起来的楼盘销售不出去，原本等着拆迁发财的住户们已是望眼欲穿，但拆迁变成了无限延期。

没钱的日子异常难挨，哪怕是像刘贺这样胸无大志的男人也挨不住，人活着要吃要喝，这些物质层面的需求都需要钱来解决。

于是他想到了偷，但现代是一个电子支付的时代，很少有人出门时带大把现金，加上到处都是监控摄像头，要是偷的技术不好，怕是要进监狱吃免费牢饭。

他想到了天兴大厦，他曾经在大厦当过一段时间保安，因为工作单调乏味辛苦加上不受人重视，没挨到三个月他就辞职不干了，但天兴大厦的各种商家他了如指掌，对保安换班和执勤规律也比较熟悉，他知道早上四点到五点之间是保安最懈怠的时间段。

他的目标是天兴大厦的一家手表行，经营的是名牌手表，店里很少有低于万元的货物，偷了之后拿到黑市去卖，也能卖个好价钱。

首先他得先藏起来，趁着白天人多的时候进入，等盗窃完东西后，还是在白天的时候离开，这样做可以最大程度规避保安的盘查和暴露的可能。地下二层停的车辆很少，有几部分区域还没有监控，是藏身的好去处。

他藏身的地方就在水泵房的隔壁，控制整个大厦电气的控制间。

凌晨四点到五点之间是人最困的时候，时间已经指向凌晨四点，闷了一宿的刘贺连续打了好几个哈欠，抹了抹流出来的眼泪，准备靠在墙上眯一会儿。

他等的是四点左右的那次保安巡查，整栋大厦会在四点半左右巡查完，从四点半到六点之间这一个半小时就是他出手的最好时间。

正当他处于半睡半醒之间时，他隐约听到隔壁有一个人说话的声音传来。说话的是名年轻男子，他说的话不多，语气带着惊恐，从声音大小判断出男子有些虚弱。

"小谷，你是小谷？"男子虽说有些虚弱却几乎惊叫出来。

随后另外一个人的冷哼声传了出来。

"你不是小谷，这不可能。"这是男子的第二句话。

随后打耳光的声音传了出来，听声音是对方连续打了男子的耳光，同时传来的还有男子的哀号声。

"别打了，你不就是要钱嘛，我给，你给我妈打电话，保证不报警，钱要多少给多少，我蒋天一说话算话。"男子又说道。

另外一人的冷哼声再次传来。

"别……别杀我，你不信我还不信我妈吗？她可是蒋小琴，钱有的是。"

刘贺听了这些话感到既兴奋又害怕，兴奋的是他赶上了一桩绑架案，如果他能救出蒋天一，蒋小琴肯定会付不少钱给他。但转念一想，万一救不出来，自己再落在绑匪手上，肯定要被灭口！如果要是报警，自己藏在这里的事儿就说不清楚了，弄不好好事做不成还得进监狱。

正当他犹豫的时候，一只老鼠从墙角的洞里钻了出来，嗖地一下经过他身边，吓得他惊叫了一声，缓过神来后，他立刻捂住了嘴，竖起耳朵听着隔壁的动静，汗水从他的额头冒出来，滴落在地上，空气和时间仿佛都凝固了，让他感到窒息。

他听到了金属刀具划过水泥墙面的刺耳声音，还有高跟鞋缓慢的敲地声音。

他眼珠左右不停地乱转着，不知道究竟应该是原地不动还是该逃走。电闸房和水泵房只有一墙之隔，但由于地下空间和格局的限制，两个门正好是相反的两个方位，需要绕过很远的距离才能到达另外一个门。

刘贺咽了一口唾沫，向四周看了看，在墙角有一个巨大的电闸箱，他立刻跑了过去，打开一看，里面除了一些电线和几个电闸外还有一些空间，正好能容下一个人，而且他发现锁头只要用力一掰就可以在里面锁住。

他钻了进去，用力将简易锁舌掰动，电闸箱的铁门锁了起来。

过了一分钟左右，推门声和高跟鞋的声音同时传来，手电的光芒把房间的每一个角落照得雪亮。

刘贺努力地屏住呼吸，他知道，如果让对方知道他的存在，他所要面对的只有一条路，冒死一搏！

幸运不会因为一个人懒惰而离去，幸运女神还是帮了刘贺的忙，当刘贺即将憋不住气时，手电筒的光芒和高跟鞋声音同时离去。

刘贺虽说比较慵懒，头脑却不笨，他并没有立刻出去，又待了好一阵，听到门外一阵叹气后，又一阵高跟鞋的声音渐渐离去，他才算松了口气，从电闸箱钻了出来，脱了鞋拎着，过街老鼠般地从电气控制间逃出去，沿着墙根飞快地逃到消防通道，直到他来到一楼后，见到大厦外第一缕升起的阳光后，他才松了一口气。

他钻进了一楼的一个厕所里，从窗户跳出，一口气跑回家。

……

"绑匪叫小谷？女的？"刘天昊问道。

"小谷，女的！"刘贺猛点头。

没想到一桩乌龙绑架勒索案的主犯居然是绑架杀人案的唯一目击者！

# 第十九章　小谷

在经历了生死之后，很多人会大彻大悟，要么看淡人生，要么发愤图强，还有一种叫破罐子破摔。

刘贺就是最后一种。

经历了天兴大厦的生死劫后，他不但没能悬崖勒马，反而思考起如何利用这件事获得大量钱财。

绑匪太过凶悍，不可能被他控制和利用，他也没胆量去占悍匪的便宜，可以利用的是蒋小琴和人质蒋天一。

在他看来，绑匪绑架人质肯定是为了钱财，如果利用绑匪和蒋小琴联系的空当混淆视听，就有机会从蒋小琴手里拿到赎金，就算事败，最多也就是诈骗未遂，不能按照绑架勒索来定罪。

但刘贺依然没胆子和蒋小琴打交道，NY 市很少有人不知道蒋小琴的威名，黑白两道有谁敢触她的霉头！

刘贺找了两个和他同样命运的男人，三个穷光蛋为了钱可以豁出一切，更何况是 NY 市首富蒋家！听了刘贺的计划，三人几乎是一拍即合，于是便上演一出乌龙绑架勒索案，从作案到被抓只有短短的三个小时，创造了 NY 市绑架案之最，因为他们的计划甚至比蒋天一和武彦斌的假绑架案更加愚蠢。

"然后呢？"虞乘风见刘贺不再说话便问道。

刘贺耸了耸肩，说道："然后就被你抓了呗，就没有然后了。"

"说说那女的，小谷，绑匪，你还能想起点什么！"刘天昊说道。

刘贺皱着眉头想了一阵，说道："香水，一股香水味，很好闻。"

刘天昊突然想起蒋天一跑车上的香水味，他看向虞乘风。虞乘风立刻明白他的意思，但摇了摇头，说道："文媛从来都不喷香水，都是自然体香！"说完后，他觉得话说得有些露骨，轻咳了两声低头继续记录。

刘天昊想起了王佳佳，她是香水的爱好者，肯定有香奈儿五号，于是打开微信给王佳佳发了一条语音："佳佳，你有香奈儿五号香水吗？借用一下，办案用。"

语音发送过去后，刘天昊朝刘贺点了点头："你继续。"

"那女人走路的跨步很大，这是我从两次高跟鞋落地的声音间隔听出来的，她的身高至少要在一米七五以上，大约和我差不多，走路很有力量，而且两只脚走路绝对匀称，应该受过专业的训练。"刘贺分析得头头是道，若不是坐在审讯椅上戴着手铐，还以为他是警察呢。

刘天昊开始慢慢还原绑匪小谷的形象。

刘贺眼珠直转，过了好一阵，才说道："她手里拿的刀肯定不是普通的切肉刀或者是西瓜刀。"

"为什么这么说？"虞乘风问道。

"普通的钢刀或者菜刀摩擦墙壁的声音发脆，而女人手里拿着的刀摩擦的声音发闷，应该是材质的问题吧，反正听起来就吓人。"刘贺说道。

"那你逃出来之后又去隔壁的水泵房或者是电气控制间了吗？"虞乘风问道。

刘贺眼睛一瞪，说道："我哪还敢回去，胆子都吓破了！"

"你再想想其他细节，如果对破案有功，会减少刑期的，甚至有可能缓刑。"刘天昊和虞乘风对视一眼，两人都知道刘贺目前不太可能再有线索了。

刘贺急速地点着头，皱着眉头苦苦思索着。

刘天昊和虞乘风两人离开审讯室，把继续审讯的任务交给其他警察，两人刚一出门，就碰到了审讯另外两人的警察。

关于刘贺团伙利用蒋天一被绑架事件勒索的部分，三人的口供几乎完全一致，但刘贺所说的遇到绑匪小谷的事儿无法考证。

"他现在急于脱罪，说谎的可能性很小，而且咱们封锁了蒋天一绑架案的信息，如果他不是恰巧遇到，很难知道其中的情况，不过，我还是去验证一下他所说的。乘风，你马上通知技术科，在 NY 市现居住人口里面查找名字带'谷'字的或者和'谷'同音的女人，其他条件你都知道。"刘天昊说道。

虞乘风犹豫了一下，随后还是点了点头。

刘天昊又说道："另外你去找下文媛，给小谷做个肖像还原。"

虞乘风应了一声，和另外几名警察离去。

刘天昊看出虞乘风的犹豫，这样的大规模排查无异于大海捞针，NY 市一个千万级别的人口大市，仅凭技术科那几个人，根本无法完成。

"刘队！"王佳佳的声音从大门处传来，她三步两步地跑到刘天昊面前，举着一个小瓶说道："这就是香奈儿五号，可以借给你，不过你得还给我呦。"

刘天昊接过香水瓶，转身又走进审讯室，过了两分钟，他又走了出来，自言自语道："还真是香奈儿五号，又对上一条线索。"

"你说什么呢？是蒋天一绑架案的线索吗？"王佳佳好奇地问道。

经过刘贺的确认，那名绑架蒋天一的女人身上喷的就是这种香水，香水虽贵，想用的人还是能用得起的，所以也算不上特定的线索。

刘天昊看了看王佳佳的头顶，又看了看她的鞋，摇了摇头。

王佳佳头一歪，嗔怒道："哎，你这是什么意思嘛，我又不是犯人，你这样看我干吗！"

"我要去做一个现场模拟，需要一名身高一米七五左右的，体重在一百四十斤左右的女人。"刘天昊说道。

王佳佳摊了摊双手，做出无奈的表情，说道："我明显不合适嘛，我才不到一百斤好吧！哼……不过，许安然应该比较适合。"

刘天昊点了点头，说道："还有两个人比较适合，就是不能请她们，得了，联系许安然吧。"

他想起了慕容雪和慕容霜两姐妹，身材和身高都和绑匪小谷非常像，也许……他连忙摇了摇头，想把这种想法甩出大脑，随后他拿出手机边打电话边向关押刘贺的审讯室走去。

王佳佳急跟了几步，走到他的身侧，从他手上抢回香水，说道："大老远把我召过来，说抛弃就抛弃呀！"

刘天昊给许安然发了微信，要她去天兴大厦，有事相求。微信很快得到了回复，许安然就在天兴大厦附近，十分钟就能赶过去。

刘天昊推开审讯室的门，朝着里面的警察说道："兄弟，先别审了，带上他去天兴大厦。"

其中做笔录的警察做了个 OK 的手势。

安排好了一切后，刘天昊才顾着向王佳佳说话："佳佳，我既然叫你来了，就是要带着你一起去，怎么可能丢下你不管，我答应过你做专访的嘛，走吧。"

王佳佳得意地一笑，正要上前挎刘天昊的胳膊，就见韩忠义从办公室露出脑袋来，叫一名警察进他的房间，顺带着冷冷地看了一眼王佳佳，吓得她伸向刘天昊胳膊的手转了个弯伸进了自己的裤袋里。

......

刘天昊和王佳佳赶到天兴大厦的时候，许安然早就在地下车库入口处等着两人了，一米七五的身高加上高跟鞋，还有得体的衣裤和大长腿出尽了风头，让过往的男人慢下车速恨不得把眼球摘下来放在她的腿上看。

地下二层靠近水泵房的停车位还停着一辆福特猛禽大皮卡，后面的斗被封着，司机也是王佳佳请来的，是一名专门收藏匕首、军刺、军刀的收藏家，他能答应来是看在王佳佳的面子上，但也提出了条件，不能被拘留、刀具不能被没收。

刘天昊率先进入电气控制间，查看着里面有没有女绑匪留下的线索，可惜的是，可能女绑匪并未真正进入电气控制间，里面没有留下任何痕迹。

他又走到刘贺所说的那个巨大的电闸箱处，打开门看了看，里面的空间果然能藏下一个人。

物业一名年轻的管理人员也凑了过来，他听说刘神探和大记者王佳佳都要来，就换上了一身衣服，准备在王佳佳的镜头下露个脸，万一她的下一期视频火爆了，说不定自己也跟着火一把。

刘贺走进电气控制间，走到电闸箱前钻了进去，锁上后又打开走出来，说道："刘警官，我没撒谎吧。"

刘天昊点了点头，冲着物业小哥喊道："兄弟，委屈你说几句台词。"

物业小哥乐得屁颠屁颠的，反复念叨着王佳佳告诉他的台词，一边念叨着一边和许安然走向隔壁的水泵房。

刘天昊敲了敲墙，示意可以开始。

……

"小谷，你是小谷？"物业小哥显然表演欲望很强烈，很入戏。

随后许安然的冷哼声传了出来。

"你不是小谷，这不可能。"物业小哥惊叫着。

打耳光的声音又传出来，应该是许安然双手互打的声效。

"别打了，你不就是要钱嘛，我给，你给我妈打电话，保证不报警，钱要多少给多少，我蒋天一说话算话。"

许安然冷哼声再次传来。

"别……别杀我，你不信我还不信我妈吗？她可是蒋小琴，钱有的是。"

……

刘天昊看了看刘贺，见他没反应，便伸手在他的胳膊上狠狠地掐了一下，他痛得跳起来，大叫一声，这才反应过来，立刻钻进电闸箱中，从里面扳动简易的锁舌锁上了门。

高跟鞋的声音和刀具摩擦墙壁的声音传来，在安静的地下室显得格外刺耳，若不是有人在身边，王佳佳怕是会吓得惊叫起来。

"刘警官，高跟鞋的声音和频率是对的，但刀具摩擦声不对。"刘贺在电闸箱里喊着，声音显得有点闷。

一连换了很多次刀之后，才有两把刀对应上了，许安然走进房间用手电晃了一圈便离开，高跟鞋的声音渐渐远去。

王佳佳饶有兴趣地拎着摄像机跟了出去，她想拍许安然拎着刀做女杀手的酷毙形象，她刚走出门口，却见许安然正凶神恶煞地等着她，手里的三棱军刺在摄像机的镁光灯下散发着幽幽寒光。

"吓死我了，你不是回到水泵房了嘛。"王佳佳差点没坐在地上。

许安然一笑，说道："都是按照刘队的剧本演的，一分一毫都没差。"

刘天昊走了出来，说道："按照刘贺的供词，女绑匪非常狡猾，她并未真正离开，而是穿着高跟鞋走了一段路后，又脱掉鞋，光着脚悄悄地走回到这个门口，一旦里面真的有人，按捺不住性子出来查看，恐怕这里又要多出一具尸体了。"

军刀收藏家也走了过来，手上拎着一柄三棱军刺说道："这柄军刺叫五六式冲锋枪三棱刺刀，刀身呈棱形，三面血槽，刀身相对较短。许小姐手里拿的是五六式半自动步枪的三棱枪刺。两者除了长短不同外，整刀都经过热处理，硬度极高，可穿透普通的防刺服，刀身经过去光处理，呈灰白色，不反光。由于成三棱状，伤口很难缝合和处理，愈合速度非常慢。"

刘天昊从许安然手里接过军刀看了看，说道："这种三棱军刺在当年可能因为管理得比较松，所以有一部分流到民间，但大部分除了收藏家之外，就只有当过兵的人才会有。"

"这就意味着女绑匪是那个年代的军人？"许安然说道。

刘天昊摇摇头，说道："肯定不是，那个年代的人到现在至少五六十岁了，和凶手的特征不符。很有可能是绑匪前一辈的人当过兵，也有可能是绑匪小谷在 NY 黑市买的。"

王佳佳举着录像机给几人录着像，物业小哥也赶了过来，不停地在镜头前摆弄着造型。

"但有一点是可以肯定的，三棱军刺由于结构的原因，只能刺，而无法砍、削等，所以用途比较单一，除非经过专业训练，否则没人会用这种东西做武器。"刘天昊分析道。

"没错，刘警官分析得很有道理，这也是三棱军刺退出历史舞台的主要原因之一，就是功能太单一！"军刀收藏家说道。

绑匪小谷究竟有着什么样的人生，精通五行门道术、使用古怪的三棱军刺、身高体重可以与男人相抗衡、又兼顾着女人所有特征。到底在她身上发生了什么事儿，才让她铤而走险？

刘天昊对这名神秘莫测的女人突然有了一种感觉，是一种渴望，渴望见到她，知道她所有的事情。

"我能出来了吗，刘警官？"刘贺闷在电闸箱里面问道。

电闸箱空间狭窄，他又蜷缩着无法动弹，在里面异常憋屈。

刘天昊给两名警察使眼色，两名警察立刻走进房间，把刘贺放了出来。刘贺抬起戴手铐的手抹了抹额头上的汗水，说道："刘警官，我还有条线索，不知道有没有用。"

"说。"

"绑匪小谷从头到尾都没说过话，会不会是哑巴？"刘贺说道。

"没有其他的了？"刘天昊思索了一下，这点的确有些可疑，但可以肯定的是，绑匪绝对不是哑巴，但她在和蒋小琴沟通过程中使用了变声器。

少说话、变声器，看来小谷的声音应该很有特点，所以才尽量少说话，和蒋小琴通话时也尽量少说且使用变声器。

虞乘风凑到刘天昊耳边，小声说道："阿哲来信儿了，绑匪小谷用的那台车找到了，老板叫李大国，以前是混黑道的，据他所说，租车的人叫小谷！"

"果然是小谷！"

# 第二十章　洁癖

小谷是个神秘而极具吸引力的女子，根据目前所掌握的线索，她和张晓雪被杀案、蒋天一绑架杀人案都有直接关联，甚至可以断定她就是凶手。然而她的神秘也出乎刘天昊等人的意料，到目前为止，小谷只是一个代号，代表两件案子的嫌疑犯，却没人见过她的真面目，没得到她的任何身份信息，甚至连遍布大街小巷的天网监控和万试万灵的海燕系统也没能捕捉到她的影子。

也许租车行老板李大国的出现是个转机。

李大国是个江湖人物，只要看上一眼就能看出来，在现代极其完善的法律体系下，他依然有自己的处事原则，就像冯小刚的《老炮儿》中的主人公一样，无论世界如何变化，他依然坚守自我。

　　从表面看，他经营的是一家金融信息咨询公司，实际上是个放高利贷的公司，但他比较有原则和底线，很多人还是愿意向他借钱，他开的租车行也是因为欠钱还不上的抵押车辆，车这种东西有个特点，能过户就值钱，不能过户就会贬值得厉害，尤其是很多人在事后能还上钱时，还想要回自己的车，李大国就开了一家租车行，把那些到期的车放在租车行出租，价格自然比正规的租车行要低一些，所以生意也不差。

　　刘天昊在基层待了半年多，对这些所谓的江湖人物了如指掌，无论你是谁，都不能驳了他们的面子，所以并未将他传唤到刑大，而是和虞乘风两人驱车来到李大国的租车行。

　　阿哲和李大国已经在办公室喝了半盏茶，两人聊得正欢。也许是受到葛青袍的影响，也可能是跟齐维时间太久，阿哲的行为和齐维更加接近，身上有一股浓浓的江湖气息，更接地气，谈笑风生中就可以把线索弄到手。

　　一番介绍后，李大国表现得异常热情，见到故人一般，就差点和刘天昊抱在一起。

　　刘天昊看了一眼阿哲，阿哲眉毛一挑，嘴角露出一丝若有若无的笑意，他便知道一定是阿哲提前做了工作，说了刘天昊早已仰慕李大国已久之类的话，一名刑警队长仰慕一个放高利贷的，这对于李大国来说是至高无上的荣誉，以后和同行吹牛的时候那就是资本。

　　像李大国这种人物得顺着毛捋，让他高兴，只要他愿意，啥事儿都好说。

　　"刘队，阿哲都和我说了，你这人特仗义，对我们这帮人平时照顾很多，哥哥在这儿说句话，有啥事儿你尽管开口，缺钱了，或者想挣点钱，哥哥全办！"李大国拍着胸脯说道，果然是满满的江湖风。

　　刘天昊拿出一张照片，照片上是李大国开车离开天兴大厦地下车库的照片："您还记得这张照片吧？"

李大国拿过照片看了看，皱着眉头眼睛看向房顶琢磨了一阵，说道："这是我呀……对了，天兴大厦！"

刘天昊点点头，笑着说道："李哥果然记忆力过人！"

李大国嘿嘿一笑，连忙给刘天昊和虞乘风倒了杯茶，说道："我就这么点优点，让刘队给看出来了，哈哈哈……"

笑过之后，李大国又严肃下来，说道："刚才阿哲都和我说了，那事儿我记得，但对人没什么印象，只记得她叫小谷。"

从租车行把车租走，不但没留下身份证信息，甚至连人都没见到，李大国是什么人，久经江湖的老油条，怎么可能会这么轻易上当？小谷又是怎么做到的？

刘天昊满脸都是疑问，问道："李哥，能不能把事儿详细说说？"

李大国抿了一口茶，脸上露出可惜的神色，开始缓缓讲述其和小谷打交道的过程。

……

李大国闯荡江湖多年，什么样的人都见过，但小谷却刷新了他的认知底线。小谷最初是用微信和他联系的，从来没语音通过话，也没有语音留言，联系的过程都是文字，李大国是个粗人，文化粗，手指也粗，对于手机打字完全行不通，所以每次他给小谷回的都是语音。

小谷的目的就是要租车，但又不想见李大国。从她的头像上看，她是名美女，绝世美女，这也是吸引李大国的条件之一，好奇害死猫，李大国反正也闲得慌，小谷的神秘引起了他的兴趣，

小谷很信任李大国，车还没租，就把租车钱和押金付给了他，押金付的是双倍。李大国开始心里也没谱，没有任何身份证信息，万一人家把车开走了，连报案都报不了。李大国原本在车上已经安装了 GPS 定位器，为了保险起见，他又在一个隐蔽的地方安装了一个，而且这台车已经开了七年，就算能过户，也值不了几个钱，而且对方付的押金是双倍，李大国算了算，就算对方把车开走自己也不亏。

安排好了一切后，他按照约定把车开到指定地点福翔路，等了好一阵也没见有人来接车，正要开车离开，小谷的微信又来了，告诉他把车放下就可以走了，否则交易取消。

福翔路处于 NY 市的城乡接合部，人烟稀少，李大国向周边看了看，并没有高楼大厦，距离道路两百米的位置是一片片的小矮房，不太可能有人在附近监视，小谷怎么知道他在寻找她？

他叹了一口气，按照约定把车钥匙藏在座椅下方的脚垫下，关上车门走到公交站离去。

李大国还留了后手，就是行车记录仪，行车记录仪是可以录声音的，当完成交易后，他按照小谷的提示到天兴大厦地下车库提车时，取下了行车记录仪的卡，令他想不到的是，卡已经被格式化了，什么都没有。

等他以退还押金的名义再给小谷发信息时，发现小谷已经拉黑了他，双倍的押金几乎等于一台车的钱，而小谷只用来租了三天！

……

"整个过程就是这样，小谷是很神秘的一个顾客。"李大国咂了咂嘴，满脸的可惜之色，拿出手机调出小谷加他时的界面，递给刘天昊看。

虞乘风一看小谷的头像就笑了，说道："李哥，你多长时间没看电视了，也不上网吧，这张照片是明星的，就是那个整了容之后无论演什么角色都只会瞪眼的那个……"

李大国愣了一下，一拍脑袋，恍然大悟地说道："我说怎么那么眼熟呢！漂亮是真漂亮。"

"那台车在吗？我想看看。"刘天昊说道。

"没问题，就在外面，我从天兴大厦开回来之后就一直没人租，放在路边没动过。"李大国一口喝干茶水，从茶几下面拿起一串汽车钥匙，起身向外走去。

李大国有个习惯，无论谁租车、租多久，还回来之后他一定会把车洗干净。不过凡事都有例外，小谷租了车之后，他想在其中找到一些线索，所以车就没收拾，但小谷好像刻意收拾过。车外身已经很脏，但内饰保持很好，几乎和新刷过的状态差不多。

刘天昊和虞乘风是专业人士，勘察现场的细致程度绝不是李大国这种业余选手可比的，两人忙乎一阵后，从座椅和扶手箱的缝隙中捏出一根长头发，刘天昊只看了一眼便认定和蒋天一被害现场的头发一致。

脚垫上只有李大国的脚印，边缘部分有湿巾留下的纤维，应该用湿巾擦过，目的是为了擦除鞋印，挡把和扶手箱也有湿巾擦过的痕迹。

租车合同还在扶手箱和挡杆之间，叠得整整齐齐，和地排挡的边缘正好对齐。

"小谷会不会有洁癖？"虞乘风问道。

"也不能排除，凡是她碰过的地方都已经做过清理，想在车上找出更多的痕迹是不可能了，乘风，还是在交通监控中心调取录像吧，从福翔路到天兴……"刘天昊说到这里顿了一下，随后又说道："福翔路是不是和鸿翔路挨着？怎么这么熟呢！"

他立刻拿出手机打开高德地图，搜索之下果然发现两条路是连着的，线索一下接上了。

李大国把别克凯越送到福翔路，小谷早在一旁隐蔽的地方观察他，等他离开后，她才出来开车到鸿翔路，等武彦斌离开蒋天一后，劫持了蒋天一。

但问题也来了，小谷是如何掐算好时间和路线等着蒋天一来到鸿翔路的，万一武彦斌没在鸿翔路停车，或者是蒋天一没犯病，她的劫持计划就会失败。

"监听器加上电话遥控，应该是小谷在武彦斌或是蒋天一身上安装了监听器，这才知道两人的行动和计划，然后用手机遥控蒋天一。蒋天一的绑架计划肯定要经过鸿翔路，而此时李大国早已把车送到小谷手上，小谷就开车一直跟着蒋天一的跑车，同时发短信之类的告诉蒋天一停车。跑车停在路边后，为了不让武彦斌起疑，她无法跟着停在后面，只好开过去，找个隐蔽的地方把车停好，走回鸿翔路，上了蒋天一的跑车，给蒋天一打了针，随后她本想把跑车开到停车的地方，却没想到她对跑车的性能和指数并不熟悉，在鸿翔路的烂路上磕了底盘，只好拖着蒋天一向她的车走去，凌晨后鸿翔路一般都不会有车经过……"刘天昊在脑海里渐渐地还原着整个过程。

在蒋天一被害现场，并未发现他的通信工具，很可能是凶手担心手机会泄露她的行踪，而拿走了死者的手机。

虞乘风拿着李大国的手机看着两人的微信聊天记录，在记录的末尾处，有两个未发出去的信息，是小谷拉黑李大国之后的信息，小谷的租车费和押金都是用红包发给李大国的，二百元封顶的红包一大排！

# 第二十一章　异常行为

"刘队，你看看小谷说的这些话，干净利落没一个废字儿！"虞乘风把手机递给刘天昊。

刘天昊看了一阵，才说道："看似在商量，实际上都是命令式的语气，几乎不容对方质疑，这更说明小谷可能当过兵，或是家人当过兵，而且还是管理者层次的，她从小就受到熏陶，养成了这种说话方式。"

李大国连忙点头，说道："对，你们说得真对，当初我跟她说话还有些不适应，NY市地头上谁不知道我，谁敢不给我三分薄面，一个小丫头……"

虞乘风打断李大国的话："这也解释了三棱军刺的事儿。"

刘天昊看了一眼在旁边听得表情直愣愣的李大国，呵呵一笑，说道："真不好意思李哥，我俩一讨论起案情就忘乎所以，得嘞，我们还有事，就先回去了，要是您还能想起点什么，随时联系我。"

说罢，刘天昊掏出一张名片恭恭敬敬地用双手递给李大国。

用韩忠义和齐维的话说，一个完全靠着推理分析来破案的警察还不能称之为真正意义上的神探，神探还需要具备一定的社会信息网络，可以在非正规渠道获取一些非正规信息。

刘天昊的谦卑态度让李大国一愣，连忙双手接过来，露出惭愧的表情，讨好地说道："要不就在我这儿吃个饭，咱们再一起聊聊。"

阿哲拉了拉李大国的胳膊说道："我陪您吃饭，刘队和风哥还要办案呢。"

李大国临走还没忘了江湖规矩，抱了抱拳："以后常来找我啊刘队，缺钱了来找我，钱多了没地方放也来找我，买车、租车找我，你那台SRT 啥时候不想开了卖车也来找我！"

……

小谷杀害张晓雪和蒋天一肯定另有目的，绝不是为了钱这么简单，却又和钱有关，七十五万！

王佳佳身为记者也明白这件事儿，七十五万毕竟不是一个小数目，要是有案子和这组数字相关，肯定能上新闻，于是她开始搜索 NY 五年以来的重大新闻，和七十五万有关的。

令她气馁的是，NY 市近五年来并没有和七十五万有关的新闻，她把时间段扩大到十年也没查到。

她坐在电脑前发着愣，过了一阵，她的眼神逐渐活泛起来，一拍桌子："慕容雪，五年前她办过一起案子，好像涉及七十五万这个数字，她现在和武彦斌有了瓜葛，又受聘于蒋小琴，而据刘天昊说，她的妹妹还给蒋小琴当司机兼秘书。"

想到这儿，王佳佳腾地一下站起身，抓起车钥匙向外面走去。

……

刘天昊把虞乘风送回刑大，便开着车回家，他已经三天没合眼了，虽说身体底子比较好，也经不起这样熬，他感到头有些发晕身体发飘，要不是强悍的意志力强撑着，怕是早就倒下了。

夜晚的 NY 带有一丝清凉，人们纷纷走上街头，或是三三两两聚在一起喝茶聊天，或是在街边人行道闲庭信步，或是几个人在大排档点两盘炒河粉、辣炒海螺，再来两瓶冰镇啤酒解暑。

灌下一瓶矿泉水后，风带来的凉意让刘天昊恢复了不少精力，开着车不知不觉地来到慕容雪所在的青柏律师事务所的附近。

这间律师事务所是 NY 市数一数二的大所，办了不少疑难案件，名声很响，所在的大厦在东城区。天兴大厦的那家律师事务所是慕容雪从业的第一个律师事务所，事务所不大，是新入行律师的第一站。

刘天昊看到青柏律师事务所的牌匾后，突然想起慕容雪和他的约定，NY 五号案件的细节！他一拍大腿，心想：我怎么把这么重要的事儿给忘了。

他把车停靠在路边，探出头向大厦看了看，事务所所在的那层还亮着灯，而慕容雪是个靠窗户的独立房间，也亮着灯。

他深吸了几口气，从扶手箱里掏出清凉油抹在太阳穴上，然后给慕容雪的微信发了一个定位和一张路边咖啡厅的照片，随后发送了一条信息：正好路过你单位，看到有一家新开的咖啡店，请你。

发送信息后，他半躺在车座上，不时看一下手机，过了十分钟后，慕容雪依然未回信息。

慕容雪和其他的现代人一样，分分钟不离手机，除非是有案子在法庭上，否则不太可能这么久不回，而这个时间，没有任何一个法庭会开庭！

刘天昊看了看时间，已经是十九点四十分，尝试着打电话过去，发现她的手机已经关机。

对于一名律师来讲，手机肯定是二十四小时待机的，关机这种事并不常见。

一股不祥的预感涌上心头！

刘天昊立刻下车，向大厦走去，刚走出几步，便听到一阵汽车引擎的咆哮声传来，王佳佳的红色宝马从远处疾驶而来。

"昊子！"王佳佳从车上下来，笑着向刘天昊走去。

街边的人们还以为王佳佳看见了耗子，却见她一直和刘天昊对视，这才反应过来，男的是 NY 市有名的神探刘天昊，女的是网络大 V 王佳佳，昊子指的是王佳佳对刘天昊的昵称，而不是过街老鼠的那个耗子！

"佳佳，你怎么来这儿了，找我有事？"刘天昊感到这个世界真小。

"还不是为了你那桩案子，我想起七十五万这个数字的源头，好像是慕容雪几年前办过的一桩案子。"王佳佳说道。

刘天昊心里一惊，没想到七十五万这个数字居然和慕容雪联系到了一起，而且她还掌握着 NY 五号案件的细节，如果她在这个时候失踪或者是被凶手绑走……

"情况有些不对劲，先去找慕容雪再说。"刘天昊急速向大厦跑了过去。

王佳佳不明所以，但来不及多问，跟着跑了过去。

……

律师是一个高收入的职业，但两极分化比较严重，有名气的律师不但价格高得离谱，而且合约不断，而刚入职的律师或者没有名气的，就只能坐冷板凳或者是给大律师打下手。

慕容雪属于大律师，有自己独立的办公室，还有助理。赚钱虽多，但相应付出的辛苦也不是一般人可以承受的，先不说几十本厚厚的基本法律和上百本堪比四库全书的法律书籍详解和案例剖析，各种拗口的法律专属名词，花样百出的证据搜集就够让一名新手律师头痛的了。

经济案件是律师们的最爱，因为涉及让人迈不动腿的巨大利益。

大厦是纯办公楼，很少还有公司加班到这个时间，而青柏律师事务所依然灯火通明，明天一桩经济案件让他们不得不通宵准备资料。

事务所的总经理站在大厅暴跳如雷，和忙碌着的律师们形成鲜明对比。

"慕容呢？明天的案子是她负责的，现在都什么时候了，人跑哪儿去了？小白，我不是让你全程跟着她吗？你把人给我看到哪儿去了？越是到了关键时刻就越拉松，这点小事都做不好，还能做什么大事儿！"总经理几乎怒吼着，脖子和额头上的青筋暴跳出来。

总经理是个胖胖的中年男人，肥腻腻的脸上出满了油，为数不多的头发从一边甩向另一边，勉强遮盖着发亮的头顶，一双三角眼和耷拉着的嘴角一看就知道不好惹，有着随时可以张嘴咬人的凶狠。

众律师都没敢搭腔，不忙的假装忙起来，原本很忙的现在变得更忙，只有一名看起来瘦弱的女孩儿，穿着制式的短袖白衬衫和裙子低着头站在他面前一言不发。

刘天昊和王佳佳进入大厅后立刻感到了气氛不对，拉住一名经过的律师，问道："请问慕容雪律师在哪个房间？"

律师用怀疑的目光盯着两人，显然他并不认识大名鼎鼎的刘天昊和王佳佳。

刘天昊立刻从口袋里掏出证件，出示给律师看。律师看了一眼，点了点头："现在大伙儿都找她呢，你看我们头儿，正发飙呢！"

律师向总经理的方向使了个眼色，随后抱着一摞资料向外走去。

总经理转向刘天昊二人，原本异常严肃的脸突然一变，边笑着边走了过去，伸手和刘天昊握着手："哎呀，这不是刘队吗？怎么有闲空到我这儿来呀，快到我房间坐坐。"

总经理是律师出身，但他更擅长与人打交道，可以把活的说死，也可以把死的说活，一张嘴上知天文下知地理，他明白律师和警察是密不可分相辅相成的两种职业，和刘天昊这样的神探结交只有好处。

"我们想找慕容雪。"刘天昊刻意松开手。

总经理尴尬地笑了一声，松开手捋了捋头顶的一缕头发，苦着脸说道："我们也正找慕容呢，明天有个案子是她负责的，关键时刻掉链子可不得了，案子的金额涉及几百亿，几百亿呀，要是违约没打赢官司，我就得砸锅卖铁！"随后他又转向小白，凶神恶煞地问道："小白，你说说慕容到底去哪了！"

总经理喜怒之间的切换非常快，堪比影帝级别的表演。

"慕容姐一向敬业，但她今晚真是连招呼都没打就离开了，我感觉她有些奇怪。"小白说道。

一名金牌律师在打一场上百亿金额的经济官司前夜离开岗位，任凭事务所的其他律师乱成热锅上的蚂蚁，行为的确有些异常！

# 第二十二章　一线生机

总经理看向站在一旁的瘦弱女孩小白，神色又变得凶狠起来。

小白有些委屈，眼泪在眼圈里转了几转最终还是消失在眼睛里："慕容姐晚上在办公室吃完饭，大约在十八点二十分接了一个电话，然后匆匆离开了公司，因为很多事等着她做决策，之后我打了两次电话，第一次她没接，第二次变成关机了。"

总经理脸上露出凶相，刚要出口骂人，想到刘天昊两人还在，便忍住了，狠狠地瞪了小白一眼。

"开车走的吗？"刘天昊问道。

"不知道，慕容姐的包还在办公室。"小白说道。

"乘风，你去大厦监控室查下地下车库的录像，我去慕容雪的办公室看看！"

虞乘风应了一声，立刻向地下走去。

……

慕容雪的办公室很大，巨大的办公桌上堆满了资料，但资料堆放得很整齐，每摞资料的边缘都是和桌子的一边平行。

一个包放在办公椅旁边的移动柜子上，是 LV 限量版的女包。王佳佳也是 LV 的爱好者，一看就知道价值不菲，市价应该在二十万上下，而且还需要提前一年预订。

刘天昊给王佳佳使了个眼色，毕竟在没有任何证据的情况下，擅自翻一个女孩子的包是极其不礼貌的行为。

王佳佳看了看女包，向小白问道："慕容雪的车钥匙放在包里吗？"

小白点了点头，也明白了王佳佳的意思，立刻上前拉开包的拉链，从里面掏了一阵，最后摇了摇头。

"应该是开车出去了，平时她车钥匙都放在包旁边的口袋里，手机也没在包里。"小白说道，说话时有意无意地看了看总经理。

"看来她并没想出去太久。"刘天昊说道。

总经理急忙问道："刘队，您这是怎么看出来的？"

刘天昊没理会总经理，又走到大衣柜附近，打开衣柜看了看，问道："小白，慕容雪今天来公司上班穿的是什么鞋？"

小白凑了过去，指着其中一双黑色的高跟鞋说道："就是这双鞋，慕容姐平时上下班都穿这双鞋，她的脚好像受过伤，在办公室就换上平底布鞋。"

女人要是长时间出门肯定会带着包，但她只拿了车钥匙和手机没拿包，慕容雪是一个非常注重仪表的女孩，如果离开办公室一定会换上高跟鞋，可她直接穿着布鞋就离开公司，这说明她着急出门，而且是出去一下就会回来。

总经理点点头，自言自语道："原来是这样啊，看来推理也没什么难的。"

"她的车停哪了？"刘天昊问道。

小白又看向总经理，张了张嘴，却并未回答刘天昊的问题。

总经理脸上露出一丝不耐烦："刘警官，您这么急找慕容，有什么事儿吗？"

"现在来不及解释，我需要立刻找到她！"刘天昊的话不容置疑。

总经理顿了一下，冲着小白点点头。小白看了刘天昊一眼，随后快速向外走去。

慕容雪的座驾是一台 4.2V8 发动机的奥迪 A8，公司为她准备了一个专用车位，保安虽说是大厦的保安，却时不时地来巡逻一圈，看看是否有人占用了慕容小姐的车位。

然而现在的车位是空的。

"哎，那个谁，你过来一下。"总经理不屑一顾地朝着巡逻的保安招了招手。

保安五十来岁的年纪，听到总经理的喊声之后就笑着走了过来，向几人点头打着招呼。

"看到慕容的车了吗？"总经理问道。

王佳佳斜了总经理一眼，心里对这名拥有 NY 市著名律师事务所的总经理好感顿失，无论人有多少钱，多高的地位，人格是一样的，保安也好、保洁也罢，每个人都有相应的尊严。

猫啊狗的还有个名字，一名总经理和保安说话居然连个称呼都没有，从这点看来，他所拥有的财物和地位与他本身的素质并不匹配。

在物质发展飞速的现代，有些人的素养远远跟不上物质发展速度，便衍生出律师事务所总经理这样的人物出来，对比他更厉害的人卑躬屈膝，对不如他的人便鼻孔朝天。

保安可能是习惯了这种遭遇，根本不在乎总经理的态度："老总，慕容小姐不久前开车出去了。"

"大哥，慕容律师什么时候离开的，一个人吗？"刘天昊出示了警官证。

保安见刘天昊彬彬有礼，又是警察，心里很高兴，说道："我们都是晚上六点换班，大约十分钟之后，我来车库巡查，主要是查几个专用车位和乱停车的，刚好看到慕容小姐开车出去。"

"是慕容雪在开车吗？"刘天昊又问道。

保安眨了眨眼睛，用一根手指挠了挠头，说道："这个……我看好像是慕容小姐，但不敢确定，按理说应该是她吧，她的车从来不让别人碰的。"

保安说到这里看了看总经理。总经理哼了一声："没错，慕容的车是绝不会让别人碰的，如果喝了酒就绝不开车，因为她不信任代驾，其他人就不用提了。"

保安一拍巴掌，发出"啪"的一声，吓了王佳佳一跳："我想起来了，开车的应该不是慕容小姐，她是从来不戴墨镜的。"

"戴墨镜穿着黑色上衣，披肩长发，身材和慕容雪差不多？"刘天昊语气中透露出焦急。

保安愣了一下，竖起大拇指，说道："都说您是大神探，果然厉害，没看到都能猜到。"

"是小谷！"王佳佳和刘天昊异口同声地说道，随后众人都陷入了沉默。

总经理和小白不知道事情的来龙去脉，无话可说。王佳佳和刘天昊陷入震撼中说不出话来。

地库中没有一台汽车离开和进入，空调机的嗡嗡响声充斥着整个空间。

铃铃铃铃铃铃！

复古的手机铃声响起。

总经理和小白几乎在同时对视一眼，说道："是慕容的手机！"

别看保安的年纪偏大，身体素质却不错，三步两步跑到一个柱子后面，手机铃声正是来自于柱子后面。

"不要捡！"刘天昊急忙冲过去阻止了他。

保安的手已经碰到了手机，吓得他立刻缩回了手。

"上面可能有嫌疑犯的指纹。"刘天昊解释道，随后戴上手套把手机拿了起来，手机铃声还一直响着。

在灯光的照耀下，可以清晰地看到屏幕上有数个指纹。刘天昊尝试着按了功能键，电话接通了，他随手按下录音键。

"喂！"刘天昊低着嗓子说道。

来电的声音使用了变声器："让姓孙的准备七十五万现金，否则，慕容雪就永远不会回来了。"

来电人说完话就挂了电话，根本不多说一句废话。

"姓孙的是谁？"刘天昊疑惑道。

助手小白和保安同时看向总经理。总经理咂了咂嘴，冲着小白吼了一嗓子："赶快去找会计准备钱，还等什么！"

小白吓了一跳，随后低着头向电梯跑去。

孙总向刘天昊苦着脸说道："刘警官，你可得帮我找到慕容，现在换律师已经来不及了，明天的那场官司必须得赢，要不事务所那么多律师都得下岗回家，我也得破产。"

刘天昊点了点头，虽然他看不上孙总，但事关一条人命，若不能及时救出慕容雪，她肯定和蒋天一、张晓雪同一个下场。

从目前掌握的线索看，慕容雪肯定也和七十五万这个数字有关，就在刘天昊和王佳佳同时来找她的时候，凶手也找上了门，提前一步把慕容雪绑走。

可令人疑惑的是，大厦地下停车场不比夜间的鸿翔路，停车场不但有监控，而且还有保安的巡查，要是强行绑架，有很大的可能性会被保安看到，而且从慕容雪的简历上看，她是六十五公斤级的全国散打亚军，一般的男人都打不过她，小谷再厉害也不可能悄无声息地制服慕容雪。

很有可能慕容雪是主动和小谷走的，而不是被暴力胁迫。

"小白，慕容律师认识一个叫小谷的人吗？"刘天昊问道。

助手小白眨了眨眼睛，一边思索着一边说道："没听她讲过，而且她跟过的案子我几乎都看过，没听说有小谷这个人。"

"慕容雪五年前跟过的案子你都看过吗？"王佳佳问道。

小白摇了摇头，说道："那时候慕容姐还没什么名气，只是个小律师，跟过的案子都是小案子，看也没有价值。大一点的案子就只有 NY 五号案件，但档案不知为什么被销毁了。"

刘天昊看向小白，郑重其事地说道："小白，现在慕容雪和一宗连环绑架案有关，而且很有可能源头就是五年前慕容雪跟过的一桩案子，要想把她救出来就必须找到那份档案，关键词是'七十五万''小谷'，如果你能帮忙找到，对于解救她会有很大帮助。"

根据以往办案的经验，小谷的作案动机很有可能就是五年前和七十五万相关联的案子，只要找到源头就好办多了。

小白又看了一眼孙总，得到默许后才跑步离开。

从小白的一举一动来看，孙总对整个事务所人员的控制已经达到了极致，事务所之内任何事情，如果不是他点头同意估计都不行。

刘天昊深吸一口气缓缓吐出，冷静下来后，又在停车位附近勘察着。

停车场是环氧树脂地坪，地面清扫得很干净，除了一些轻微的轮胎印记之外，很难留下脚印之类的痕迹。慕容雪手机放置的位置在承重柱的后方，按照奥迪 A8 停放的方位来看，大约在后车门的位置。

如果慕容雪是主动和小谷走的，不太可能把手机扔下不管！无论是小谷开车还是慕容雪开车，也没理由把手机放在承重柱后方。

"电话是慕容雪故意留下的，你想想刚才她打来电话的语气。"刘天昊说道。

绑匪的话是：让姓孙的准备七十五万，否则，慕容雪就永远不会出现在法庭上。

让姓孙的！

"她是说给我听的。"刘天昊说道。

王佳佳眼珠一转，说道："她知道你的存在！"

"没错，所以慕容雪还有一线生机！"刘天昊咬着牙说道。

# 第二十三章　神秘数字

神秘的小谷绑架了慕容雪，如果按照常规案件的破案方式，等排查完她的身份，怕是慕容雪早就死了。

既然蒋天一绑架杀人案和七十五万这个数字有关，那就意味着找到七十五万案件的源头，就可以断定小谷的身份，到目前为止，知道七十五万这件事源头的只有王佳佳。

为了避免引起恐慌以及消息泄露，刘天昊和王佳佳离开了律师事务所，并告诉孙总不要乱传消息，并随时等候消息拿钱和绑匪交易。

"佳佳，现在形势紧迫，我需要你的帮助。"刘天昊站在车前和王佳佳说着。

王佳佳点点头："明白。我记得发生那件案子时新媒体还不发达，报纸和电视台、电台等传统媒介因为蒋小琴和刘大龙的缘故，并未对案子进行跟踪报道，甚至连一个字都没提。"

"上车说吧。"刘天昊环顾四周，有不少行人在附近散步和乘凉，说起话来也不是很方便。

……

慕容雪是一名非常有心机的女孩儿，毕业后找了老乡帮忙，分配到银兴律师事务所工作，地点在天兴大厦。实习生律师干的都是一些打下手的杂活儿，不太可能接触到案子的核心，但慕容雪不知用了什么手段，居然在实习期拿到了属于她自己的第一个案子，而且她不用任何成手律师帮忙。

案子是一起肇事案，一台兰博基尼跑车撞了路边的停放车辆，随后又失控冲进了人群，最后撞进路边一家烧烤店才停了下来，有目击者称司机好像喝了酒。

事故中死了三人，重伤两人，轻伤六人，车辆损毁三台，路边店铺一间，令人惊讶的是，肇事者本人并未受到太大的损伤。

豪车不但代表着身份和财富，最重要的是可以在关键时刻保命！

肇事者正是刘大龙和蒋小琴的独子蒋天一。这种特大案件要是放到现在，早就被各种新媒体曝光，捂都捂不住。但在当年新媒体还没流行，人们都是通过传统媒体来获取新闻。

出事后，蒋小琴和刘大龙立刻出面干预此事，尤其是刘大龙，就这一个儿子，不可能眼睁睁地看着他入狱，各个传统媒体几乎在第一时间收到了刘大龙的告知，在没有定性之前，不能对此事做任何报道。

刘大龙在 NY 的影响力很大，不但有钱，还有势力，几乎各个行业的领军人物都和他有些瓜葛，再加上蒋小琴家族的势力，几乎没人愿意得罪这位大咖。

事后，医院出了一份鉴定报告，当事人没有达到酒后驾驶的标准，而随后出具的一份精神病诊断书又让蒋天一远离法律惩戒的红线。

蒋天一由于先天隐疾造成的严重的精神病，犯病时产生较为严重的意识障碍，所以属于无刑事责任一类，只承担相应的民事赔偿。

受害者家属见此情况便联合起来把蒋天一告上法院，要求重新对蒋天一的精神状态进行第三方鉴定，并要求蒋天一的监护人进行民事赔偿。

案子轰动了 NY 司法界，谁都知道这件案子比较棘手，做好了可能会一炮走红，做不好可能会身败名裂。相对成手的律师都不会接这件案子，因为案子无论输赢都有可能会结束职业生涯，恰好就是刚刚出道的律师慕容雪认为这是一个机会，便想办法接了这桩案子。

而此时的王佳佳正好是电视台的特约记者，她采访了很多目击者以及受害者，几乎每个人都说肇事者蒋天一属于醉酒驾驶。

案子还涉及一个人，就是同为 NY 四少的武彦斌，当时他正好坐在副驾驶的位置，因为撞车的冲击力比较大，他受伤较重，住进了医院，面对王佳佳的采访，他是带着抗拒的态度，几乎一个字都不说。

上了法庭后，慕容雪把搜集的证据呈现给法官看，同时又让武彦斌和其他几个人做证蒋天一并未喝酒，在刑事判决上，最终法官判决蒋天一无罪。

虽说约束了蒋天一的行为，吊销其驾照，但时隔不久，他又通过其他渠道重新拿到了驾驶证。

民事诉讼方面，受害者多多少少都得到了些赔偿，虽说得到的金额比较少，但碍于蒋家和刘大龙的势力，人们也是敢怒不敢言，又告了几次，并在刘大龙的公司门前拉横幅等，但最终还是无济于事。

其中有一名受害者法院判决的赔偿金额是一百万，而蒋小琴和刘大龙最终实际支付了二十五万，在讨要数次无果后，受害者的母亲只好找到了慕容雪，在她眼里，慕容雪是帮助蒋天一逃脱法律制裁的源头，从她这里失去的就要从她这儿找回来。

慕容雪岂是那么好说服的一个人，在数次交锋后，受害者母亲无法从慕容雪处要回剩余的赔偿，从此后再也没出现过。

差额就是七十五万！

……

"除了这个七十五万的数字，还有其他的信息吗？"刘天昊问道。

王佳佳摇了摇头，说道："当时赔偿的具体数字也不是一百万整数，有个零头，不过可以忽略不计了，其他的赔偿都没有和七十五万相匹配的。别看蒋小琴和刘大龙身家几十亿，抠着呢，宁可把七十五万当作律师费去打官司，也不肯付钱给受害者家属。"

蒋小琴自不必说，自私的性格展露无遗。刘大龙在"画魔"一案中被害，案件的原因也是由于他的荒淫无度和极度自私造成的恶果。

慕容雪负责的案子，又和蒋天一、武彦斌有了联系，又有七十五万这个数字，世界上并没有真正巧合的事，所有巧合都是由数个固定的、有规律的因素组合而成的。

"就是它了，你有那名受害者的资料吗？"刘天昊问道。

如果所料不错，小谷肯定和当时的受害者有关，但事情已经过去五年，也只有相关的受害者和家属还会记得事故带来的伤痛。

时间会冲淡一切，更何况这个信息爆炸的时代，人们吃得饱、穿得好，把更多的关注和精力投入到无所谓的八卦新闻上，更多的人关注的不是科技、人文、军事、社会，而是某个明星怀孕了，某个明星出轨了，某对明星夫妇离婚了，某个明星在吃饭的时候放了一个屁，诸如此类的八卦新闻。

更为离奇而富有争议的新闻层出不穷，渐渐地掩盖了原本真正属于新闻的新闻，换而言之，现代的新闻大部分已经失去了新闻的意义。

"这个有些难度，因为当时所有的采访都被强制停止了，又是非公开审判，所以只有法院内部人才知道相关资料。"王佳佳说道。

王佳佳一向是我行我素，心里完全没有上级、领导这种概念，连她都没采访到，这就说明当年的新闻封锁的确做得很好，应该是刘大龙和蒋小琴的钱起了作用。

"无论如何，都要找到知情者。"刘天昊立刻拨打电话向韩忠义求助。

韩忠义从警多年，在法律界有很多朋友，NY市中级人民法院也在他的关系网之内。

韩忠义听了刘天昊的汇报后沉默了一阵，随后说道："你等我消息，但别闲着，先沿着目前的线索查下去。"

"好，师傅……拜托了！"刘天昊放下电话，向王佳佳说道："去律师事务所，事儿是从那里发生的，也许还有线索遗漏。"

这一次王佳佳直接把车开到大厦的地下车库，慕容雪的车位已经用警戒带围了起来，有一名警察在车位附近进行勘察，那名保安大哥也在警察边上看着。

刘天昊从车上下来，向警察挥了挥手。

警察站起身说道："刘队，这里有一处轮胎摩擦地面的痕迹，应该是烧胎起步造成的，摩擦下来的橡胶颗粒已经拿回技术科化验了，很快就能出结果。除此之外，再也没有其他线索了。"

刘天昊蹲在地上看着一道绿色地面上发黑的痕迹，用手摸了摸，果然是烧胎起步留下的痕迹。

根据慕容雪的资料显示，她开车很稳，这也是她选择奥迪 A8 的原因，奥迪 A6 曾经是官方标准用车，A8 比 A6 更稳健，开车不可能像王佳佳的宝马五系一样追求速度，A8 要的就是稳，烧胎起步的可能性很小。而且烧胎起步的技术比较复杂，尤其对于 A8 这种全时四驱的车，如果没经过专业训练，几乎不可能实现。

在这件案子里，小谷开过别克凯越、蒋天一的超跑兰博基尼、奥迪 A8，尤其是兰博基尼，驾驶起来并不容易，这说明小谷有过成熟的驾驶经验。

来到律师事务所后，孙总亲自把两人请到慕容雪的房间，刘天昊开始在办公室里查找线索，孙总则是在房间里走来走去，不时地叹一口气，王佳佳则是时不时地打开慕容雪的手机看，以防止漏掉信息。

时间在一分一秒地过去，对于明天即将有一个重要案件官司要打的孙总经理来说，等待难熬极了，他如同热锅上的蚂蚁，目光有意无意地落在办公桌上的一个黑色的皮包上。

皮包里装的是七十五万现金，会计从银行刚提出来的。

孙总不是一名好律师，却是伯乐。原本他的事务所也是和银兴律师事务所一样规模，当慕容雪做了属于她的第一桩案子，也就是蒋天一的案子后，她的名气一下子在 NY 市传播开了。

善于发现人才的孙总经理几乎是连夜找到慕容雪，高薪聘请她到他的律师事务所，独立负责案子的机会、独立的办公室、助理、高薪和高提成等等优厚条件，而慕容雪要是不离开银兴，就只能重新回到实习生的位置上。

慕容雪是聪明而又识时务的女孩，自然不肯放过这个机会，跟着孙总来到他的事务所，她也对得起高薪和优厚的待遇，在短短的五年内，把孙总的事务所带上行业的巅峰，业务量和胜率远远超过银兴事务所。

他能有今天，有一半是慕容雪立下的汗马功劳，如果没了慕容雪，他的律师事务所至少要少一半的业务量，在业界的名气也会随着降低，这是作为一名商人不愿意见到的。

所以他立刻提了七十五万出来，他要的是慕容雪，一棵巨大的摇钱树，他不能让她有任何损伤。

孙总在办公室不知道转了多少圈，他那双和身材不相匹配的小细腿开始打战时，他终于停住脚步，脸上依然是一副焦急而带有一丝犹豫的神色，向正在翻看慕容雪办公记录的刘天昊问道："刘队，为什么绑匪要七十五万这么奇怪的数字？"

刘天昊听后放下笔记本，向孙总看去。孙总立刻低下头，不敢与他直视，肥颤颤的脸上露出一丝慌张。

"赎金的数字有什么可奇怪的？"刘天昊反问道。

"赎金一般不都是要整数的吗？怎么会是七十五万，太怪了！"孙总抹了抹脑门上的汗。

房间早就开了空调，温度控制在二十三度至二十四度之间，人待着再适宜不过了，要是冒汗那就一定是冷汗！

在孙总脸上露出奇怪神色的时候，刘天昊和王佳佳几乎同时察觉到他很可能也知道七十五万这个数字。

"孙总对七十五万这个数字很熟悉吗？如果知道些什么，最好能告诉我，以方便破案救出慕容雪。"刘天昊说道。

孙总从事律师行业多年，老狐狸的性格展露无遗，干笑了一声，随后说道："没，就是感到奇怪而已。"

刘天昊点了点头，又盯着他看了一阵，才继续看慕容雪的工作记录。

也不知过了多久，放在桌上的慕容雪手机终于再次响了起来。

刘天昊冲着王佳佳使了个眼色，示意她打开录音设备，同时让她和老蛤蟆联系，追踪绑匪的位置。

孙总脸上的汗珠滴落下来，双眼充满了渴望之色，甚至想伸手接通电话。

"喂！"刘天昊得到了王佳佳的暗示，在电话即将挂断的时候接通。

"刘天昊，我知道是你，不过你让我太失望了，到现在也不知道我是谁，看来慕容雪只有死路一条了。"说话的声音是变声后的声音，听起来让人毛骨悚然。

"你是小谷。"刘天昊不甘示弱地说道。

"哈哈哈哈哈哈……"一阵刺耳的声音从话筒中传来，笑了一阵后，她突然停住，说道："给你个提示，88、11、22，这就是救慕容雪的最后机会，哈哈哈……让你的黑客朋友休息休息吧，你们抓不住我的。"

刘天昊正要拖延时间，小谷却立刻挂了电话。

老蛤蟆给王佳佳打来电话，告知只差一点点就可以锁定小谷的位置，不过虽然没锁定具体位置，却也可以分析出大概的范围，要具体地点，还需要用计算机模拟演算，至少得两个小时才行。

刘天昊嘴里念叨着："88、11、22，小谷想表达的是什么意思呢？"

助手小白从门外走了进来，看了一眼孙总，随后小声说道："我知道是什么意思！"


# 第二十四章　慕容雪的秘密


阿拉伯数字是很奇妙的一种发明，却不是阿拉伯人发明的，而是源于印度。数字的用法也是多种多样，基本的是做计数用的，有用数字做密码的，用数字组合起来当作电话号码，也有用数字和语言文字结合在一起做密语等等，总之，人们的生活无处不涉及数字。

88、11、22，这三组数字从字面上看仿佛有无数种可能，但结合慕容雪的资料就比较简单了，这是她的生日，刘天昊在听到数字后的第一时间就想到了这点。

"这是慕容姐的生日，1988年11月22日，她的生日很好记，都是一对数字。"助理小白说话间又看了看孙总，见他没说什么，又接着说道："因为订票经常会用到慕容姐的身份证，所以我才知道的。"

随后小白从慕容雪的包里面找出了一张身份证，递给刘天昊。

慕容雪的身份证上的生日的确是1988年11月22日，但这仍然是一组数字，绑匪小谷想表达什么依然没有头绪。

"可是这组数字所表达的究竟是什么意思呢？"孙总着急地说着。

"很可能是一组密码。"刘天昊说道。

王佳佳环顾四周，随后问小白："慕容雪有个人保险箱吗？"

小白点了点头，看向靠墙边的大衣柜。孙总走了过去，打开大衣柜，大衣柜上边是挂衣服的，下半部有一个小门，打开门后露出一个保险箱。

"这个保险箱是专门给慕容定制的，德国产，密码只有她知道，如果输入密码三次打不开，里面的物品就会被销毁。"孙总说道。

王佳佳一听来了兴趣，蹲在保险箱前面用手摸着密码盘，保险箱采用的是古老的转盘锁。

"慕容姐不在，咱们打开不太好吧，要是让她知道了，肯定会大发雷霆。"小白提醒道。

刘天昊点点头，看向孙总。

孙总叹了一口气，说道："小白，有钥匙吗？"

小白点了点头，从慕容雪的包里拿出一把钥匙，递给孙总。孙总把钥匙递给刘天昊，说道："刘队，这事儿你做主吧。"

刘天昊接过钥匙，顺手递给王佳佳，说道："试试打开保险柜，出事我负责。"

密码是现代人必不可少的，很多人为了方便，就用123456这种比较简单的数字做密码，也有很多人是用自己的生日，有的则是用爱人的，也有用孩子生日的。

三组数字是慕容雪生日这点很容易就可以知道，但绑匪给出这组数字绝不是提醒慕容雪的生日，而是另有目的。慕容雪很有可能保留一些案件的档案，存放在保险柜里，而这组数字就是保险柜的密码。

王佳佳按照"88、11、22"三组数字扭动了密码，正转、反转、正转、扭动钥匙，"咔"的一声，保险柜真的打开了。

众人互相望望，都松了一口气。

打开保险柜后，上层有几个牛皮纸档案袋，下层是一个抽屉，带着密码锁。

"下层的格子很小，装的是一些现金和慕容姐的金银首饰、手表之类的东西。"小白说道。

孙总斜了小白一眼，语气不善地问道："你怎么知道？"

小白脸红了一下，小声地回答道："慕容姐的首饰就在保险柜里，上层是案卷，首饰应该就在下层的抽屉里。"

王佳佳拿出上层的档案，递给刘天昊，又开始研究下层的密码锁。

刘天昊从王佳佳手里接过牛皮纸袋，打开一个后发现里面只是一些和客户签订的合同、一些案子的资料和照片，他接连打开档案袋，不停地翻看着资料。

孙总和小白也跟着紧张，两人恨不得上去帮忙打开档案袋，但看刘天昊的样子，丝毫没有让他们帮忙的意向。

刘天昊想看到的不仅仅是关于七十五万这件案子，他更想看到的是NY五号案件，当年的五号案件轰动整个NY市，按照慕容雪的性格，如果参与了这件案子的审理，肯定会留存下来一些证据，然而他翻遍了所有的档案袋，却并未发现任何关于七十五万的案子和NY五号案件。

档案袋中的案子都是大案，却都是没有任何争议的案件。

"孙总，事务所受理过的案件资料不都是统一存放的吗？"王佳佳不再关注密码锁，站起身问道。

孙总苦笑一声，说道："规矩是这样的，但慕容是大律师，肯定有点特权，有些案件处理完之后，资料她就留存了，没归到事务所的档案部门。"

像孙总这种规模的律师事务所部门都比较健全，档案是由专人负责的，为的就是以后再有类似的案子时，可以借鉴当年打官司的思路。慕容雪是事务所的台柱子，打赢官司就好，至于档案和资料，她想留下也没人敢要。

刘天昊点了点头，把目光转向保险箱下层的抽屉。

"刚才我用88、11、22这组密码试过了，没打开。"王佳佳说道。

刘天昊余光扫了一下助手小白，发现她欲言又止。

"佳佳，你和孙总再去档案室查查，确认下慕容有没有接触过七十五万关键词的案子。"刘天昊说道。

王佳佳何等聪明，立刻明白了他的意思，眼眉微微一挑，冲着孙总说道："好啊，我正有问题顺便向孙总求教呢！"

孙总犹豫了一下，用手捋了捋为数不多的几根头发，带着王佳佳向外走去。

门关上后，刘天昊立刻对小白说道："现在事关慕容雪的生命安危，我需要打开下面这个抽屉，你能帮我吗？"

小白眨了眨眼睛，说道："我肯定帮忙，可我不知道密码。"

刘天昊又说道："放心，这件事我会保密的，任何人。"

小白看了一眼刘天昊，又看了看大门，想了一阵才说道："好，不过密码也是我无意中看到的，我从来没动过她的东西。"

刘天昊摆了摆手，说道："我明白，现在打开它才是最重要的，如果里面有我们要的资料，就可以救出慕容雪。"

小白抿着嘴微微点头，走到保险箱前，蹲下来输入密码，密码仍然是"88、11、22"这组数字，只不过换了一种组合，是"22、88、11"。

随着"咔"的一声，密码抽屉打开了，小白拉开后，向刘天昊摇了摇头。

抽屉里有现金、一些金银首饰和几张银行卡，再也没有其他东西。

刘天昊只看了一眼，便又问道："慕容雪还有其他的保险柜吗？"

"她家里有一个。"小白立刻答道。

"好，去她家，你带路。"刘天昊说道。

"我没有她家的钥匙。"小白说道。

"你只管带路，其他的我想办法。"刘天昊边说边向外走去，刚走到门口，正遇到推门而入的虞乘风。

"让你回去休息，你怎么跑来了。"刘天昊看到虞乘风红肿的双眼说道。

自打案子发生以来，虞乘风也跟着一起侦查，没有半点休息时间，三天三夜一般人是很难熬过去的。刘天昊把虞乘风送回刑大后才不到四个小时，虞乘风又赶来事务所参加侦破，这需要很大的毅力才行。

"不碍事，你不是一分钟都没休息嘛！"虞乘风憨憨一笑。

经过虞乘风这么一说，刘天昊立刻感到头有些发晕，深吸了几口气，又暗自咬了一下舌尖，这才好转起来。

"韩队那边来了消息，要不咱们路上说吧。"虞乘风看了看跟在刘天昊身后的小白。

小白会意地说道："刘警官，我给您发个定位，然后我自己开车过去吧，省得一会儿你们去查案我回不来。"

"也好，那辛苦你了。"刘天昊对小白还算有好感，一名纤弱的女孩儿在孙总的公司肯定不太好过。

刘天昊两人刚出门，便看见王佳佳从总经理室走了出来，冲着两人做了一个嘘声的手势，又踮着脚走了过来，小声说道："乘风来了就好了，下面的行动就由他来陪你了。"

刘天昊看了看总经理室，说道："你呢？不会是和……"

王佳佳瞪了一眼刘天昊，伸手掐在他的胳膊上，把他疼得差点跳起来。

"人家可都是为了帮你破案，别想歪了好不好。"王佳佳嗔怒道。

"好好好，我错了还不行吗？"刘天昊连忙道歉，随后用手在胳膊上来回摩挲着。

"你就等我的好消息吧。"王佳佳神秘一笑，随后又像小精灵一样悄无声息地钻进总经理室。

……

虞乘风带来的消息无疑是振奋人心的，韩忠义从一名退休老法官处打听到了关于七十五万和小谷，当时审理案件的时候，老法官已经接近退休的年纪，这是他审理的最后一宗案件。

单从证据链上来说案子很简单，受害者和众家属怀疑蒋天一醉驾肇事，医院和司法机构出具了蒋天一的血液酒精浓度报告以及精神疾病的证明，事后蒋小琴和刘大龙又对死者和伤者做了第一波赔偿，剩下的赔偿部分还有保险公司。

受害者一方虽说人数较多，但证据并不充分，所以案子的判决几乎没有任何争议。

判决之后很久，有一名妇女找到老法官，说另外的七十五万赔偿并未到账，想让老法官出面调解。

老法官对蒋小琴和刘大龙的行为十分不解，按照两人的身家，别说是七十五万，就是七百五十万也是微微一笑的事儿，有什么理由不给呢。

但老法官也知道蒋小琴是典型的惹不得，他也退休在即，便让妇女带着判决书到法院按程序申请强制执行。

妇女并未再哀求老法官，而是一路哭着离开了，从此后，他再也没见过这名妇女。他还记得妇女叫全小娟，全这个姓本就不多，所以他印象非常深刻。

……

"我查了 NY 市叫全小娟的人，只有一个，五年前死了，是意外身亡，她的丈夫叫谷石楠，两人有一个女儿，叫谷佳欣，蒋天一肇事案涉及的受害者之一就是谷佳欣，当时伤得比较重，伤愈后就出院了。全小娟死后，她丈夫谷石楠没过多久就疯了，进了精神病院，后来又逃了出来，掉进精神病院外的河里冲走了，尸体一直没找到。"虞乘风边开车边说道。

"谷佳欣呢？"刘天昊问道。

"谷石楠和全小娟去世后，她就不知所踪，亲戚和朋友没人见过她。"虞乘风说道。

"谷佳欣就是小谷！"

# 第二十五章　金钥匙

在蒋天一肇事案中，谷佳欣是受害者之一，最终法院判定的赔偿金额是一百万，就算 NY 经济发达，这也是一笔不小的数目，根据王佳佳和老法官的叙述，事故造成三人死亡，重伤两人，轻伤六人，按照当年 NY 的赔偿标准，像蒋天一这样单一责任的事故，死亡一个人要赔偿一百五十万左右。

一百万的赔偿应该是赔偿两名重伤的人的数额，这就意味着谷佳欣就是两名重伤者之一。

"老法官还提供什么信息了吗？"刘天昊问道。

"谷佳欣骨盆粉碎性骨折很严重，子宫受损摘除，颅骨骨折做了开颅手术，当时上法庭的时候，谷佳欣是坐着轮椅去的，而且状态并不好，老法官根据司法鉴定结果，判定民事赔偿为一百万三千六百二十元，但事后蒋天一只支付了治疗费二十五万，谷佳欣母亲找过老法官一次，在得不到帮助后就没有后续了。"虞乘风说道。

"当事人没到法院申请强制执行吗？"刘天昊问道。

"没有，我和法院了解过了，案件审判过后，并未收到谷佳欣的民事赔偿部分要求强制执行的诉求。后来老法官觉得心里过意不去，准备到医院看望谷佳欣，却没见到人。"虞乘风说道。

"后来！后来是多久？"刘天昊又问道。

"大约是全小娟找老法官之后不到一个星期的时间。"虞乘风答道。

伤得那么重，怎么可能出院？在小谷身上究竟发生了什么事？这点并不难确定，只要去当年她住的医院走一趟就可以得知。

"乘风，你马上和局里联系要一份搜查令，慕容雪家的搜查令。"刘天昊说道。

虞乘风微微一笑，应了一声，他高兴的是刘天昊不再是那名莽撞的神探，他经过数年的磨砺后，已经变成一名非常成熟的警察。

说完话，刘天昊半闭着眼睛坐在副驾驶陷入沉思，甚至连虞乘风打电话安排事情都听不见。

现在可以确定的是小谷就是谷佳欣，是绑架杀害蒋天一的凶手，动机是复仇，但就目前的线索来看，仍有疑点。

其一，按照谷佳欣的伤势，日后就算能够恢复，身体也会很弱，使不上力气，怎么可能搬得动壮如牛的蒋天一，又如何不动声色地绑走慕容雪。

其二，谷佳欣绑架蒋天一只是提出七十五万的赎金，而且还捐给了养老院，如果不是为了钱，就是单纯复仇，她完全可以直接杀了蒋天一，没必要弄那些复杂的事儿和警方兜圈子。

其三，蒋天一是肇事者，慕容雪是办案的律师，但张晓雪在肇事案发时还是高中学生，和这件案子有什么关系？

其四，谷佳欣最初的治疗费用是二十五万，由蒋天一支付，可后续的治疗和恢复也是需要大量金钱的，全小娟为什么不申请执行，反而去找慕容雪和老法官协调？

在老法官和慕容雪拒绝帮助后，全小娟和谷石楠究竟遇到了什么事儿，进而放弃了女儿的治疗和赔偿费？

其五，谷佳欣和养老院有什么关系？为什么要捐钱给养老院？

最后一点，凶手小谷很有可能在寻找蒋天一交通肇事案的真相，但如果线索在慕容雪手上，她现在已经绑了慕容雪，完全可以拿到证据，为何大费周折地引导刘天昊寻找线索？

看似拥有很多线索，但实际上对于营救慕容雪来说没有一点用处。

车疾速行驶着，刘天昊的头脑也在飞快运行着，可人的意志力再强也抵不住三天三夜的疲劳，他在恍惚中终于睡了过去，甚至听到了自己的呼噜声。

自打当上刑警以来，他从未睡过这么香的觉，整个人仿佛灵魂出窍一般，肉体没有任何感觉，听力、触觉、视觉、嗅觉完全失去了作用。

他还做了一个非常奇怪的梦，梦到他的灵魂飞上天际，顺着风飘啊飘，当他感到有些不对劲时，就想飞回原本的身体，却发现无论如何都回不去，因为有一个灵魂已经飞到汽车旁，是小谷，他从来没见过小谷，却一眼看出那人就是小谷。

小谷冲他一笑，随后飞快地钻进他的身体。

"啊！"刘天昊惊叫一声，手脚几乎同时挥舞起来，喘了好一阵气，才回到现实，看了看坐在驾驶位的虞乘风，又缓了一阵，才轻轻地叫出声："乘风，我刚才做了一个很奇怪的梦。"

虞乘风一笑，说道："三天三夜没睡觉累的，看看你的脸色，差极了，一会儿我上去看看，你在车上眯一会儿吧。"

刘天昊揉了揉脸，打开窗户让热风吹进来，吹到脸上他才感到又重新回到人间。

车缓缓地停在路边，旁边是一个很漂亮的小区，小区除了别墅就是多层电梯洋房，住在里面的人非富即贵。

助手小白早在路边等着，看见刘天昊的车后，立刻扬起手挥了挥。

……

无论是多高级别的防盗门，在开锁匠面前就如同玩具一般，开锁匠不到一分钟就打开了慕容雪家的房门，开锁匠优雅地做了一个请的姿势，惹得虞乘风经过他时狠狠地打了他肩膀一下。

开锁匠姓钟，大伙儿都叫他小钟，他是 NY 市最好的开锁匠，只要是锁，没有他打不开的，拜师拜的是轰动全中国的盗王张五爷，可惜的是，他还没来得及出徒干活儿，就被警方连同张五爷来个一锅端，不过张五爷人特仗义，口供里一个字都没提小钟，小钟得以无罪释放。

虞乘风还在基层派出所的时候，在一次偶然的机会认识了小钟，得知他的能力，担心他重新走上张五爷的老路，就托了同事给他在公安系统里注册了一个开锁大师，但凡有事，只要他在 NY，虞乘风就叫他来帮忙开锁。

众人走进客厅，房子的面积看起来很大，四室两厅的格局，房间的装修风格是欧美式极简风格，简单而实用，完全符合慕容雪的职业风格。

小白带着刘天昊、虞乘风两人径直来到书房，书房中的书柜中摆满了书，大多数都是关于法律方面的书籍，也有一部分是心理学和类似鸡汤类的书籍，书房中的角落有一个很大的保险柜。

开锁匠小钟一看保险柜便立刻摇了摇头，说道："虞哥，这个保险柜我可打不开，你别看这是转盘式保险柜，德国货，精密着呢，里面的保险机关特别多，我们很多同行都栽在它手上过，而且……"

"我没让你开，你只是作为最后一道保障而已，如果我打不开，你再来！"虞乘风说道，随后他开始转动巨大的转盘。

尝试着用三组数字随机组合，当试到"11、22、88"的时候，保险柜打开了，小白立刻从慕容雪的包里掏出那串钥匙，挑拣出最大的一个递给虞乘风。

顺利地打开保险柜后，看到里面都是房产证、现金、黄金、珠宝首饰之类的东西，并未见到任何档案。

开锁匠小钟松了一口气，他庆幸虞乘风打开了保险柜。而虞乘风失望地叹了一口气，一拳砸在保险柜的门上，令人意想不到的是，保险柜的门上还有一个小暗门，被他这一砸便弹了出来。

德国人做的东西就是精密，若不是虞乘风这一拳，完全看不出保险柜门上还有这个暗格，暗格和门的结合是完美的，若是光凭肉眼是不可能看出来的。

"这是什么？"虞乘风从暗格里拿出一个精致的牌子，牌子是金黄色的，所料不错的话，应该是金的，一面刻着一些英文字母和数字，另外一面刻着三把交叉在一起的钥匙和三个字母 UBS。

"是瑞士银行的东西。"刘天昊说道，随后看向虞乘风和小白。

两人几乎同时摇了摇头。

开锁匠小钟嘿嘿一笑，说道："刘队，这个东西你得问我。"

虞乘风咂了一下嘴，严肃地说道："有话快说，这等着救人呢！"

小钟收起嘻嘻哈哈的模样，说道："我听师父说过，这是瑞士银行的超级用户才享有的保险箱凭证，最高等级的，几乎很少有人可以享受得到，连某云、某林这样的人物都未必能拥有。"

刘天昊听后一怔，慕容雪再厉害也只是一名律师，怎么可能拿到某云、某林都拿不到的凭证？

"这种凭证是一次性的，只要插进银行保险柜的钥匙孔里就会被重塑，再拿出来时下面这串数字和字母就会随机变化，假如超级用户没带这块小金牌，记住密码也是一样可以打开保险柜的，然后保险柜会制造出另外一块金牌作为新钥匙，老的钥匙作废。"小钟说道，随后又不屑一顾地笑了笑，说道："这老外思维就是有个性，重塑密码又有什么用，只要拿到这块小牌子还不是一样打开保险柜，瑞士银行一向是认牌不认人，任何人拿到这个小金牌都能打开保险柜。"

"这种设定真的很奇葩呀。"小白在一旁盯着金牌说道。

"一些超级用户抄下密码，去打开保险柜拿到新的金牌钥匙，老的钥匙就留下来当作纪念了。不过暗格里就只有一块金牌，说明这人把东西放进保险柜后就再也没动过。"小钟又说道。

按照慕容雪的资料，她非常喜欢收集这些古怪的东西，如果真的用过保险柜，肯定会有两块以上的小金牌。

"刘队，瑞士银行在 NY 市只有一家。"虞乘风说道。

刘天昊把保险柜关上，掂了掂小金牌，说道："走吧，去银行。"

……

不得不说瑞士银行是一个讲信誉的银行，有了金牌，他们顺利地找到了相对应的保险柜，保险柜在保险库里面的一个密室里，密室里一共只设了一排保险柜，每个保险柜外表都镀了金，一进房间金灿灿一片。

可惜的是，虞乘风等人都被拦在了外面，只有刘天昊一个人进了密室，银行经理在门外耸了耸肩，递给刘天昊一个精致的皮箱后，就轻轻地把密室门关上。

打开保险柜后，发现里面只有一层，装着三个牛皮纸档案袋。

"果然是它们！"刘天昊心中一阵惊喜！

# 第二十六章　消失的档案

档案袋有三个，其中有两个很厚，一个很薄，封皮上写着日期和案件名称。最上面的一个写着"刘家村厕所奸杀案"，这是四年前发生的一件特大杀人案，嫌疑犯在女厕所杀了一名二十岁的女子并强奸，但嫌疑犯并未留下指纹、体液等，最后是根据目击者的证词将嫌疑人抓获，嫌疑人拒不承认，但在强大的证据下，法院还是判了他死刑，等枪决之后，嫌疑人家属凑足了钱找到慕容雪，让她为嫌疑犯翻案。

慕容雪不但搜集了证据证明嫌疑犯不是凶手，而且还找到了真正的凶手，但人已经被枪毙了，只得索赔了事，嫌疑人沉冤昭雪，家属得到了宽慰和两百七十万的赔偿金。凭借这个案子，慕容雪在 NY 市律师界又提高了一个层次，被人誉为法律界的小柯南。

第二个案子就是蒋天一肇事案，刘天昊并未打开看，而是把档案袋放在一边，直接拿起第三个档案袋，只见档案袋上面写着"NY 五号案件"，但档案袋的口是打开状态。

他心里咯噔一下，急忙打开一看，里面居然是空的!

密室里很安静，刘天昊把档案袋翻了又翻，除了档案袋皮上的几个字之外，再也没有任何发现，他闭上眼睛皱着眉头叹了一口气，把第三个档案袋慢慢放下，缓了好一阵后才睁开眼睛，轻轻地呼出一口气，打开第二个档案袋。

档案袋中有一个笔记本和一摞子厚厚的资料，资料有蒋天一的笔录，有谷佳欣的治疗手册、身份证信息等，还有一些是慕容雪和蒋天一一对一讲话的记录。

当他看了笔记本和最后一页资料后，不禁紧皱眉头，脸上露出凶狠之色，不但知道了蒋天一是醉酒驾驶，而且也知道了慕容雪、张晓雪和本案的关联。

……

当天是武彦斌的生日，他邀请了很多朋友在他家开生日聚会，蒋天一性格本就张扬，遇到美女众多的场合怎么能放过，频频与美女举杯后，他大约喝了一瓶红酒和十来瓶啤酒。美女虽多，但他的目标只有一个，刚刚高考完的女学生张晓雪。

张晓雪是武彦斌的一个哥儿们请来的，原本只是过来吃点饭就走，想不到初次见到豪门夜宴的张晓雪却不愿离去。

她出身贫苦，加上这么多年的死读书，根本没见过这等场面，豪车遍地、别墅泳池、葡萄美酒，帅哥美女都是一身奢华品牌。

武彦斌对张晓雪自然是有想法的，但之前她一直忙于学业，无论谁邀请都不肯舍得时间，好不容易熬到高考结束，考的成绩还算理想，这才和同学们一起出来玩耍。

张晓雪的单纯吸引的不只武彦斌，还有一群豪门公子哥，其中蒋天一是表现最突出的一个，有钱、张扬、帅气。

为了博美人一笑，蒋天一替张晓雪挡了所有的酒，成了地道的护花使者，当他听说张晓雪居然没有手机时，立刻让富强集团采购员从仓库里拿了一部最新款苹果手机。

张晓雪哪见过出手这么大方的人，惊喜之下却也不敢收这么重的礼物。

蒋天一用尽浑身解数让张晓雪收下了手机，还得到送她回家的一个机会。

张晓雪是一个刚刚高中毕业的学生，也没有酒驾危险的概念，当她看到红得如火焰一般的兰博基尼，加上迷人一般的声浪时，她也飘飘然了，不顾同学的阻止坐上了他的车。

在两人眼中，根本不存在酒驾、醉驾的说法，只要神志还清醒，该开车就开车，出了事刘大龙和蒋小琴自然会摆平。

到目前为止，还没有摆不平的事儿。

送张晓雪的路上，蒋天一自然要展示一下车的性能和车技，甚至自己的自控能力。按他的话说，再喝一斤白酒，他照样把车开得飞快。

蒋天一虽说喝了很多酒，却并没有乱性，他知道像张晓雪这种单纯的女孩不能硬来，只要勾起她内心对物质的欲望，事情便成了一半。

所以他送她到家后，便准备和武彦斌离开。

武彦斌却没那个耐性，非要送张晓雪进屋。张晓雪原本是乖乖女，平时父亲管得很严，哪敢让武彦斌跟着回家！但武彦斌非缠着她，让她左右为难，直到张晓雪的父亲听见声音从家里出来，冷着脸拽着她回了房间，武彦斌才悻悻离去。

路上武彦斌埋怨蒋天一，说他不够意思，和自己抢女朋友。

蒋天一也没客气，对着武彦斌一顿臭骂，两人越骂越激烈，以至于蒋天一大少爷的脾气发作，猛地踩油门，又猛踩刹车，来来回回反复数次。

武彦斌也是 NY 四少之一，少爷脾气自然小不了，蒋天一的行为不但没吓住他，反而激起他的倔强，他开始出言反击，说蒋天一车的性能不好，技术更差。

蒋天一更加愤怒，几乎疯狂地驾驶着车辆。

车的性能再好也有出错的时候，激烈的驾驶让车子发生了爆胎，车子不受控制地向路边的车辆和人群撞去，直到撞进路边的一家烧烤店。

看着横七竖八躺在地上的人，两人都吓傻了。

有人已经躺在地上一动不动，有些人在地上痛苦地扭曲着，有的人身体和头部呈现一个诡异的角度，整个人好像空了的面袋子一样。

各种车辆的轮胎、碎片、油迹洒了一地，车辆的警报声此起彼伏，黄色的灯不停地闪着，和人们打电话求助、报警的声音混在一起。

蒋天一率先缓过神来，立刻抓着武彦斌的胳膊向远处跑去。他知道，这件事牵扯的人太多，影响面太大，绝不是蒋小琴和刘大龙能搞定的，武彦斌就更不用提了。只要警察一到，把两人当场拿下，再想运作就难上加难了。

蒋天一想到的第一件事就是找人当替死鬼，这件事说起来容易，在刘大龙和蒋小琴的势力范围内，做起来就更容易。

他给蒋小琴打了电话，蒋小琴几乎在第一时间找了一名和蒋天一很像的年轻人赶到现场，准备当替死鬼。

当刘大龙知道后，立刻否决了蒋小琴的方案。

这条街属于商业街，监控很多，而且都是高清的，只要警方拿到监控，立刻就能分辨出蒋天一才是真正的肇事者，而且现场还有很多人看到了蒋天一和武彦斌，蒋小琴再厉害，也不能翻手为云覆手为雨。

刘大龙找到了业务对口的律师事务所，就是天兴大厦的那间律师事务所，接待的律师不敢接，想不到初生牛犊不怕虎的慕容雪却接下了这单生意，并立刻对这件事进行分析梳理，做事的套路赢得了刘大龙的认可。

其他律师见慕容雪接了下来，都松了一口气。凭着多年的经验，他们心里明白，这件事无论做成或者做不成，都不会有好果子吃。

如果保住了蒋天一，便会失去民心和名声，如果打输了官司，刘大龙和蒋小琴自然不会放过她。

然而事情总有例外。

首先是蒋天一和武彦斌在第二天酒醒之后到交警部门自首，承认是肇事者，但绝不承认是醉酒驾驶。随后蒋小琴和刘大龙出面，拿出一部分钱对伤者和死者家属进行经济补偿，最大可能地赢得受害者的原谅。

大部分人拿到赔偿金后，就会打消告状的念头，剩下的比较倔强的部分人就得做好打官司的准备。

她按照预定的方案，找到负责司法鉴定的医生，当然她是带着一箱子钱去的。医生就算很正，也禁不住一箱子钱的诱惑，最终答应帮助慕容雪。鉴定为精神病这种事相对比较容易，只要医生大笔一挥，精神病的事儿就成了。

在慕容雪的运作下一切都很顺利，甚至出乎她的意料，但凡事都有意外。谷石楠和全小娟两人就成了意外，谷佳欣受伤很重，子宫受损摘除，这就意味着她永远不可能有孩子，盆骨骨折也令她无法像正常人一样生活，她的一辈子就这样完了。

谷石楠和全小娟都很倔强，不但要赔偿，还要肇事者付出代价，所以在搜集醉酒驾驶的证据上，他俩是最积极的，每天除了照顾谷佳欣之外，就是找目击证人，经过两人的努力，还真有几名证人愿意出庭做证。

慕容雪眼见如此，便只好给刘大龙出了一个下下策，用钱来要挟谷石楠夫妻。

谷佳欣治疗需要大量的费用，对于普通家庭的谷石楠来说，这笔费用就是天文数字一般，如果刘大龙和蒋小琴不给付住院费，就意味着谷佳欣的治疗就要终结，身为父母，哪肯眼睁睁地让自己的孩子等死。

两人卖了房子，又向亲戚朋友借了一些钱，勉强维持着谷佳欣的治疗，然而这种伤势的治疗费就是个无底洞，有多少钱都会被吸进去。

令人气愤的是，原本应该给垫付医疗费用的蒋天一却突然不再给医院打钱，前前后后只付了二十五万，通过律师函告诉谷石楠，其余治疗的钱要他们先垫付，等官司打完之后才能付清。

这二十五万和谷佳欣的治疗费相比差得很远，据主治医生说，谷佳欣这种伤势要想完全康复，至少还要一百万左右，等这场官司打完，谷佳欣就会错过最佳治疗期，身体恢复就无从谈起了。

慕容雪毕竟是名年轻的女孩儿，怜悯之心还是有的，她找到了谷石楠和全小娟，告知只要两人不再追究蒋天一的刑事责任，刘大龙和蒋小琴会继续付钱给谷佳欣治疗。

两口子的轴劲儿出乎慕容雪的意料，他俩不但不同意，还恳求她帮助他们打赢这场官司！

慕容雪磨破嘴皮子地讲述事情的利害关系，但两人就是听不进去，最终还是把官司打上了法庭。

结果是预料之中的，谷石楠赢了，但也输了，因为蒋天一不但没酒驾，而且还有严重的精神疾病，无法对行为负刑事责任。

张晓雪作为证人出庭做证，证明蒋天一当晚并未饮酒，在送她回家的路上犯了病。因为武彦斌喝了酒，所以蒋天一才坚持开车回家。

面对原告律师的质问和全小娟的眼泪，张晓雪咬着牙一再坚持。

休庭期间，全小娟和谷石楠不顾阻拦找到张晓雪，软硬兼施想让张晓雪说出事情真相。张晓雪也犹豫过，但最终还是坚持了最初的选择——帮助蒋天一。

民事赔偿部分，按照伤残等级和其他复杂的标准，蒋天一赔偿谷佳欣大约一百万，因为精神问题没有赔偿能力，由监护人蒋小琴负责赔偿。

谷石楠两口子的行为让她丢尽了面子，激怒了原本就小心眼的蒋小琴。蒋小琴放出话来，想得到民事赔偿剩余的钱，还要继续打官司。

蒋小琴是个说到做到的女人，她宁可花大量的时间和金钱打官司，也不愿意赔偿。但蒋小琴的上诉属于第二件案子，慕容雪不愿意再参与，拿了佣金后就全身而退。蒋小琴雇用了外省的一个律师团队，搜集证据后又上诉。

官司就是这样，一个来回就要个把月，要是被告一方拖着不出庭，可能还要延期。蒋小琴有钱有时间，拖得起，但谷佳欣的情况却越来越糟糕。

但谷石楠的倔脾气也被彻底激发出来，准备和蒋小琴死磕到底。全小娟心疼谷佳欣，背着谷石楠找到老法官和慕容雪，协商赔偿的事儿，但两人对蒋小琴的行为亦无可奈何，就建议全小娟向法院申请强制执行。

事情并没有朝着好的方向发展，不知为何，谷佳欣突然办了出院手续，和父母不知去向，而后面的赔偿也不了了之。

……

这份记录原本是慕容雪私下留存的，也许是她心里有愧，也许是为了防备蒋小琴而留个后手，才让这份卷宗重见天日，还世人以真相。但肇事者已经死亡，当年的受害者成了嫌疑犯，这份卷宗究竟还有多大的作用，没人能知道。

更让刘天昊可惜的是，NY 五号案件的卷宗居然是空的，而知道所有细节的慕容雪被小谷绑架不知生死。

他拿着卷宗出了密室，叹了一口气，把卷宗递给虞乘风，随后慢慢地向外走去。

通过慕容雪的卷宗知道了谷佳欣的名字、身份证号还有其他的资料，事情就好办多了，现在他要做的就是找到小谷。

刘天昊、虞乘风、助理小白三人刚走出瑞士银行大门，就见王佳佳的车从远处飞驰而来，到大门处一个急停，摇下车窗冲着刘天昊喊道："昊子，有线索了，快上车。"

刘天昊冲着虞乘风点点头，随后跑步上了王佳佳的车，红色的宝马带着咆哮声飞奔而去。

# 第二十七章　死了的活人


"乘风怎么不一起来？"王佳佳边开车边问道。

"案子的时间紧迫，他去查慕容雪的那台车了，现在监控系统这么发达，万一小谷有所疏忽，也好顺藤摸瓜。"刘天昊说话时没什么底气。

小谷非常谨慎，从张晓雪案发现场到蒋天一死亡现场，从蒋天一的跑车到李大国的别克凯越，除了留下一个模糊的形象之外，剩下的也只有两根头发，小谷做这件案子肯定经过一定时间的酝酿，从每个人的爱好、特点、职业、作息时间、家庭情况等方面都做了了解，各种情况早就做好了相应的准备，甚至还和刘天昊通话，告知自己的存在，这一切都说明小谷为了这件案子是有充分准备的，绝不是匆忙作案。

"孙总是个老狐狸，他明明知道当年的案子和七十五万的来源，却装作不知道。"王佳佳说道。

"有些事情远远超出你的认知底线，这也许就是人性吧。"刘天昊微微叹了一口气。

自打他知道孙总和这件案子有关后，便通过韩忠义对孙总的事务所、孙总本人、慕容雪、老法官等人进行了详细的了解。

表面上看，慕容雪是孙总的摇钱树，是律师事务所的台柱子，但实际上事务所的大部分收入都进了慕容雪的腰包，同时慕容雪在事务所的影响力已经超过了法人孙总，看似是慕容雪给孙总打工，实际上是孙总给慕容雪打工，带来利益的同时对他的地位和公司也产生了威胁。

"在孙总这种人眼里，利益是永远的，但没有小谷绑架事件，他没办法清除掉慕容雪这个障碍。所以当慕容雪被绑架后，七十五万的事儿他明明知道，却不肯说出来，目的就是为了让慕容雪再也回不来！"刘天昊说道。

"啊，不会吧！"王佳佳虽说在新闻媒体界多年，却从未见过这么险恶的人心！

在绑匪小谷打来电话时，她也看出孙总的异常，却没想到所谓的人性的光辉在危难之时不堪一击。

"嗯，孙总的问题可以容后再说，先说说你的收获吧。"刘天昊笑着说道。他知道王佳佳不可能在孙总这种人身上耽误时间，要是完全没头绪，她肯定跟着他一起离开。

"没错，我是现学现卖，前段时间没事的时候和安然学了催眠术，也不知道灵不灵，所以就拿孙总试试。"王佳佳说道。

王佳佳的智商比一般人要高一些，只要她想学，很少有学不会的知识。

"他被你催眠了？不会这么容易吧。"刘天昊问道。

"换了别人肯定不行，但孙总有些……像刘大龙一样好色，所以很容易就着了道。"王佳佳嘻嘻一笑，随后开始讲述她和孙总沟通的内容。

……

蒋天一醉酒肇事案看起来很简单，但实际操作起来却异常复杂，前面的部分相对来说还容易些，毕竟钱就可以把事儿办了。但后半部分不一样，能够不被钱收买剩下来的，肯定不会善罢甘休。

谷佳欣父母不同意调解，非要让蒋天一付出代价，为此事和刘大龙、蒋小琴闹掰，谷石楠两口子开始积极地搜集着各种证据，以人证为主。张晓雪和武彦斌的工作做不通就从其他人入手，总之就要坐实醉酒驾驶的罪名，让蒋天一坐牢。

这件事也能够理解，谷石楠就这一个女儿，还未成家便出了这种大事故，而且还成了残疾人，身体是否能复原如初还不好说，任何父母都接受不了这样的打击，拿了赔偿款也无法弥补身体和精神上的双重创伤。在谷石楠眼里，事情很简单，蒋天一必须得为自己的行为付出代价，得到法律严惩。

慕容雪多次和谷佳欣一家打交道，知道这名女孩儿今后都不可能再做母亲，伤势能否复原还不好说，因此慕容雪的心情非常差，她有些后悔接这件案子。如果按照她之前给蒋小琴出的主意，一旦断了医疗费用后，以谷佳欣的身家怕是支撑不了多久。

慕容雪看到蒋小琴和谷石楠硬抗上之后，她就选择退出。但蒋小琴是什么人，官司打到一半岂是说退就退的？于是蒋小琴动用了她所有的关系，威胁慕容雪，如果退出，不但拿不到之前的律师费，而且以后也别再想当律师。

刘大龙虽说有钱，但也是靠着蒋小琴发的家，家族底蕴并不深厚。蒋小琴不同，她的家族已经发展了数百年，所涉猎的行业非常多，在司法界的势力绝不是一个慕容雪可比的。

案子到了这种地步，也不是几十万的赔偿费问题，而是面子问题，要是蒋小琴连这点小事都搞不定，以后还怎么在 NY 市地头儿上混！

身为同行的孙总经理看出了慕容雪的不凡之处，也知道这个时候帮她一把，她日后就会前途无量，如果不帮，职业生涯可能就此结束。

随着蒋小琴和谷石楠两方对抗越来越激烈，慕容雪的压力也越来越大。孙总觉得时机已经成熟，于是找到慕容雪谈了条件，他可以帮助慕容雪搞定后面的事儿，但需要慕容雪到他的事务所，脱离银兴事务所的控制。

慕容雪哪见过蒋小琴这样蛮横不讲理的恶人，她辛苦考上大学，又受尽苦累得了律师资格证，哪肯为这件事轻易放弃多年的努力。在受到蒋小琴威胁后，她已经慌了神，哪还有资格和孙总谈条件，便答应下来。

慕容雪撤出蒋天一和谷石楠的官司后，孙总就立刻接手，先是让蒋小琴不服判决提出上诉，无论如何，想尽办法拖，以此要挟谷石楠和全小娟，只要谷石楠妥协，这事儿就算了了。

官司来来回回打了很多次，孙总知道，这种案子分出胜负比较容

148

易，但执行比较难，谷石楠可以较真，蒋小琴可以耍脾气，但谷佳欣的病情不能等。

孙总私下找过谷石楠，把道理讲得清清楚楚，撤诉、拿钱治病。谷石楠却倔得很，一边打官司一边变卖家产给谷佳欣治疗。

令孙总奇怪的是，在全小娟找了慕容雪和老法官后，就再没了下文，谷佳欣出院后和父母三人都消失了，谷佳欣发生了什么事没人知道，医院的医生只说谷佳欣的身体状况并不乐观，对其他的一概不知。

全小娟自杀的消息传了出来，谷石楠也得了精神病住进医院，而谷佳欣自打出院后就再也没人见过她。

人就是这样，如果不是轰轰烈烈，很快就会被淹没在历史长河中，成为过去，谷佳欣一家人就这样很快被人们淡忘，甚至连当事人也忘了为此付出了生命代价的夫妻俩。

事后，孙总和慕容雪如愿得到蒋小琴的佣金，慕容雪从原本的事务所脱离出来，来到孙总的事务所——青柏律师事务所。

……

"慕容雪凭借自身能力和孙总的人脉，两人终于在 NY 法律界立足，并超过银兴律师事务所，成为行业的领头羊，哦，对了，孙总的名字就叫孙青柏，事务所是他独资的，慕容雪只拿工资没有股份。"王佳佳说道。

对于孙青柏和慕容雪这种合作方式，王佳佳感到很奇怪，既然是一起出来创业，为什么慕容雪没有股份？律师研究的是法律，而且他们业务最多的就是经济案件，对股份制并不陌生。

刘天昊听后并未立刻发表意见，而是靠在座椅上思索着。按照王佳佳所说，孙青柏的叙述只是在案情上有了些补充，弥补了慕容雪退出蒋天一案的后续发展，但对找到小谷并无益处。

王佳佳一笑，说道："我就知道你有疑惑，孙青柏提供了一条比较关键的线索，当年他准备利用人脉摆平谷石楠时，他找了谷石楠的堂哥，堂哥在 NY 市外国语学院管后勤，原来也是教学的，后来不知走了什么后门，调到后勤当处长去了，主要管理学校的食堂和建筑基建维修，是个肥差。"

刘天昊一听立刻来了精神，他想起张晓雪就是外国语学院的学生！如果谷石楠和全小娟两人都已经死亡，那么受伤较重的谷佳欣出院住在哪里？如果没有后续的赔偿她又是如何生存的？

案子转了一圈，又回到最初的原点——张晓雪所在的外国语学院。

"你联系他了吗？"刘天昊问道。

"当然没有，你是破案的警察，这件事我得征求你的意见啊，不过现在咱们就是去外国语学院的路上，你可以不去。"王佳佳说道。

"谢谢你佳佳！"刘天昊一本正经地说道。

王佳佳扑哧一笑："你这人，平时一点不正经，现在正经起来我还有些不习惯。不用客气啦，反正你答应我给我独家的，算是还我这个人情了。"

刘天昊的心情很沉重，从目前来看，这件案子很可能是谷佳欣在为父母和自己复仇，但属于情有可原，就像"画魔"一案中的杨红，既然法律管不到，那就自己来管。

……

外国语学院坐落在 NY 市郊的大学城，中医学院、外国语学院、经济管理学院等大学紧挨着，年轻而具有活力的大学生三三两两地走着，马路上到处洋溢着青春的气息。

谷石楠的堂哥在外国语学院很有名气，找到他并未费太大的事儿。

他叫谷石木，爷爷是木匠，给哥儿俩起名时就带着职业特色，一个楠一个木。他戴着一副金边黑框眼镜，看起来斯斯文文，儒气十足，并不像管后勤的那些人，肥头大耳。

当问到关于谷佳欣的事儿时，谷石木一愣，说道："佳欣已经去世很多年了，绝不可能是她！"

# 第二十八章　活着的死人

说起谷佳欣，谷石木摘下眼镜用手帕抹了抹眼睛，沉默了好一阵，才又戴上眼镜，正了正色说道："佳欣是个好女孩，她对谁都很好，上大学时，她的成绩是最优秀的，大哥大嫂引以为傲，如果不是出了那档子事儿，现在她已经结婚生子了吧。"

谷石木叹了一口气，从办公桌的抽屉里拿出一个档案袋，档案袋看起来有些破，上面写着"国际事务与国际关系专业，谷佳欣"。

他慢慢地把档案袋上的小白绳从扣上绕下来，拿出一叠档案资料递给刘天昊。

刘天昊拿过资料看了一阵，又看向谷石木，他发现谷石木在摘下眼镜的那一刻居然和谷佳欣很像。

谷石木今年四十二岁，岁月并未在他的身上留下太多痕迹，无论是相貌和身材都更像一名不到三十岁的小伙子，他身高比刘天昊略矮，长得比较中性，手指细长而有力，下巴和脸颊上没有一根胡须，二八分的小分头干净利落，深邃的眼神就好像一汪深潭般，脸上的表情几乎不会变，偶尔笑起来给人很和谐的感觉，无论男人女人看到他都不会产生反感的情绪。

"出事的那年她刚刚考上本专业的研究生，就在这间学校，她的学习成绩一直是第一名，研究生毕业后留校的可能性很大。"谷石木用手摸着档案袋上的名字说道。

"据我们掌握的资料，出了车祸后，谷石楠和全小娟后来给她办了出院，之后就没了消息。"刘天昊说道。

谷石木冷哼一声，脸上陡然显出一团怨气，说道："还不是拜那些丧良心的人所赐，光是前期的手术费就花了二十多万，蒋小琴给的二十五万哪够用，她提出条件，就是要我大哥接受和解，才肯付剩余的钱。我大哥这人脾气很倔，明知道蒋天一是醉酒肇事，佳欣这辈子已经完了，岂是一百多万的赔偿可以弥补。大哥不肯放过他，不接受和解，把老家的房子卖了，亲戚朋友都不支持他，认为他应该先给孩子治伤。可他从小就倔，九头牛都拉不回来，谁也改变不了他。他把所有的积蓄拿了出来，但对于佳欣的巨额治疗费依然是杯水车薪。"

有时候人就是这样，可能会为了一个死理儿较真，并非不计后果，而是内心拥有一份坚持，坚持正义。在谷石楠的心中，正义可以迟到，但一定不会缺席，所以他才一直坚持上告，哪怕他面对的是财大气粗的蒋小琴、精通法律的慕容雪、狡诈老练的孙青柏，哪怕他面对的是表面是精神病但内心邪恶的蒋天一。他作为一名父亲，有理由为女儿讨回公道，纵使所有人都不支持，但他依然在坚持。

"既然伤势未愈，为什么带谷佳欣出院？仅仅是没钱了吗？"王佳佳问道。

谷石木摇了摇头，说道："大家凑一凑钱还是可以维持住院的，可是佳欣的情况却突然有了变化，她变得有些神经质，原本已经快要长好的伤口，她总说里面有东西，非要扒开把里面的东西拿出来，医生给缝合上，她就趁着我们不注意再扒开，反复几次后，她的伤情开始恶化，腹腔内感染不断地流脓。后来精神科医生介入治疗，也没什么效果，其间下了好几次病危通知书。"

谷佳欣再坚强也只是一名在读大学生，没经历过任何挫折和黑暗，严重的伤势再加上外界的压力太大，导致她的精神出了问题。

"有个慕容律师一直负责这件案子，她还好些，见佳欣的状况后，开始同情他们一家人，反复劝说大哥妥协，但大哥始终不肯，听说慕容律师和雇主发生了争吵，后来就不干了。接手的律师姓孙，这人可比慕容律师狠多了，数次到医院找佳欣做工作，软硬兼施，手段高明得很，大哥和孙律师打了几次，大嫂和佳欣的态度也开始动摇，只有大哥还在坚持，可能是因为这些事儿影响到佳欣的情绪……唉！"谷石木沉默了好一阵。

"后来呢？"王佳佳问道。

"后来钱花光了，佳欣的伤情又反复发作，医院可能是得了孙律师的好处，下了出院通知单，不过这事儿也不能怪医院，的确是交不上钱了。大哥一气之下，就带着佳欣出了院。可他们为了给佳欣治伤，卖了房子和所有家产，已经无处为家，当时我住的还是集体宿舍，也没办法。"谷石木摘下眼镜又抹了抹眼睛。

听到这里，王佳佳已经气得脸色发青、浑身发抖，眼中射出骇人的目光。蒋小琴为了让儿子蒋天一逃脱法律制裁，居然别人的性命和家庭于不顾，把谷石楠一家人逼到这种份儿上，而她的帮凶有慕容雪、孙青柏、张晓雪、武彦斌甚至是老法官等，这些人或为了钱，或为了名，或为了前途，或为了自保，不是选择帮蒋天一就是选择躲避。

"佳欣的死讯是两个月后传来的，腹腔感染引发的败血症，临死前还让大哥大嫂放下这件事，继续过他们的生活，不要再去和蒋小琴等人纠缠。没过多久，大哥又打来电话，说大嫂也死了，是自杀。"谷石木说到这里脸上尽是无奈。

谷石木是个讲故事的高手，几句话下来就把王佳佳的情绪调动起来。

而此时的刘天昊想的却是案子，如果谷佳欣一家都死了，那凶手会是谁？这件事已经和案子紧紧地结合在一起，凶手肯定是事件中的人错不了。

刘天昊看了看对面的谷石木，如果摘下近视眼镜戴上墨镜，再戴上假发，乔装打扮之后……

不对，不对，现场发现的两根头发是刚理过的头发，新理过的头发尖部是斜茬儿的，如果很久没理发的头发发梢是圆的，而谷石木的头发是短发，从头发的长短就不匹配。

刘天昊心里想着线索，不断地推理再否定推理。

"是谷石楠打电话告诉你谷佳欣去世的消息？"刘天昊问道。

谷石木思索了一下，随后点点头，说道："没错，从他们离开医院，我就再也没见过大嫂和佳欣，直到……"

"直到谷石楠出现在精神病医院对吧？"王佳佳问道。

王佳佳身为记者，问这些问题要比刘天昊合适得多，要是由刘天昊来问，谷石木的心里肯定会有些不舒服。

"大嫂和佳欣去世后，大哥不知所踪，后来郊区的精神病院给我打了电话，说让我去认人。我去了之后，发现大哥已经疯了，嘴里除了念叨着佳欣和大嫂的名字外，整个人就是一具行尸走肉。"谷石木叹了一口气。

"怎么确认全小娟和谷佳欣已经去世了？"刘天昊带着怀疑的口气问道。

谷石木一愣，眨了眨眼睛说道："这一点……的确没法证明，首先是我没看到她们的尸体，后来在公墓的墓碑也只是一个衣冠冢，是我出钱买的，大哥给我打电话时，我也问过这件事，佳欣的尸体好像并未火化，按照我们老家的习俗，很可能埋在山上了。"

刘天昊点点头，吧唧吧唧嘴，伸手摸了摸口袋，说道："哎呀，烟抽完了，佳佳，能帮我买包烟吗？"

王佳佳听后一愣，刘天昊一向反对抽烟，但也只是一瞬间就反应过来，说道："啊……好，谷老师，学校里有超市吗？"

王佳佳明白刘天昊的意思，他是怀疑谷石木就是小谷，虽说一个是男性一个是女性，一个是四十岁一个是二十多岁，但现代的化装术非常神奇，完全可以把男变成女，把四十二变成二十四，至少从身材和相貌看，谷石木和小谷几乎差不多。小谷在案发现场抽过烟，是细云烟WIN，市价一盒二十多，普通的打工者都不可能抽这种烟，像谷石木这样身份的人就比较适合，他是管理后勤的领导，眼力见儿是必备的，如果有烟肯定会拿出来给刘天昊。

谷石木没有丝毫的犹豫，立刻说道："这栋楼对面就有一个小超市，不过烟都是真的，放心抽！"

王佳佳看了一眼刘天昊，挪了挪身子，朝一旁的办公桌上使了个眼色，轻咳一声："刘队，要不你忍忍吧，人家谷老师都不抽烟，我也不抽烟的，再说这儿也没有烟灰缸。"

谷石木摆了摆手，起身走到窗台前，拿过一个烟灰缸放到茶几上，勉强笑了一笑说道："没关系的，有时候其他领导来办公室也抽烟，我都习惯了。"

"那算了，我忍忍。"刘天昊抱歉一笑，随后问道："后来谷石楠是怎么回事？"

谷石木没说话，又起身走到办公桌打开一个抽屉，拿出一份档案放在茶几上，说道："都在这里面，很严重的精神分裂症，没有暴力倾向，但他一直想逃出去，逃了好几次都被看守抓了回来，后来就上了约束带，用了一段时间药后才好转一些，没想到趁着看守不注意，他又跑了，我接到医院电话后赶了过去，和看守们一起找他，找到时他就坐在精神病院后身的河边悬崖，看守们不敢过去，我就慢慢地走了过去。"

说到这里，他深吸了一口气，憋了好久才吐出来，接着说道："他对着我大吼大叫，也不知道说的是什么内容，我尝试安抚他，他却更加激动，边喊叫边不断地向后退，眼看着脚踩到悬崖边，我不顾一切地冲了过去，结果我俩一起掉了下去。幸运的是，下面的河水很深，我掉下去后就被砸晕了，等醒过来时，发现自己躺在精神病院的病床上，看守们告诉我，他们是在不远处的一处河滩上发现我的，我大哥不知所踪，蓝天救援队得知此事后展开救援工作，在河面上搜救了三天三夜，人和尸体都没找到。"

"死了？"王佳佳问道。

谷石木摇摇头，说道："不可能，河水比较缓，不可能冲那么远，河底也找过了，没找到，后来我听一名邻居说看到了我大哥在 NY 市附近的一个小镇上出现过，就是 NY 市郊的红旗镇，穿得很破，整个人疯疯疯癫癫的，在路边翻垃圾。我立刻去找他，却没找到。"

找一个人很简单，也很难。现代人身份证号和手机号、微信、银行账号绑在一起，想找到相对比较容易，但如果刻意回避，身份证可以是假的，手机卡可以是不记名的，没有微信和银行卡，只用现金，交通方式选择坐不用身份证的短途小客车，这样的人找起来就会很困难，更何况是行踪飘忽不定、精神反常的谷石楠。

"这几年我一直在找他，为了他，我甚至连女朋友都没找。"谷石木语气带着哀伤。

这件事已经在找谷石木的过程中得到证实，不止一个人说，他为了找他的哥哥甚至连家都顾不上，一直住在大学分配的筒子楼。还有人说亲兄弟是有心灵感应的，谷石木肯定感应到哥哥还没死，所以一直在找。

刘天昊看完了谷石楠的档案袋，陷入沉思。档案袋里除了个人资料外，还有一些是病例，上面清晰地写着精神分裂症，从第一张交款单据到最后一张前后长达一年之久。

全小娟是自杀，一查就可以查到，谷佳欣和谷石楠都属于生死不明，谷石木所说并无实证，无法判断两人是否已经死亡，所以还不能排除谷佳欣作案的可能性，谷石楠也不能排除，至于谷石木，无论从身材还是相貌，都符合小谷的特征。

想到这里，刘天昊从口袋里掏出一张照片，是蒋天一、张晓雪案发现场道符的放大特写照片："谷老师，您看看这个，见过吗？"

谷石木托了托眼镜，接过照片，面无表情地说道："没见过，这是什么东西，好奇怪。"

随后他把照片从茶几上轻轻地推到刘天昊的面前。

刘天昊和王佳佳对视一眼，又问道："谷老师当过兵吗？"

"没有啊，为什么会这么问？"谷石木疑惑地问道。

刘天昊呵呵一笑，说道："我看谷老师后背挺拔，双臂双腿有力，眼神也非常犀利，可能接受过军事训练，我们警察也经常训练，却没你那么专业。"

谷石木脸上肌肉抖了抖，挥了挥手说道："都说刘警官是神探，看来这是在试探我喽。"

刘天昊并未解释，反而看向谷石木的眼睛。

"我没当过兵，你们可以去查我的档案，后背挺拔是天生的，手臂和腿部有力量是因为我喜欢锻炼身体，就这么简单，没有其他原因。"谷石木的眼神并未有丝毫的退缩。

"好，我会去查的，谢谢谷老师的配合。"刘天昊在茶几上放下一张名片，随后起身告辞。

送走刘天昊和王佳佳后，谷石木拿起刘天昊的名片捏着，因为用力的缘故，手指肚开始发白……


# 第二十九章　法医的直觉


不可否认奥迪 A8 是一辆好车，尤其是在经济不发达的地方，大咧咧地停在马路旁非常显眼，虞乘风和阿哲两个人围着车转了一阵，随后打开车门。

车门并未上锁，打开车门后一股好闻的香水味扑面而来，这是典型的女人车的特征，无论车多庄重多豪华，总会伴随着香水的味道，总会在后车窗的位置上放着各种各样可爱的毛绒玩具。

车是一键启动的，按钮旁边水杯槽呈打开状态，车钥匙放在水杯槽里。细看之下，挡把和方向盘上都有细碎的纸巾末，应该是清理过，是小谷典型的反侦查手法。

黑色的真皮座椅上沾着一根长头发，大约三十五厘米，就算没进行DNA 分析，也大约知道这是小谷的头发。驾驶位的地板上也用纸巾擦过，虽说上面还有些泥土，但脚印已经看不清了。

总之，一切能清理的痕迹都已经清理干净。

当刘天昊和王佳佳赶到现场的时候，韩孟丹带着法医助手正在提取车上的指纹和搜集证据。虞乘风调看着车上的360度行车记录仪，记录仪的录音功能开着，但只有慕容雪说话的声音，小谷一句话都没说。

整个过程慕容雪只说了两句话，第一句是：你到底是不是小谷？第二句是：咱们去哪儿？

两句话都是在地下车库里说的，慕容雪在得不到小谷的回答后再也没问，但每次问完问题后，就会有手机微信提醒声响起，经过和助手小白沟通后，确认是慕容雪的另外一部手机，这就意味着小谷肯定是答复慕容雪了，只是用的是手机，而不是直接说话。

从整个录像上看，驾驶者的驾驶技术很好，一路上遵规守纪，只要涉及转弯的地方，都会开启转向灯，遇到加塞的车也从没有按喇叭等急躁行为，这也符合小谷的人设——职业司机，能开各种车，脾气超好，能容忍其他车辆的一切违章行为。

看到这里后，刘天昊第一时间想到了蒋小琴的司机慕容霜，他坐过慕容霜的车，非常稳，而且遇到加塞的、变道不打转向灯等行为的从不发火，开车过程中一直都是面带微笑。

开过车的人都知道，无论人平时多随和、脾气多好，只要一摸方向盘上了路，除了自己之外，其他人都是王八蛋。

比自己快的会骂：开那么快干吗，着急投胎去呀；

比自己开得慢的会骂：会不会开车呀，慢得跟王八似的；

如果遇到和自己开得一样快的，会骂：咋地，和我较劲儿是吧；

遇到加塞的会骂：有没有点规矩，想加塞，绝不可能。然后一脚油门顶上去。

如果是自己想加塞没成，会骂：什么素质，并个道还跟我抢！

日常生活中，很少见到开车不骂人的，但小谷就是个例外，要么就是她的确涵养好，能够克制住情绪，要么就是哑巴，想骂人也出不了声音，还有一种可能就是因为不想让人听到她的声音，所以强忍着。

"刘队，车上除了一根头发和小谷的相似之外，驾驶位的其他痕迹都抹除了，后排座椅和车门内侧有几个指纹，是慕容雪的。"韩孟丹说道。

刘天昊看了看驾驶位的地板说道："鞋印没留下，却留下了一些泥土，看起来和普通的泥土有些不同。"

韩孟丹点头称赞道："神探依然还是神探，你说得没错，这些泥土里金属粉末和油泥的成分很高，但具体的成分分析还需要回刑大实验室才能鉴定出来。"

"从行车记录仪上的声音判断，慕容雪是自愿跟着小谷走的，车上也没有搏斗和挣扎过的痕迹，也说明了这点。"刘天昊分析道。

"我到现在也没想明白，究竟是什么原因，让慕容雪甘心情愿地跟着小谷出来，她明明知道小谷是个危险人物。"王佳佳疑惑道。

"当年她为了名利做过一些对不起小谷一家人的事儿，现在她功成名就，回想起当年的事儿，也许是愧疚吧。到目前为止，谷佳欣和谷石楠父女俩到底是否去世还是个谜，可能她也是为了验证小谷父女俩的状况才甘心情愿跟着走的。"刘天昊皱着眉头分析道。

按照从孙青柏和谷石木处得来的线索，慕容雪应该是因为内心愧疚才这样做的，但疑点也有，首先是慕容雪可以补偿小谷，但为什么甘愿被她绑架，还把自己的其中一部手机留下作为联络方式？第二，慕容雪既然是心甘情愿跟小谷走，为什么临走时不把车锁上？

这些疑问也许只有找到小谷和慕容雪时才能得到答案，所以无论如何，都应该先找到慕容雪。

刘天昊向四周看了看，这片地方是 NY 市郊区，人口密集度很小，除了大片的农田外，还有一片是等着拆迁的废旧厂区。道路很窄，只能容下两台车通过，如果小谷提前在这里停一台车作为接应会很扎眼，按照她的反侦查能力，应该不会这么做，而附近很空旷，没有可以把车隐藏的地方。如果两人在这里弃车，小谷的暂居地肯定就在这附近！

按照小谷的设定，她的落脚点监控一定要少，否则很容易被摄像头锁定，这附近都是工厂附属的老式家属楼，监控并没有完全普及，符合小谷居住的需求。

"孟丹，你马上回去对这些泥土进行化验，要快，我需要数据来锁定小谷的住所。乘风，你立刻联系这片儿的派出所，对一年之内外来人员租房的进行排查，我预感小谷就居住在这附近。"刘天昊说道。

"好。"虞乘风和韩孟丹几乎同时应了一声，随后虞乘风立刻打电话联系派出所，而韩孟丹则是指挥拖车把奥迪车拖回刑大。

阿哲走到刘天昊身边，说道："刘队，有个问题我得提醒您一下。"

刘天昊冲着他点点头，说道："阿哲，这件案子你帮了大忙，等案子破了，你要不要来刑大？"

阿哲笑了笑，说道："服从组织安排，无论在哪儿都一样发挥余热不是。"

他这套说辞和他师傅齐维一模一样，真是什么样的师傅教出什么样的徒弟。

"推理方面您的理论都很对，我想提醒的是，嫌疑犯是在利用五行来布置案子，您也得从这方面入手来分析凶手的下一步动向。"阿哲说道。

"有道理，五行我不太在行，你快说说。"刘天昊急忙说道。

阿哲神色一正，拿出葛青袍的架势，摸了摸没有胡须的下巴说道："按照五行学说，有相生相克的说法，相生是木生火、火生土、土生金、金生水、水生木。相克是木克土、土克水、水克火、火克金、金克木。五行的法术也都是按照相生相克的顺序施法的，不会乱了顺序。按照张晓雪的生辰八字，她的命属水，蒋天一属土，土克水，也就是说，嫌疑犯是按照相克的顺序施法，这叫作逆五行，如果推断不错，下一名受害者的属性一定是……"

"木克土，下一名受害者的属性应该是木！"王佳佳立刻接道。

阿哲笑着看了看王佳佳，说道："我叔叔说你有天分，果然如此。"

说完他又看向一脸疑惑的刘天昊，说道："刘队，您就别计较生辰八字和五行属性的关系了，我从小被叔叔逼着背那些东西，现在还都是模棱两可的状态，反正您知道是什么属性就可以了。"

刘天昊虽说不信这个，但嫌疑人小谷的确就是按照五行来作案，阿哲的分析至少对案情是有帮助的。

"我查过慕容大律师的生辰八字，她是火命，如果这套理论可行，她应该是最后一名受害者，所以暂时性命无忧。"阿哲一脸轻松地说道。

"无论凶手是谁，作案的动机都是报复，可要是报复杀人，直接杀了就好，为什么搞这个五行让人抓住规律。"王佳佳又问道。

"你这个问题说到点子上了，从孙青柏和谷石木的阐述来看，凶手可能是报复杀人，根据葛老师的陈述，案子又涉及五行借尸还魂法，凶手可能是借尸还魂，还的魂有可能是女儿谷佳欣，也有可能是母亲全小娟，也可能是父亲谷石楠。"刘天昊说道。

"就算是五行借尸还魂法，也不能恰好和案子相关的几个人正好凑上五行之数啊。"王佳佳反驳道。

阿哲拍手鼓了鼓掌，说道："佳佳姐，你这么有悟性，不如去拜师我叔吧，前途无量，保证比你现在的职业受人尊重。"

"我才不干，看起来神神道道的。"王佳佳白了阿哲一眼。

刘天昊轻咳两声，引回正题说道："但无论如何，都会有下一个被害者，如果不是慕容雪那会是谁呢？"

"阿哲，你对五行比较熟悉，而且对案子也很熟悉，现在涉及案子的人有张晓雪、蒋天一、刘大龙、蒋小琴、慕容雪、武彦斌、孙青柏，还有已经退休的老法官……对了，还有当年负责给蒋天一出精神病鉴定的医生，这个人你去查查，应该不难。不过刘大龙两年前在'画魔'一案中遇害，肯定不在凶手的范围，张晓雪和蒋天一先后遇害，剩下的几个人谁符合木属性需求？"刘天昊说道。

"行，这事儿交给我了，不过所里你打个招呼，省得所长总说我不务正业！"阿哲笑着说道。

......

韩孟丹几乎是分秒不停地工作着，技术科的同事下班了，她就亲自操刀做技术分析，一番努力后，终于有了结果，拿着报告单看着上面的数据，再联想刘天昊的分析，她得出了一个初步的结论。

奥迪 A8 驾驶位置地板上的泥土中含有大量的铝粉、铁粉和矿物油成分，而奥迪车所处的位置附近正好有一片厂区，早年就有一家钢材厂和生产铝锭的厂子，矿物油也能说得通，这种等量级的工厂基本都是半自动化或者是自动化，润滑油是必不可少的。

她立刻给刘天昊打了电话，阐述了自己的分析。

刘天昊沉默了一阵后，才说道："我和乘风正在排查这附近的暂住人口，民警说附近的工厂大部分都处于停工状态，你所说的两个厂子已经停产六七年了，别说是铝粉和铁粉，要不是有保安看着，工厂都能让人搬空。"

两人都沉默着，刘天昊再次打破沉默，问道："矿物油的成分是什么？"

韩孟丹应了一声，立刻把报告单通过微信发给刘天昊。

刘天昊看后哈哈一笑，说道："孟丹，我知道了，是汽车修配厂！"

韩孟丹换了只手拿电话，说道："对，有汽修厂的可能，不过那片区域有汽修厂吗？"

在韩孟丹的眼里，汽修厂、4S 店、二手车市场都集中在 NY 市的东郊附近，而那片都是老旧厂区，车辆的保有量很小，虽说房租便宜，但也很难养活一间修配厂。

"还真有一间修配厂，因为环保查得不严，废弃的机油他们就直接倒在市政下水道里，地面上也积了不少油泥，小谷肯定就住在附近。"刘天昊兴奋地说道。

韩孟丹又看了看报告，正要说话，就听见电话里传出虞乘风的声音："昊子，还真有个租客比较可疑，上个月租的房子，很少来住，租房的钱是足额付的，要求就是房东不能打扰，租期是两个月！"

"孟丹，我先挂了，你抓紧赶过来吧，也许……你还是过来吧！"刘天昊说完便挂了电话。

韩孟丹挂了电话后脱掉了白大褂，开始收拾现场勘查和验尸的工具，她身为法医多年，已经产生了一种直觉，这次去肯定会遇到尸体，刘天昊和阿哲的对话她并不知晓，所以并不知道遇害的可能不是慕容雪，但无论是谁，都是一条生命，她暗暗祈祷着，宁愿世界上永远不存在法医这个职业，也不愿看到有人遇害。

慕容雪和她打过很多次交道，也让她吃了很多亏，因为韩孟丹做事只相信专业，而慕容雪做事为达到目的不择手段，所以吃亏的永远都是韩孟丹一方。

但无论如何，她都不希望验尸的对象是慕容雪，抛开律师这个身份，慕容雪也是女人，她不同于蒋小琴，蒋小琴的刁蛮不讲理是发自骨子里的，而慕容雪出身寒门，是通过自身的努力得来的财富和地位，一切做事的手段都是为了维系自己的身份和地位，算是情有可原。

当韩孟丹按照刘天昊所发的定位来到现场时，她知道自己的直觉果然是正确的！

# 第三十章　古怪的租客

无论一座城市经济多发达，都会有一片相对不发达的棚户区，旧区改造这个词人们并不陌生，一个"拆"字是多少人梦寐以求的，但这个字来得并不容易，尤其是这片被房地产商遗忘的城市角落。

棚户区由筒子楼和周围低矮的平房组成，脏乱差三个字形容这里再合适不过了，极其狭窄的街道，水泥的路面已经完全破碎，被高高低低坑洼所代替，若是赶上下雨天，不单是泥土，还有随意丢弃的垃圾，公共厕所臭味熏天，苍蝇成群地在天空飞舞。水泥电线杆上布着横七竖八的电线，上面贴满了各种各样的小广告。由于条件有限，监控并未普及，只是在几个关键的街口位置安装上陈旧的监控。

居住在这片区域的大部分居民没有职业，靠着低保或者是退休金勉强维持生计，老头老太太们闲着没事就在路边和院子里种些蔬菜，以减轻生活负担。至于能在这里扎下根儿的年轻人更是无所事事，低压力的生活让他们充沛的精力无处发泄，去城里打工又嫌赚得少，于是他们不得不想法子找点事做，赚点小钱，偷鸡摸狗、打架斗殴争地盘便成了这一片地区的常态。

在这种环境下，人们的情绪极其躁动，治安管理也无从谈起，犯罪率比市区要高很多，杀人、抢劫时不时会发生，总能在各大媒体的头条上出现。

一间低矮的平房外拉着警戒带，两名警察在大门口执勤，狭窄的道路上停着两辆警车，刺眼的警灯不停地闪烁着，提醒人们房子里可能有案件发生。

围观的人们议论纷纷，没人知道里面究竟发生了什么案子，只知道死了人，而人们显然对这种事也是习以为常，并没有太多的惊讶，只是都皱着眉头捂着鼻子，忍受着从房间里飘出来的臭味。

人群中一名秃顶的老头不停地唉声叹气，站在前排踮起脚尖向院子里面望着，他就是房东老丁，接到片区民警的电话后就打车赶了过来。在这片区域，两个月的租金也就一千元钱，这么点钱却换来一桩杀人案，尸体还臭在房间里，对于爱占便宜的老丁来说，这就属于得不偿失了。

韩孟丹从警车上下来，带着勘察现场的工具进入院子，刚刚进入院子，一股浓浓的尸臭味扑鼻而来，相机拍照的"咔嚓"声从一间房间里传出来。

院子不大，一条通往主房的小道是红色的砖砌成的，小路两边原

164

本是菜园子，因为没人打理的缘故，地面上长满了半米高的草。正房的窗户用塑料布在外面钉上的，塑料布是很厚但透明度很差的那种，可以用多少年都不会损坏，这种习惯一般都是北方农村用得比较多，在南方比较少见。南方没有统一的供暖，棚户区又安装不起空调，所以都是自家烧煤或烧木头，如果保暖措施不完善可能会造成热量流失过快，用塑料布盖住窗户就是为了防止房间内的气体和外部的冷空气交换，到了春天，人们就会把塑料布摘下来。可老丁已经搬到城里住，塑料布就一直挂在窗户上懒得摘下来。

也正是因为如此，周围的邻居才没能及时闻到尸臭味报案，如果不是刘天昊和虞乘风根据线索找到此处，怕是等尸体完全腐烂也没人能知道。

韩孟丹并未直接进入房间，而是在院子里勘察了一番，皱了皱眉头，穿戴好口罩、手套、鞋套等物后向房间走去。

在常温下，人死亡三小时后，肠道内腐败菌开始迅速生长，产生大量的腐败气体，腐败气体中除含氧、氮、氢、二氧化碳、甲烷外，还含有氨、硫化氢等具有强烈臭味的成分。由于大量腐败气体的产生，先使结肠高度膨胀，并向上部肠管扩延，腹部高度膨胀隆起，并从口、鼻、肛门溢出。

NY市的夏天很热，尸臭的产生可能会因为温度高的原因提前，但能产生这么浓烈的尸臭味，至少要死亡十个小时以上！

说到刘天昊能找到这里，也并非巧合，而是根据韩孟丹的报告分析和虞乘风的摸排最终锁定了这户人家。

……

虞乘风的摸排很快有了结果，因为来这儿租房的人并不多，NY市大部分外来户因为工作的原因都住在城里，这里房租虽然便宜，但离工作地点太远，附近又没有合适的工作，所以居住在这里的大部分都是工厂退休工人或是当地人。

在摸排过程中，派出所的户籍民警提供了一条比较重要的线索，已经搬到市中心居住的丁姓男子这几天突然回到棚户区，说是有人要租房，他回来就是看看水电，这里的空房子很多，老丁家的房子多年未进行维修，而且老丁这个人又极其苛刻，租金要价很高。邻居们很好奇到底是哪个傻蛋肯租他家的房子，便打听了一番，老丁说租客比较古怪，房子还没租先给了两个月的钱，而且要求保密，不能和任何人说，更不用房东配合办暂住证。

这一片房子的居民大部分等的是拆迁，人们担心哪天政府来人丈量动迁面积，便不得不守在这儿，老丁这种条件比较好的会搬到城里居住，房子就空了下来，租房这种好事他当然求之不得。

根据韩孟丹的化验报告，刘天昊得出的结论是小谷所住的附近应该有一个汽车修配厂，在来的路上，他一边开车一边注意着周围，没想到还真让他找到了整个棚户区唯一一家汽车修配厂，修配厂在一个相对开放的大院子里，院子里停着的都是五菱宏光、农用三轮车之类的车，两名维修工围着一台三轮车拆卸发动机，机油顺着发动机底壳流了下来，好像一条黑色的小河。

院外和院里的泥土都是黑色的，既然是发动机和变速箱里面的机油，肯定有磨损下来的铝粉或是铁粉。

修理工看见刘天昊的大切诺基眼睛一亮，急忙放下手上的活儿，走到车窗前，冲着他一笑，操着外地口音问道："老板，修车呀？"

一般来说，到这种修理厂修理的都是出租车、拉货的小货车、农用车等低端车，维修成本都不高，赚的也就是个人工钱。

修理工文化不高，但见识很广，尤其是对汽车，他一眼就看出刘天昊的车是大切诺基 SRT，价格要一百四十万，要是能有一台这样的车在他这儿修理，能抵上修几十台农用车赚的钱。

"兄弟，轮胎好像缺气了，打个气。"刘天昊向四周望着。

修配厂是一个比较大的农家院改造成的，正房有三间，院子大约有三百多平方米，两间偏房里堆满了各种各样的零件，空地上有一台举升机，上面架着一台前脸撞得稀碎的五菱宏光小面包。

两名维修工年纪都不大，二十四五岁的样子，询问刘天昊的维修工脸上略显一些失望，但还是笑呵呵地拿起充气装置给车试胎压，鼓捣了一番后，才说道："老板，你这轮胎不缺气呀。"

　　刘天昊从车上拿出一包烟递给他，随后问道："兄弟，你这店安没安监控啊？"

　　维修工本来伸向烟的手又缩了回来，警惕地看着刘天昊，小声说道："老板，你不会是警察吧？怎么问这个？"

　　刘天昊把烟塞到维修工手里，说道："我是安装监控的，看咱们这儿监控安装比较少，就过来看看有没有生意。"

　　维修工松了一口气，向一处房檐一指，说道："原来没安，刚安了，才两天，这儿治安差，要是没有监控，丢了东西可找不回来，前几天我刚丢了一个新换下来的发动机，修好了正准备卖呢，结果丢了，报了案，数额不足五千还立不了案，被逼没办法才安的，花了我两千多。"

　　"哦。"刘天昊走上前两步看了一眼，监控头果然是新的。

　　小谷劫走慕容雪是今天的事儿，小谷的鞋底有这里的油泥，就说明这两天内她肯定从修配厂门前走过。

　　刘天昊偷偷地把警官证出示给修理工看，还没等他惊讶，便低声说道："别出声，我是来暗查这件案子的，需要调取监控。"

　　维修工点了点头："没问题，可是监控是盗窃案之后安装的，根本没有当时的录像。"他见刘天昊没说话，只得点了点头。

　　刘天昊从车上拿下来一个U盘，维修工拿着U盘立刻回到屋里拷贝录像。

　　刘天昊趁着这工夫在修配厂转了一圈，随后又走到另外一名维修工跟前，问了几个问题。维修工正在搞维修，对刘天昊的问题有些爱答不理，态度非常不好，但还是回答了问题。

　　维修厂只有两人，刚才去拷监控视频的是老板，也是维修大工，爱答不理的是学徒，包吃包住，一个月八百的工资。近期并没有可疑的车辆和人进出修配厂，来的都是老客户。发动机比较重，维修时需要小型的起重设备从发动机舱里吊出来。

刘天昊一边打电话一边走到其中的设备看了看，是一台比较简陋的滑轮组，下面连着一个减速电机，按动了一下开关，电机并未运转。

修配厂老板跑了出来，把U盘和那包烟递给刘天昊，说道："这个破电机，吊发动机之后就坏了，一直没来得及修。"

刘天昊微微一笑，放下电话，向学徒方向瞄了瞄。学徒立刻低下头，继续干着活儿，但明显能看出来，他有些心不在焉。

"警……老板，你得帮我找回来呀，好多钱，找不回来的话，两个月的活儿就白干了。"修配厂老板小声说道。

刘天昊接过U盘，把烟又塞到他手里，随后指了指正在干活儿的学徒，说道："东西能不能找到我不敢说，但贼我帮你抓住了，就是他！"


# 第三十一章　木的祭祀


学徒停住手里的活儿，瞪了一眼刘天昊，脸色一下变得通红，骂道："你他妈瞎说什么？哪只眼睛看到我偷东西了！"

修配厂老板也忙说道："这是我一个小老乡，不可能做这种事的。"

"发动机那么重，肯定要用车运走，如果没有内应，外人不可能把车开到院子里偷一台发动机。你再看他的鞋上裂开的口子，很明显是刚刚裂开不久，应该是抬重物的时候用力过猛裂开的，正好你的起重设备又坏了。你再看他的手机，是最新款的小米，手机背后的标签还没来得及撕下来，这部手机市价大约两千五元，我问过，他在学徒期的工资一个月才八百，他哪来的钱买手机？"刘天昊说道。

"买手机钱是我妈给我的，鞋是干重活儿撕破的，你这人，来修车就来修车，不修就走人，说那么多废话干吗。"学徒有些暴躁，用扳手猛地敲在三轮车车身上。

刘天昊冷笑一声，对方有了异常反应就更说明有问题。

"刚才我打了电话给做汽车配件的朋友，他们说前天低价收了一台发动机，1.5升三缸，四千五收的，发动机号给我发过来了，只要我找他们确认一下……"刘天昊说到这里便顿住，拿起手机把屏幕冲着学徒晃了晃，随后看向维修厂老板。

之前他办过一件案子，是一个专门盗窃汽车配件的团伙，除了一些便宜的车型外，其他任何车型的后视镜、轮胎、车标都是他们作案的目标，到手之后并不和车主联系，而是直接甩到汽车配件超市，等车主购买配件时，偶尔会见到自己的原车件。

破了案之后，因为汽车配件超市涉及销赃的问题，老板也遭到了牵连。刘天昊念其是初犯，又在案发后对诸多的车主进行赔偿取得原谅，便网开一面，自此两人便成了朋友，刘天昊的大切诺基的配件都是从他那儿拿的货，价钱合理又保质保量。

此后，配件老板学乖了，只要是来路不明的配件，就不收，有时候收了也会通知交警部门来查看。

老板盯着学徒看了一阵后，叹了口气，说道："这件事我自己来处理吧。"

刘天昊摇摇头，说道："既然没达到立案条件，按说我不应该管，不过，这人的态度不怎么样，这事儿就得另说了。"

老板冲着学徒呲了呲嘴，厉声喝道："你还不过来给刘警官道歉。"

学徒听到刘天昊是警察也是一愣，想了一阵后，默默地放下扳手，走到刘天昊面前俯首低眉地说道："是我干的，我实在太想买这部手机了，所以就打起了歪主意，警官，你就放过我吧，要是让我爸知道了这事儿，肯定打死我。"

老板立刻点了点头，说道："他爸那人我知道，下手特狠。"

刘天昊耸了耸肩："好吧，我把做汽车配件朋友的电话发给你，这件事儿你们自己处理吧。对了老板，这附近有个叫小谷的女孩儿吗？"

老板一愣，显然是没听明白刘天昊的话。刘天昊把小谷的基本特征和老板一说，老板苦笑一声，摇了摇头说道："不瞒您说，这种条件的女孩不可能住在这里的，附近倒是有一家姓谷的，但都是老爷们，坐地户，靠低保生活，没有女孩儿。"

刘天昊点点头，从地上抠了一块泥放在证物袋里，他闻了闻那块泥的味道，和奥迪 A8 地板上泥土的味道比较相似，便知道离找到小谷的住所不远了。

"越来越近了，她就在附近！"刘天昊隐约闻到了小谷的味道，心情有些激动和兴奋。

学徒听后一副欲言又止的模样。

"有什么事儿你就说。"老板看出了学徒的异样。

学徒支支吾吾地说道："我见过那个租客。"

刘天昊一听立刻来了精神，说道："你慢慢说，怎么回事？"

"刘队！"虞乘风和片区民警也找到了修配厂，两人快速来到刘天昊面前打了招呼。

学徒见到警察后眼神有些躲闪，向刘天昊投去征求的眼色。

"你说吧，其他事我说过不追究的。"刘天昊安抚道。

学徒见刘天昊有了承诺，这才缓缓说起见到租客的经历。

……

棚户区本就是贫瘠之地，不要说美女了，能有名年轻的女性出现都会引起轰动，学徒原本是在市内的一家修配厂当学徒的，但修配厂的大工总是欺负他，不但不教他技术，而且还让他干脏活累活，后来他父亲就推荐他来到棚户区的这家修配厂，因为是老乡的缘故，能教给他技术，还不至于欺负他。

见惯了香车美女的学徒来到这里之后有些不适应，毕竟是二十多岁，正值青春热血的年纪。一天傍晚，当小谷第一次从修配厂门口路过的时候，他一下就知道这是名美女，超级美女，单单从身材上看就能知道，拥有这种魔鬼身材的女人相貌也不会差太多。

美女走得很快，几乎在门口一闪而过。

学徒见老板在房间里刷手机视频，便立刻向外走去，他想知道美女究竟是谁家的闺女。当他走到门口时，一股很好闻的香水味钻进鼻孔中，这种香味让他有些想入非非，让他联想到美女修长的大腿和绝妙的身材。

美女走得很快，他出了门口看向美女时，她已经走出一百多米，只剩下一个模糊的背影。

学徒并不着急，他的鼻子非常灵，香水味会带着他找到她。

沿着香水的味道，他来到一户人家的门口，大门已经关上，他趴在门缝向里面望去，突然有一个男人呜呜呀呀的声音从房间里传来。

学徒正疑惑着，美女好像有了感应，转身看向他的方向，她戴着墨镜，但他依然能感受到她眼神中的杀气，只对视了一眼后，他吓得立刻转身逃离。

……

男人的呜呜呀呀的声音，戴着墨镜、拥有超级身材的美女！

是小谷！

"乘风，香奈儿的香水带了吗？"刘天昊问道。

虞乘风点点头，从兜里掏出一个小瓶，递给学徒。

上次向乌龙绑匪刘贺求证女绑匪时向王佳佳借过香奈儿五号香水，还给她之前刘天昊偷偷地留了一点。

学徒打开瓶盖闻了一口，脸上出现了陶醉的表情，随后说道："就是这种味道，很好闻。"

"后来我就再也没敢去看，那气势太吓人了，她长的样子应该和警官说的差不多。"学徒说到这里脸上露出一丝恐惧之色，显然是吓得不轻。

刘天昊和虞乘风对视一眼。

学徒是很幸运的，他没再继续追踪小谷，否则，凭借小谷的反侦查能力和做事的干净利落，弄不好可能又一条命没了。

"还有其他的细节吗？"虞乘风问道。

学徒摇了摇头。

"她住在哪家你还记得吧？"刘天昊问道。

学徒点点头，走到大门口向一处指着，说道："就是那家，独门独院的。"

民警立刻说道："那是老丁家，就是他家！"

三人立刻向老丁家的房子走去，民警边走边介绍着附近暂住人口的情况，介绍到向老丁家租房的人时，刘天昊几乎可以肯定这人就是小谷，和学徒所说的完全对上了。

可惜的是，老丁只认钱不认人，只要给钱，其他的一概不管，所以民警从老丁处并未得到关于租住人的任何信息，只知道那人是名女孩儿，年轻、时尚，总是戴着一副墨镜。

租客的要求并不高，通水通电就行，其他的一概不用管。老丁虽然贪财，却很热情，一直要求租客见面，到房子实地看一看，以免后悔。

可租客一直坚持用短信联系他，后来又加了微信，房租都是通过微信转给老丁的，两人之间的沟通也都是用微信完成的。到了老丁这个年纪，能使用微信已经是件很了不起的事儿，但租客一直用文字和他沟通，老丁很不习惯，但看在钱的分儿上也就忍了。

老丁的嘴快，并未遵守和租客之间的保密约定，而且他很多年都不回来看一眼，一回来就和邻居们热情地聊了起来，自然而然地说起了这件事，惹得邻居们都羡慕老丁的运遇。

民警走到老丁家的宅子门口说道："黑色的大铁门，门口的厕所半塌状态，旁边有一棵杨树，独门独院，这就是他家。他家和周围的住户距离比较大，周边相对空旷一些，房子虽破了点，但住着安静。"

刘天昊看了看修配厂附近的地形和道路，门前的这条道是主干道，是住在附近的居民到公交站点的必经之路，从老丁家出来到主干马路必经这里，而且小谷要实施犯罪，僻静是必要条件之一。

刘天昊尝试着推了一下大门，发现大门居然是虚掩的，当他进入院子的一刹那，立刻闻到了一股隐隐的尸臭味，一股不祥的预感笼罩心头。

这是多年的办案经验带来的直觉，是无数次经验的总结，没有经历的人肯定无法理解。刘天昊和虞乘风几乎同时掏出手枪，两人呈战术状态向正房潜了过去，靠在门边的墙上。

片区民警却不以为意，处理的都是邻里邻居的鸡毛蒜皮小事儿，哪经历过这种场面。

"刘队……"

刘天昊立刻向民警做了一个嘘声的手势，随后向虞乘风使个眼色。

如果这里是小谷的暂居地，小谷很有可能在家，她已经有两条人命在身，在拘捕的时候很有可能会剧烈反抗，一个不慎，不但会让小谷逃走，更有可能造成自己人的伤亡，所以两人不得不打起万分的精神来。

当刘天昊强行打开房门的那一刻，片区民警先是眼睛瞪得大大的，随后跑到一旁呕吐起来。

……

呈现在眼前的尸体已经看不出相貌，惨状让人不寒而栗，就连见多识广的韩孟丹见了，也不禁心里咯噔一下。

果然是木属性！

她看了一眼脸上异常严肃的刘天昊，平复了一下心情，默默地打开工具箱。

# 第三十二章　酷刑


尸体是武彦斌，诡异的是，他的嘴唇被一根渔线缝上了，在左嘴角处打的是外科结，两片嘴唇之间还有一些晶体状物体，目测疑似 502 胶之类的，应该是凶手在缝住嘴唇后担心崩开，又用胶水把嘴唇粘上。手腕和脚踝分别被塑料绑扎绳固定在床的四个角，床板上钉了八个巨大的木螺丝，分别在两腿的膝盖附近和手肘附近，塑料绑扎绳深深地陷入膝盖上方和手肘部位，绑在八颗木螺丝上，将整个人牢牢地固定在床上，被绑着的部分皮肤破损肿胀，显然是死者生前经过了剧烈的挣扎，身上插满了牙签，密密麻麻的，牙签和肉的结合部分肿胀起来，血液从伤口流出，从皮肤上流到床上，整个垫着的褥子都侵染了血迹。

很多不知名的蛆虫在眼睛、鼻孔、牙签造成的伤口处爬来爬去，不断地蚕食着尸体。由于腹部被牙签刺破，腹腔内的气体并未令腹部出现膨大现象，但尸水顺着伤口流了满床都是。

刘天昊从一旁搬过来一张椅子，站在椅子上向下看，诸多牙签组成了一个个的道符，分布在他身体的各个部位，在尸体周围，是用血画的道符，头部放着一个破碗，碗里面有一些变成黑色的血，一些蛆虫在碗里面爬行着。

道符依然起的是镇魂作用，但画法和之前的两名死者有所不同，而且前两名死者道符都是集中在四肢，武彦斌身上的道符却多了胸口和腹部两处，刘天昊打开手机微信，对照着葛青袍发来的符咒形状，辨认出这就是木属性的镇魂符。

刘天昊用手机拍下照片，发给了葛青袍，并询问为何与前两名死者有所不同。

想不到的是，葛青袍这么大的年纪，而且还是名神神道道的神棍，微信却回得很快：死者胸口和腹部的道符属于诅咒的符咒，起到让魂魄下十八层地狱的作用。

按照葛青袍所说，凶手对武彦斌的痛恨程度已经超过了张晓雪和蒋天一，但醉酒肇事案的主要责任人是蒋天一，为什么凶手这样迁怒于武彦斌呢？

这一点疑问在之前他是没想过的。

韩孟丹检查了一阵后，说道："刘队，初步验尸的结果出来了，死者的嘴被人用很专业的外科手术手法缝住，然后用胶水粘上，但鼻腔中并未见异物，也没有类似于鼻塞之类的病症，始终保持着通畅，从外观看来，并非死于机械性窒息，观察指甲和嘴唇等部位，初步未能发现中毒的迹象，身体上未发现有明显的致死击打伤害或是刀伤。胸腹部和四肢被大量的牙签刺入，胸腹部的刺入深度目测并未伤及内脏，多处刺入伤及静脉血管，导致死者流血过多，死因很有可能是失血性休克导致的多器官衰竭。"

从目前的情况看，是凶手将死者绑好后堵了嘴，然后用牙签一根一根地刺入死者皮肤中，任由血液流干。

"死者手脚被绑扎部位都出现了肿胀和严重的勒痕，说明死者剧烈挣扎过，这就意味着凶手是在死者清醒的状态下把牙签一根根刺入死者皮肤的。"刘天昊分析道。

有一种疼痛叫别人的疼痛，如果是自己，肉里扎一根刺都受不了，上千根的牙签刺进肉里，得痛苦到什么程度！

房间内除了民警照相的声音，还有韩孟丹摆弄工具的声音，没有人愿意在这种场合说话，一阵急促的手机铃声响了起来，把专心工作的人们吓了一跳。

刘天昊急忙挂了电话，冲着众人抱歉地挥了挥手，走出房间来到院子里又拨了回去。

对比房间中的味道，院子里的青草味道十足，让神经紧张的刘天昊放松了下来，电话是阿哲打来的，刘天昊拨回电话："喂，阿哲。"

"刘队，我查了几个人的户籍，按照生辰八字来看，木属性的人有两个，武彦斌是其中一个，还有一人是当年给蒋天一做精神鉴定的医生，叫赵江，是市医院精神科主任医师，就是'零号停尸房'案子中被判死缓的那个。"

赵江！

看来人心要是不正，总会为利益做一些无底线的事儿，原本涉及非法器官买卖、谋杀等罪名，现在又多了一条帮助醉酒肇事者出假鉴定报告，要是深挖下去，还不知道能挖出多少黑暗在里面。

"不过赵江上个月在监狱得急病死了，没能熬到死刑缓期结束，法律是公正的，老天爷也是公正的。"阿哲又在电话里说道。

显然阿哲的工作做得很到位，知道刘天昊了解赵江牵涉其中后，肯定会询问，便提前和监狱进行沟通，却得知赵江在一个月前得了急性心肌梗死，监狱的医疗条件有限，还没送到医院就咽了气。

"我现在就在案发现场，武彦斌已经遇害了，浑身扎满了牙签！"

阿哲惊讶地叫了一声，缓了一阵才说道："果然让我猜中了，是木属性。"

"是的，你猜中了。"刘天昊说话时有气无力。

这件案子和"冤魂"的案子极其相似，但又略有不同，"冤魂"一案中，直到最后他才得知凶手的真正身份和杀人动机。而这件案子到目前为止，他已经知道了凶手杀人动机，却始终晚凶手一步，甚至连凶手的身份也越来越扑朔迷离。

从线索来看，小谷是一名二十多岁的女孩，从所掌握的监控录像上判定她的体貌特征，相貌却因为她始终戴着墨镜无法还原。之后通过小谷的叔叔得知，真正的小谷却又去世了，但去世后又未按照程序注销身份信息，和案子相关的谷石楠也被传死亡，但也是生不见人死不见尸。

刘天昊分析推理的能力犹在，但遇到这种反侦查能力超强，甚至还能故布疑阵的凶手，也有种无力感。用他的话说，抓住罪犯并不是最终目的，重要的是能够挽救被害人的生命！

"对不起刘队！"阿哲知道自己有些兴奋过头，就算猜对了，对于死者和家属而言并非是件值得高兴的事儿。

"没事。阿哲，按照你的理论，在木属性之后应该是金属性，我需要你立刻查找出金属性的人是谁，我会立刻采取保护措施，绝不能再出现下一个受害者。"刘天昊说道。

到目前为止，水属性的张晓雪、土属性的蒋天一、木属性的武彦斌已经相继遇害，案子的定性是复仇杀人，凶手可能是蒋天一醉酒肇事案的相关人员，在抓捕凶手期间，最重要的是保护能够预知的可能受害者的安全。

而且凶手又掠走了慕容雪，按照慕容雪的火属性，是整个施法过程的最后一个环节，只要保护住金属性的涉案人员，就意味着慕容雪不会死。

"好，我马上落实，半小时内我给你消息，我觉得咱们应该兵分两路，您和风哥、丹姐追查凶手，我带人保护下一个受害者。"阿哲知道时间就是生命的道理。

"行，那就辛苦你了，有消息随时告诉我。"刘天昊挂了电话后便在院子里转着。

乌云笼罩着 NY 市的上空，闪电不时在半空出现，一股久违的带有凉意的风从北面吹来，随后雨点开始稀稀落落地掉下来，让燥热的 NY 市慢慢凉快起来。

刘天昊并未躲进屋子里，反而迎着雨点在院子中不停地走着，他想让自己尽快地冷静下来，梳理分析线索，进而用最快的速度抓住凶手。

在事件初期，武彦斌应该知道事件的源头就是蒋天一醉酒肇事，他躲在城中村的房子里并不是躲蒋小琴，而是躲小谷的追杀。

可据谷石木和慕容雪档案中的叙述，武彦斌和张晓雪一样做了伪证，张晓雪虽遇害，却并未遭受太多的罪，武彦斌却不同，他遭受了极端残忍的酷刑，从现场的情况看，他的行为绝对超出了做伪证范围，因此才遭到小谷的痛恨，将其硬生生地折磨致死，还在尸体胸腹上做下符咒，让其灵魂永坠十八层地狱！

武彦斌究竟做了什么，也随着他和蒋天一的死不可查究。

"刘队，你快来看看，在房间里发现了地窖。"虞乘风喊道。

刘天昊预感这个地窖不会那么简单，肯定有和案件相关的信息，这才让虞乘风语气比较急。

在另外一个房间的尽头，有一张破木头制成的茶几，茶几上很干净，与整间屋子的灰尘有些格格不入，这也是虞乘风能发现这个地窖的原因，他已经把茶几挪到一旁，露出一个黑黝黝的洞口。

刘天昊拿着手电向洞口照去，地窖大约三米深，一把木质的梯子斜斜地靠在地窖口。

"我下去看看。"刘天昊说罢便咬着手电顺着梯子向下爬去。

地窖的面积有十来平方米，墙壁上贴着一些黄色的纸，黄纸的面积很大，上面写满了符号，角落里有一张简陋的桌子，上面放着几个碗，碗里有红色的颜料，一旁放着几只毛笔，桌子上还有两本书，上下册的，书名是《狄仁杰之铁尸迷案》，作者是轩胖儿。

刘天昊揭开墙上的黄纸，发现下面贴着照片，是蒋天一的照片，上面画着一个大大的红叉，他又揭开几张纸，并未发现其他人的照片，但他并未放弃，几乎将整个墙面上的黄纸都揭开，果然被他发现另外两人的照片，张晓雪和武彦斌的，照片都是用两面胶粘上去的。

还有两张大黄纸下面的墙壁上只有两面胶，照片却不知所踪。

拿出手机对比大黄纸上的符咒，发现每个人和大黄纸上的符咒是相对应的，蒋天一对应的是土属性镇魂符，张晓雪对应的是水属性的镇魂符，武彦斌对应的是木属性的镇魂符，两张没有照片的大黄纸分别是金属性的镇魂符和火属性的镇魂符。

看来这里曾经作为凶手小谷的藏匿之所，镇魂符和照片应该是她故意留下来的，她既然要报复杀人，为什么要故意留下线索呢？

"昊子，孟丹喊你，说是有了线索了。"虞乘风从地窖口喊着。

# 第三十三章　零绯闻

小谷无疑是刘天昊遇到的最狡猾的犯罪嫌疑人之一，每当他就要接近小谷，甚至一伸手就能抓住她时，她就会像狡猾的狐狸一样消失得无影无踪，再出现时就会带着一条人命。

从表面上看，小谷是复仇杀人，但其中又带着用法术复活某人的意愿，因此在没完成借尸还魂仪式之前是会尽力隐藏自己的踪迹。随着案情的发展，刘天昊发现小谷还在引导查案的警方。

结合蒋天一醉酒肇事案，刘天昊心中明白了八九分，小谷想通过刘天昊等人查出当年肇事案的真相并公布于众，但当年的肇事案取证困难，就算定了蒋天一的罪，其他人也会因证据不足逃脱法律的制裁，所以她才假借借尸还魂的手法逐一杀死涉案人。

刘天昊出了地窖，向韩孟丹问道："孟丹，有什么发现？"

"死者的鼻子有骨折现象，但被人又硬生生地给复原了，复原用的是筷子，在死者嘴唇和下巴附近发现了胶状物质，目测应该是透明胶带上的胶。"韩孟丹答道。

刘天昊凑过去看了看尸体的鼻子，的确有微微肿起来的痕迹，又看了看一旁桌子上放着的发霉的筷子盒，把筷子倒出来，发现其中一根上有一些血迹。

死者的嘴已经处于半腐烂状态，拆了线之后，韩孟丹又小心翼翼地剥离粘在两唇之间的502胶水，想不到的是，嘴唇皮肤居然很容易地脱落下来，这才发现死者嘴里还有东西。

"在受害人的嘴里发现了一双袜子，是男式袜子，从样式上看，好像是部队发的制式袜子，你看下。"韩孟丹用镊子夹起证物袋中的袜子放在刘天昊眼前。

一股带着脚臭和口腔黏液的臭味扑面而来，甚至不逊于尸臭味道，尸体至少已经放置了十个小时以上，袜子上居然还有脚臭味道，这说明袜子的拥有者脚臭非常厉害，再看武彦斌的脚上还穿着短款的男袜，他嘴里的肯定是凶手的袜子。

可从刘贺的叙述和监控录像等线索看，嫌疑人小谷是女人，而且还穿着高跟鞋，要么穿短款的袜子，要么穿长筒丝袜，无论如何都不应该穿这种高筒的厚袜子，关键是这么臭的脚在女人中并不常见。

"我在袜子里面发现了一些小块的鳞状皮肤，看样子应该是足癣。"韩孟丹说道。

"袜子是死者被害时凶手脱下的自己的袜子。"刘天昊环顾四周，并未发现房间内有针织类物品。

想那房东老丁贪得无厌的样子，搬到城里时肯定会把所有能用的都带走，哪怕是一块抹布、一个大头钉也不会放过。

刘天昊还原着小谷谋杀武彦斌时的情景。

······

武彦斌被绑扎床上，嘴用胶带粘着，小谷正准备对其实施酷刑，但醒来的武彦斌号叫出来。虽说老丁家离周边的人家距离比较远，但也有人经过的可能性，武彦斌的号叫声可能会破坏小谷的谋杀计划，甚至可能让她暴露，所以她重重一拳打在武彦斌的鼻梁上令其昏迷过去，随后在房间中找破布之类的，却发现没有任何可用的布，情急之下，她只得把自己的袜子脱了下来，塞进武彦斌的嘴里。她担心他会用舌头把袜子顶出来，便用房间中原有的鱼线将他的嘴缝上，又买了一管502胶水彻底粘上。

当然这一切都是在武彦斌昏迷过程中完成的。

做完一切后，她突然发现武彦斌的鼻血仍然流着，鼻梁也有些歪，因为堵了嘴，要是鼻孔再被凝固的血块堵住，怕是他挨不了多久就会窒息而死，便用筷子伸进他的鼻孔中，用力一抬，鼻梁骨便复原了，又用卫生纸清理了鼻孔里面的淤血……

……

用筷子复原被打歪的鼻骨一般人想不到，更做不到，只有那些打架过后不敢去医院，又担心被家长骂，这才想出来的土办法，疼是疼了点，但效果绝不比去医院做手术差，而且事后绝不会有任何后遗症。

至于臭袜子，女性一般从事的都是相对来说较轻体力的劳动，所以得脚气的可能性比男性低得多，可证据显示，小谷应该患有严重的足癣。

军队制式的袜子、剧烈的脚臭、用筷子复原鼻骨骨折，这些现象都说明小谷有着从军的经历，同时又有着很浓的军队情结。但小谷出事时刚刚考上研究生，不可能当过兵。

"因为房间密不透风造成温度偏高，加上死者身上有大量的伤口，引得蛆虫破坏，因此尸体腐烂程度要比一般的尸体快，根据腐烂程度，推断出死者的死亡时间应该在昨天十四点到十六点之间，再具体的时间就得等解剖后才知道了。"韩孟丹得出了结论。

刘天昊应了一声，他的脑海里一直想的是凶手小谷、谷石楠、谷石木这几个人。他还记得和小谷的叔叔谷石木初次接触的那一刻，当他戴上眼镜时，刘天昊突然感觉眼前的这个男人很有可能就是小谷，从长相、身高、力气等都符合小谷的设定，至于女人装扮这件事，在化装术这么发达的现代，男变女也算不上稀罕事儿。

如果当年谷佳欣、全小娟、谷石楠相继死亡，能为其复仇的也就剩下谷石木这个叔叔，可他却想不明白，事情已经过去这么多年，而且谷石木现在这么好的岗位，应该是人生最得意之时，为什么要冒险做这种事，如果要借尸还魂，到底还的是谁的魂？

"乘风，你陪孟丹回刑大，尸检和查看监控录像的事儿就交给你们了，我去查查谷石木。"刘天昊把从汽车修配厂得来的监控 U 盘递给虞乘风，随后转身离开。

......

雨后的 NY 到处弥漫着一股泥土的清新味道，这种味道在城市里是非常难得的，天空的白云随着风儿飘动着，时不时地把太阳遮起来，乐此不疲，仿佛充满了活力。

同时充满朝气和活力的地方还有大学校园，年轻的男男女女嬉笑着，仿佛永远不知道疲倦，巨大的操场上一对对情侣不厌其烦地在各个角落里腻歪着。

大学生活涉及学习和考试，很多人对大学的生活表示厌倦，对社会生活向往，因为在社会上相对更加自由，可以不用每天早晨很早起来背英语单词，可以不用为考试通宵彻夜地复习，不用再为寝室里有人打呼噜放屁磨牙而烦恼。

但那只是他们还没真正地融入社会，社会的现实和残酷并未涉及他们的生活而已。真正的自由是建立在高度的物质基础之上的，至少实现了财务自由之后，才能相对地获得其他方面的自由，付出的代价也是巨大的。

成年人的担子远不是学生时代可比的，他们也不会明白，当有一天他们终于明白当年的校园生活多么惬意时，自己已经成了一名庸庸碌碌、为生活忙碌奔波的中年人。

刘天昊深吸了一口气，看着太阳有些发晕，他已经将近四天没怎么睡觉了，所以温和的阳光也显得无比刺眼。

大学人事部门的处长很随和，热情地接待了刘天昊，并按照刘天昊的要求亲自把谷石木的档案从档案室拿出来，甚至连档案员都没惊动。

谷石木是"七〇后"，正是计划生育刚刚实行的时候，他作为二胎，肯定为家庭带来了巨额的罚款。但谷石木对比同龄说要早熟一些，真正知道少壮不努力老大徒伤悲的道理，所以他是那个年代最努力的学生，以优异的成绩考上了大学，留校任教，改成行政管理人员。

从他的简历上看，他几乎没离开过 NY。能留在外国语学校任教，必须得真正懂得专业，精通一门外语才行，不像一些通用科目的老师，上课带着书照念就可以的，而谷石木教的恰恰是小语种日语和俄语，精通两门外语！

学习外语实际上就是工夫活儿，需要大量时间，按照谷石木的经历，是不可能再有参军的时间，更何况他的档案就在这儿摆着，如果当过兵，一定会在档案里留下诸多的痕迹。

谷石木的教学态度是极其认真的，他所带的学生考试通过率甚至能达到百分之九十九以上，有几届学生甚至百分之百通过率，而就业率也能达到百分之八十以上，可以这样说，如果在大学期间进入他的课程范围，毕业后就可以轻松地找一个月收入过万的工作。

提起谷石木的为人，处长对他是赞不绝口，不但专业教得好，更难得的是，他在行政岗位上更是廉洁奉公，对下属的工程队和承包食堂的食品公司从来不吃拿卡要，对所管理的企业管理非常严格，房屋质量不行在他这儿是不可能过关的，食堂的管理更是到位，不但要吃得饱，还要吃得好。他对自己却没那么高的要求，甚至到现在他都住在大学分配的公寓楼。

但奇怪的是，这样一名优秀和严谨的人，却始终没找配偶。外语专业一般都是女生比较多，曾经有不少外语专业的女生主动向他表白，但无论女生多优秀，他都从来没考虑过，甚至从未和任何老师、学生有过任何绯闻。

零绯闻！难不成他是……

# 第三十四章　最大的惩罚

谷石木身高、相貌、收入和文化素养都不错，加上外国语学院是女生扎堆的地方，能保持零绯闻的确很难得！

人事处长的回答立刻打消了刘天昊继续遐想下去的可能，谷石木的性取向是正常的，早年有过一段婚姻，后来不知为何离了婚。

"他是哪年转的行政岗位？"刘天昊问道。

按照谷石木的人设，他应该专注于教学才是，为什么会放弃擅长的教学反而去做行政后勤管理？如果不是为了捞钱，行政管理在行业内几乎没有任何优势，要竞聘院长、副院长等关键岗位，或者是评高级职称等，在后勤岗位没有任何优势。

人事处长笑了笑："后勤处长是个肥缺，多少人都盯着呢，当时他竞聘这个岗位也是正常，是后勤的老处长退居二线的那年，得有六七年了吧。"

六七年前不正是蒋天一肇事案的时间！

"不过说起来也怪，他在竞聘之前很长一段时间都没来上课，说嗓子有些不适请了病假，没办法，我只好找了其他老师代课。其间我见过他一面，那段时间他的确嗓子有些不对劲儿，说起话来嗓音和之前有些不一样，整个人的状态也不好，又黑又瘦。等休养回来后，他就提出竞聘后勤处长的岗位，不……是后勤处长开始公开竞聘的时候他才回来的。当时的竞聘者很多，院长和常委经过开会和投票之后，最终定了他。"

"院方领导为什么同意他改成后勤？"刘天昊隐隐约约觉得事情有些不对劲儿，但哪里不对劲却说不出来，至少在人事处长的介绍里，谷石木更加适合教学工作。

"说起来这件事也颇具传奇性。"人事处长从桌子上拿起一瓶矿泉水递给刘天昊，沉吟了一会儿后才说道："竞聘的同时他还提出一点，如果竞聘不上就辞职，反正就是不想教学了，理由是嗓子不能多说话。当时的院领导也是爱才，他在学校这么多年，既有功劳也有苦劳，所以就定了他！"

刘天昊又认真翻看了档案，人事处长说得没错，是六年前的八月十二号正式下的任命，这个时间应该是蒋天一醉酒肇事案宣判以后的事儿了。

"还有古怪的事儿，自打他上任后勤处长以来，有一次学校搞教学评估，校长要他上一堂公开课作为评估的一项内容，他硬是给拒绝了，从那儿以后，校长和他的关系就慢慢走向僵化，但他一不贪污，二不乱搞男女关系，可以说是真正的一颗红心，谁也拿他没办法。"人事处长有些惋惜地说道。

两人又聊了几句，刘天昊的手机响了起来，一看阿哲打来的电话，便立刻向人事处长告辞，走到楼前的小广场后才给阿哲回了电话。

"刘队，下一个属性的人也找到了，一个是蒋小琴，一个是孙青柏，按照生辰八字都是金属性，怎么办？"

当事业做到一定程度后，很多人往往都会选择相信玄学。的确，在人生中存在运气两个字，运气当头加上主观努力就会成就一番事业，当事业走上正轨后，运气便显得很重要。

蒋小琴和律师孙青柏都成了葛青袍的客户，生辰八字自然是有存档的，阿哲想查两人的资料甚至比到派出所都容易。有时候刘天昊常常在想，玄学在一定程度上和科学的区别并不大，只是科学是系统的，经过大量试验后能得出结论。玄学没有系统体系，而且做玄学的人往往结合着很大很空的哲学理论，又故作神秘，这才导致这门学问的落寞。

"好，咱们一人跟一个，你跟孙青柏，我去找蒋小琴。"刘天昊说道。

蒋小琴是出了名的鬼难缠，刘天昊怕阿哲驾驭不了，而且身边还有一名有嫌疑的司机慕容霜。孙青柏为人圆滑，就容易得多。蒋小琴是蒋天一的母亲，孙青柏是当年为慕容雪和蒋小琴善后的人，两人都与谷石楠一家人有着直接的联系。

"好，我马上落实。"

"对了阿哲，关于五行借尸还魂术你这儿还有没有资料？"刘天昊问道。

阿哲的笑声传出话筒，问道："刘队对这个感兴趣了？"

"我只想破案。"刘天昊答道。

"去找我叔吧，上次我叔没和你讲透是因为知道你不爱听，现在你有需要了找他就 OK 了。"

刘天昊叹了一口气。

好厉害的葛青袍，无论他的奇门遁甲是不是真的，至少心理学是大师级别的。

但是当务之急是见蒋小琴，要把这件事的严重性和她说清楚，至少在嫌疑人没抓获之前，她都不能单独活动，而且她心里肯定有一些隐秘没说，借这个机会，把她的话套出来，关于七十五万和蒋天一醉酒肇事案的真相。

……

在人的一生中，无论拥有多少财富，住多大的房子，开多么豪华的车，其中最重要的依然是人，人是核心元素。

就好像一家人无论是住在别墅还是棚户区，只要家庭和谐，一家人就会过得舒心，一切事情都会变得顺利。如果还是这户人家，住进别墅但整天为了钱钩心斗角，生活很快就会变得糟糕。这就如同葛青袍经常讲的风水，无论建筑的风水格局如何，人自身的风水才是最关键的。

人心正，风水便正，一身正气鬼怪难沾，诸事皆顺。

蒋小琴的别墅还是那栋别墅，虽称不上楼王，但用气势恢宏、豪华尊贵等词语形容还是没问题的，进入别墅后，却感到其中唯独少了一些生机。

财富可以让人的物质生活变得丰富，却永远无法填补精神生活上的空虚，这一点蒋小琴最清楚不过了。之前刘大龙和她只有夫妻名分，没有感情基础，所以当刘大龙遇害时，蒋小琴连一滴眼泪都没流过。蒋天一是典型的二世祖，但在母亲蒋小琴的眼里却都是优点，是她的心头肉，生命中的唯一寄托。

在蒋天一还有生存希望时，她变得谦卑起来，那是因为她有求于刘天昊,她把救回蒋天一的希望全部寄托在刘天昊身上。

蒋天一的死讯传来后,她的心就死了,甚至变得比之前还要冰冷和坚硬。对她来说,人生已经没有任何指望,用生无可恋这个词形容她现在的状态再合适不过了。

面对蒋小琴冰冷的表情和完全拒绝的态度,刘天昊也不知道该怎么开口,因为他是同情蒋小琴的。

好在一旁的慕容霜打了圆场,给刘天昊倒了一杯咖啡后,主动询问刘天昊为何而来。

刘天昊这才清了清嗓子,说道:"蒋女士,我这次来主要是想告诉你,凶手的下一个目标很可能就是你。"

蒋小琴听后不但没有害怕,反而脸上露出凶狠的表情,眼神中闪烁出骇人的光芒,咬着牙一字一句地说道:"那就让他来吧,我管他是谁,都得灰飞烟灭!我会让他尝尽生不如死的活法儿。"

她在说话时,好像一个十八层地狱杀气十足的鬼王,让那些作恶的鬼魂受尽折磨和凌辱。而且凭蒋小琴一贯的做派,她能干得出来,在她的眼中根本就没有法律观念这个概念,要是凶手落在她手里,肯定生不如死。

小霜向窗外看了看,别墅院子里站着四名身材高大健壮的保镖,但从脸上毫无表情这点来看,他们的专业素养非常高,显然是蒋小琴知道了什么,这才雇用了保镖。

"看来是我多虑了,蒋总有这些人保护,凶犯很难接近你,不过……"刘天昊有意无意地看了看一旁站得笔直的小霜。

从小谷的作案手法来看,她的手段并非只是有勇,更多的是有谋。张晓雪案中,小谷利用了武彦斌迷晕张晓雪之后的时间段,张晓雪浑身无力,甚至神志都不清醒。在蒋天一案中,小谷就是利用了蒋天一病发的时候将其掠走,甚至小谷还带着救蒋天一的药物。而慕容雪则是被小谷引诱,主动和她离开的,至于武彦斌究竟是如何就范的,还得等韩孟丹的尸检结果和其他的调查。

"你有话直说，没事的话我就休息了，有需要的你可以找小霜。"蒋小琴并不买账，起身准备上楼。

"如果您想尽快地让凶手受到法律制裁，让受害者瞑目，那就积极地配合警方。"刘天昊高声说道。

蒋小琴本已迈出两步，听到刘天昊的话后停住脚步，转过身厉声说道："你想让我怎么配合？我之前全力配合过你，可天一回来了吗？"

她的语气充满怨气，但随后她叹了一口气，那股无可匹敌的气势随之消失，整个人看起来苍老了很多。

上天永远是公平的，对人最大的惩罚就是让她失去所爱！

# 第三十五章　小鬼难缠

"蒋总，我也是为了您的安全着想。"刘天昊说道。

蒋小琴突然笑了，她的笑容里充满了无奈和悲伤，笑的声音愈发难听刺耳，笑了好一阵之后，才抬手抹去眼泪，无力地说道："我把一切都告诉小霜了，你问她好了，我真的累了。"

小霜看了一眼刘天昊，眼神示意他不要再说话，随后她扶着蒋小琴上了楼。

过了好一阵，小霜才从楼上下来，她白了一眼刘天昊，从口袋里掏出一根烟，点燃后抽了一口，才缓缓说道："神探大人，无论你破案多厉害，在人情世故上你做得可不怎么样，蒋总现在的心情很不好，你非得要她配合，如果我是她，早把你赶出去了。"

刘天昊尴尬地眨了眨眼，说道："我也是破案心切，万一凶手……"

小霜立刻打断了刘天昊的话："放心，蒋总雇的这四名保镖厉害着呢，说是在国外给某国的总统当过保镖，再说，这几天蒋总也没心情出去，公司的事儿已经委托总经理全权处理了，她就在别墅待着，凶手再厉害也没办法不是。"

"给我来一根呗？"刘天昊向小霜伸出手。

小霜一愣，随后释然一笑，掏出一根烟给刘天昊，并给他点上，说道："蒋总一直反对我抽烟，所以当她的面我可不敢。"

从慕容霜的语气来看，蒋小琴对待她就像对自己的孩子一样，否则，一个司机的身份，要是不合心意早就开除了。

"女人抽烟的并不多，你还是少抽点，对身体不好。"刘天昊吸了一口烟，感觉有些呛，但还是强忍了不适。

小霜吐了一个烟圈："你怎么和我姐似的，我自己心里有数。告诉你吧，其实很多职业女性都有抽烟的习惯，只是你不知道而已。"

刘天昊看了看烟："这是什么牌子的烟？味道很独特呀。"

"云烟 WIN，现在都流行抽这种烟，味道不错，二十多一盒，抽着也不心疼。"小霜说道。

刚才小霜拿出烟的时候，刘天昊看了一眼，感觉像是云烟 WIN，这才假装抽烟要了一根。

刘天昊一直在观察她，身高、体重、高跟鞋、香水味儿、三十五厘米的黑长直发都和凶手小谷有相似之处，还有她站立时的姿态，如果仔细观察，就会发现她时刻保持着一种警戒的状态，像一头狩猎的豹子一样，这应该是接受过专业军事训练才会有的。

慕容雪被绑架已经是公开的秘密，作为堂妹，她肯定会第一时间知道，但她提起慕容雪时，表现出来的是漠不关心的样子，除非她心里知道慕容雪的安全状况，否则不可能这样淡定！

"小霜，你这样的条件给蒋总当司机有些可惜了。"刘天昊试探着说道。

慕容霜使劲抽了一口烟，随后把烟头摁在烟灰缸里："是我姐介绍我来的。"

"慕容雪给你介绍了这个工作？"

"没错，她说我没文化，光有一身力气没用。作为女人，想创一番自己的事业很难，不如给蒋总当个司机，蒋总接触的男人都是有钱人，说不定哪个看上我了就娶回家，我就可以成富太太了。"慕容霜的语气有些慵懒，显然是不太认可慕容雪的看法，但又无可奈何，人总要生存，在保证生存的前提下才能求发展。

"其实吧，女人靠自己也可以活得很好。"刘天昊有一搭无一搭地说着。

慕容霜摆了摆手："我是体育生，高考成绩不理想，连个师范学院都没考上，所以家里人送我去当了兵，又被选拔到军区女子特战队，枪林弹雨过了两年，本来准备提拔军官的，但我身体出了问题，这才退伍回家，不过当初当兵的时候没有安置指标，回来后没有工作，我姐一向有主意，就把我安置到这儿了。"

刘天昊听后一愣。不知为何，慕容霜好像故意和他说这些，按照目前对凶手的分析，慕容霜几乎一条不差，越来越接近凶手的设定。

他话题一转，问道："你对慕容雪被绑架好像并不在意。"

小霜呵呵一笑，捋了捋头发："向来就只有她算计别人，没见过她被人算计，我听说她是主动跟着绑匪走的，如果没有十足把握，她肯定不会这样做。"

慕容雪是律师，做事讲究的是要赢，不赢不做。

用行业内一名资深律师的话说，要想做一名胜率百分之百的律师很简单，那就是推掉一切不能赢的官司，刘天昊所知的慕容雪就是这样，既然她肯主动跟小谷走，就说明她心无忌惮。

慕容霜说话时眼神清澈，表情毫无做作之感，不像一名心机很重的人。而犯罪嫌疑人小谷的反侦查能力很强，和刘天昊这样的警察说话时，在心理上会具有极强的防备，一个保护自己欲望很强烈的人不可能有这样清澈的眼神！

"其实我姐有很多事你不知道。"慕容霜说话间瞟了瞟刘天昊。

慕容霜在蒋小琴身边工作的确有很多机会接触富裕的男性，但这些男人不是有家室心怀鬼胎，就是油头肥体加秃顶，慕容霜对物质的渴望没那么强烈，看这些人实在提不起兴趣，反而对刘天昊这样有能力又年轻富有活力的男性颇有好感。

刘天昊感觉出慕容霜眼神中的炙热，连忙岔开话题："那咱们再找个时间说慕容雪，现在能和我说说蒋总的事儿吗？"

小霜见刘天昊并未和她呼应，于是抿了抿嘴，瞥了瞥楼上，给刘天昊又续一些咖啡，开始缓缓讲述起来。

她的第一句话就震惊了刘天昊。

……

谷石楠两口子找过蒋小琴，而且是要生要死的那种，目的就是为了要回剩余的七十五万。按照蒋小琴的叙述，这件事应该是发生在谷石楠两口子找老法官和慕容雪之前。

蒋小琴虽说蛮横不讲理，但毕竟理亏，于是并未出面和谷石楠正面交锋，而是报了警。刘大龙为了讨好蒋小琴出面干预，通过警方的熟人说了情况。

警方到达现场时，谷石楠两口子闹得正凶，甚至已经影响了其他人的安全，无奈之下，警方把两人直接以寻衅滋事罪关了起来，拘了整整十五天。最后还是慕容雪出面将两人从拘留所里弄出来，并提出条件，钱可以给，但不能再追究蒋天一的刑事责任，要出具一份和解协议书。

全小娟还好些，眼神飘忽不定没有主意，谷石楠却硬气得很，不但把和解协议书撕得粉碎，而且还主动回到拘留所里，要求继续拘留他。

而此时，谷佳欣的伤情有些恶化，又拖欠医院很多钱，医院不能继续为其治疗，但谷石楠两口子不在，谷佳欣也没有能力自己出院，就只好在医院病床上赖着。

医生对此事也无可奈何，只得每天开一些便宜的药维持着谷佳欣的命。

……

讲到这里，慕容霜好像能和谷佳欣感同身受一般，表情黯淡下来，默默地走到窗边向外看着。

刘天昊突然发现，越是接近案子的真相，更多的黑暗就会暴露出来，本来一桩很简单的醉酒肇事案，但因为涉案人一方是穷苦普通人，一方是富可敌国的富商，在加入钱和权两个元素之后，案子开始变得复杂起来。

刘天昊从茶几上拿起咖啡杯，走到窗边递给慕容霜。

慕容霜接过杯子感激地望了他一眼，抿了一口咖啡后，又继续讲述着。

……

随着慕容雪的退出和孙青柏的加入，事态愈发不可控制，天平越来越倾向于强势的蒋天一一方，孙青柏为了吓退谷石楠，便找了一群社会上的朋友，类似于大炮小宝、大鹏小鸟之类的街头混子，这些人本不入流，属于地赖子的那一类人，做大事不行，但欺负谷石楠这样的人还是绰绰有余。

谷石楠是男人，骨子里自带着一股血性，自然不怕这些混混流氓，但全小娟和谷佳欣不同，她们是女人，而且谷佳欣还有伤势在身，哪经得起这些人的折腾。

而一直想要谷佳欣出院的医院方面对此也是不管不问，任由几名混子折腾。

俗话说得好，阎王好惹小鬼难缠。

蒋小琴和刘大龙的权势和钱财没有吓退他，蒋天一的精神状况鉴定没能让他妥协，慕容雪和孙青柏也没能让他后退半步，甚至没钱给谷佳欣治伤也没能让他动摇分毫。

但总会有一根稻草压倒骆驼，击垮谷石楠强大意志力的就是这几名小混混。

据几名小混混向孙青柏汇报，谷石楠在医院附近的街头遇到了一名算命先生，不知算命先生说了什么，谷石楠突然态度不再强横，回到医院后就带着谷佳欣出院了，并带走了谷佳欣几乎所有的档案，留下的资料也为数不多。

自此，蒋小琴方面就再也没了谷石楠一家人的消息。

……

"蒋总和我说的就这么多。"慕容霜一口喝干了咖啡。从她喝咖啡的样子来看，她的确没有大家闺秀的矜持，完全是一副男人做派。

"蒋小琴说那些小混混叫什么了吗？"刘天昊问道。

"没有，这些你得去问孙青柏了。"慕容霜显然对孙青柏并不看好。

刘天昊的手机突然响了起来，他立刻预感有些不妙，一看电话，是阿哲的。

阿哲的声音有些急促："刘队，我在孙青柏的事务所，前台说他中午出去吃饭后就再也没回来，手机关机了联系不上！"

糟了，还是晚了一步，看来小谷的目标不是蒋小琴，而是孙青柏！


# 第三十六章　自作孽


连环作案是有特点的，凶手的犯罪手法一致性、目标一致性，让警察有据可查，有线索可以抓，所以这种案子越是到了最后，警察离嫌疑人就会越接近，因此嫌疑人会加快作案的速度以达到最终目的。

小谷和刘天昊通过电话，刘天昊也通过各种线索的查找和梳理锁定了小谷作案的动机和目标，随着案件的深入，他越来越接近小谷，因此小谷产生了危机感，她不但要复仇，更主要的是利用仇人完成五行借尸还魂术，所以她无论如何都不能在完成之前被警察抓到。

凶手小谷知道刘天昊发觉了五行借尸还魂的秘密，因此便利用慕容雪故布疑阵，扰乱警方视听，趁机把武彦斌绑架杀害，又把孙青柏掠走。

可奇怪的是，武彦斌被绑架之后，未见武彦斌的家属报案，也没有索要赎金的迹象，究竟是武彦斌家属知情但没报警，还是完全不知道？

如果按照凶手的智商和能力，她完全可以把蒋小琴作为第四个受害者，但她却把孙青柏绑走，这种情况并不是她不恨蒋小琴，而是想让蒋小琴更加痛苦。

蒋小琴失去了最心爱的儿子，此后，只要她还活着，就会陷在无穷无尽的痛苦和悔恨中，这种感觉……

刘天昊看了看急匆匆赶来事务所的虞乘风："我知道了，凶手这样做一定是有切肤之痛，一定是这样的，一定是这样！"

"刘队，你想到了什么？"虞乘风急忙问道。

他得知孙青柏失踪后就急忙赶来，同时带来的还有关于汽车修配厂监控的查看结果。

"不杀蒋小琴不是杀不了，而是故意不杀，杀了她的儿子会让她更加痛苦，这种痛苦只有有过同样经历的人才会感受到，所以我断定，小谷不是小谷，而是小谷的叔叔谷石木或者父亲谷石楠。"刘天昊说道。

虞乘风疑惑地问道："可谷佳欣和谷石楠无论从性别还是年纪相差都比较大，就算乔装也不可能一点破绽没有，咱们在录像上看不出来，但他出门乘坐交通工具，如果差异很大，肯定被人录下来发到网上了。另外，如果凶手是谷佳欣，她失去了父亲和母亲，同样是挚爱，这种感觉其实和蒋小琴失去儿子没什么区别。谷石木倒是有可能，从身材和相貌与小谷有很大的相似性，文媛根据几次关于小谷的视频录像在做肖像还原，相信今天应该能出结果。"

刘天昊长出了一口气，思索了一番，说道："你说得也有道理，也许是我想得有些极端了。"随后，他转向孙青柏的秘书，问道："孙青柏离开之前和人通过电话吗，或者是有什么异常行为？"

秘书是名戴高度近视眼镜的女子，长得很一般，她张了张嘴，一副欲言又止的样子，随后又看向站在一旁的前台美女。

秘书和前台美女就是两种女人，秘书一看就是学霸级的代表，有真才实学，但相貌和身材一般，能在孙青柏的事务所立足，就说明她有足够的能力，说白了，孙青柏用的是她的能力，而不是相貌。而前台美女几乎是模特般的存在，无论是身材还是相貌都堪属一流，一个一流的事务所必然有一个美貌的前台。

前台美女急忙说道："刘警官，孙总是打着电话离开的，一直是对方在讲，他就'嗯嗯'地应着声，看他的表情好像有些愁眉苦脸的，走到我身前时，我听到和他讲话的声音很怪，像是……"

"用了变声器？"刘天昊提醒道。

前台美女猛地点了点头："没错，是变声器，和 APP 软件那款一样，我隐约听到了几个字，好像是孩子、幼儿园什么的，后面的话因为孙总走远了，就听不到了。奇怪的是，每次孙总经过我这儿都会和我主动打招呼，这次不知为什么，连看都不看我一眼。"

前台美女满脸委屈，显然她还不知道事态的严重性。孙青柏好色，和前台美女搭讪肯定习以为常，前台美女也是半推半就，每次两人都会有互动，这次孙青柏甚至都不理前台美女，说明电话里的事情比美女更重要。

"而且他手里还拎着一个包，包里面看着鼓鼓的。"前台美女说道。

"他平时拿包吗？"刘天昊问道。

"拿，但不是这个包，这个包是装笔记本电脑用的黑色的包，不是皮的，但我可以肯定，里面装的绝不是笔记本，有可能是钱。"前台美女说道。

结合蒋小琴的遭遇和前台美女提供的部分通话内容，小谷应该是用孙青柏的孩子诱他出去的，他手里拎着的就是钱，如果所料不错，数额应该是七十五万，绑架慕容雪时提的七十五万！

"那孙青柏有孩子上幼儿园吗？"刘天昊试着问道。

孙青柏已经快五十岁的年纪，如果有孩子，没有二十也有十八岁，但现在二胎政策放开，有的地区甚至放开了三胎政策，像孙青柏这样有钱又有精力的男人有个小的孩子也很正常。

前台美女脸上露出不满之色，半噘着嘴拉长声音说道："有，有个小儿子四岁半，在离事务所不到三公里的蓝天幼儿园。"

小谷对涉案的几个人的人性的研究已经达到了极致，所以才能轻易地诱走慕容雪和孙青柏这样意志力坚定的人，诱走慕容雪的是什么现在还不知道，但诱走孙青柏的肯定是他的儿子。

"刘队，蓝天幼儿园和这里车程是三公里，但如果走过去，其实只需要穿过两条街就可以，孙青柏在这儿工作多年，对路况肯定很熟悉，如果事发突然，他应该选择走过去。"虞乘风提醒道。

"其实你们没必要那么紧张的，幼儿园管理非常严格，不是家长肯定接不走孩子的。"前台美女不急不缓地说道。

刘天昊微微摇摇头，和虞乘风两人立刻出门，奔着幼儿园的方向跑了过去。

俗话说得好，不怕贼偷就怕贼惦记。

无论幼儿园管理多严格，无论安保制度多完善，意外总是意外，坏事的发生往往都是意外才有的。既然小谷能把孙青柏单独约出去，这就说明她对孙青柏的孩子产生了威胁，甚至已经在她的掌控之下。

"刘警官！"戴眼镜的秘书追了出来，看她的步伐丝毫不比两人差，三步两步就追上他们，托了托眼镜气也不喘说道："孙总在出门之前有些怪异的行为，现在想想，可能和案子有关，但当着其他人的面，我又不好说……"

刘天昊满脸焦急地说道："无论如何您得快点说，时间就是生命！"

秘书点了点头："在孙总出门之前，我有一份文件需要他签，就是慕容律师的那桩经济案件，委托方因为慕容雪没出庭，临时找了其他的律师，所以官司败了，委托方提出索赔，我就找孙总，当时我听他在房间里打电话，就敲了敲门，随后想推门进去……"

在部队、警察局或者是政府部门这种等级森严的单位，在领导没允许之前就推门而入是极其不礼貌的，律师事务所亦是如此。

但秘书的行为并未实现，因为门是锁着的。秘书无奈，只得又敲了敲门，过了好一阵，才见门打开，孙青柏露出一张相当难看的脸，恶狠狠地盯着秘书。

秘书以为是案子失败造成经济损失令孙青柏恼怒，犹豫了一下后还是把文件递给他，令她想不到的是，一向对工作还算认真负责的孙青柏一下子把文件夹打飞，随后又转身进入房间，锁门的同时说道："从现在开始，无论什么事都不要打扰我。"

……

"他只说了这一句话？"刘天昊问道。

"只说了一句，但孙总的衬衫是刚刚穿上的，而且是长衬衫，我通过白衬衫看到他的胳膊上好像有文身之类的……我也不知道是什么，就觉得很奇怪！而且他的裤脚是一条腿挽起来的，孙总平时很注重仪表，衣服从来不肯将就。"秘书说道。

NY市的八月份动不动就是三十八九度的高温，穿背心都嫌热，怎么可能穿长衬衫！一名平时注重仪表的人裤脚怎么可能挽起来一只腿！在小谷事件中，被害人的共同点就是四肢画满了符咒，有的甚至还在身上也画了符号，张晓雪、蒋天一、武彦斌都是用鲜血画上去的，头顶还放着一碗鲜血，而孙青柏……

"他在给自己的四肢上画符咒！"刘天昊和虞乘风几乎异口同声地说道。

这说明小谷没有时间绑架孙青柏，她的步伐已被刘天昊等人赶上，所以她利用了受害者自己来画符咒。

……

对于孙青柏来说，昨天并不是最糟糕的日子，虽然没有慕容雪的支持，官司打输了，但他赔得起，而且他已经做好了赔钱的打算，大量的现金就放在保险柜里，只要委托方找上门，他可以直接把委托款退给对方，并按照合同进行相应的赔偿，毕竟要保持在行业内的名声才是最重要的，钱可以慢慢赚回来。

可一段视频却让他的心情降至冰点，视频是他的儿子在幼儿园玩耍的情景，拍摄人是在幼儿园铁网外面拍摄的，几乎每一个镜头都对焦着他的儿子，最后镜头一黑，一段怪异的声音从视频里传出来："想要你的儿子，拿七十五万来，等我的电话！"

他立刻给幼儿园老师打了电话，询问自己的儿子在不在幼儿园，他得到答案是他儿子不在幼儿园，在半小时前被人接走，而接走他儿子的人用电话和孙青柏通了话，得到了孙青柏肯定的答复后这才登了记放他们走的。

接走孙青柏儿子的是一名女性，看起来比较年轻，却是第一次见到。

孙青柏听后几乎身体一软，但随即而来的电话铃声又让他清醒过来，他嘱咐着自己，一定要冷静，一定要冷静，绝不能乱了阵脚。

来电话的是一个陌生的手机号码，他一看号码段，就知道是几年前不需要实名认证的那一批号码。来电的声音使用了变声器，孙青柏一听就知道是录制视频的那个人。

"孙青柏！"来电人的语气不善。

"你好，请不要伤害我的孩子，有什么条件你尽管提，我肯定不会报警。"孙青柏立刻说道。

话筒里传出孩子叫爸爸的声音，叫了两声后便没了声。

"带七十五万现金，另外准备两支红色的油性记号笔，画上之后擦不掉的那种。"来电人又说道。

"好，好，我这儿什么都有，求求你，千万别伤害我的孩子。"孙青柏几乎哀求着说道。

"别废话，我给你发了彩信，你按照内容在自己的四肢上画上那些符号，别画错了，你画错一笔，我就在你儿子身上插一根钢针，记住，自作孽不可活，你的符号需要你自己来画。"来电人说到这里立刻挂了电话。

孙青柏的电话随即响起，打开彩信一看，果然是一张图片，是四大段符咒。他从来没见过这种符咒，只是觉得很古怪，而且绑匪的要求更是古怪。

他跑到窗户前，扒开百叶窗向外面望去，街道上并没有任何可疑的人出现，对面的楼房是反光比较强的玻璃幕墙，从外面完全看不到里面的情况。

敌在暗我在明，为了救回儿子的命，由不得他不做，而且他真没打算报警，他知道绑匪要的是钱，而不是人命。

他立刻从抽屉里找出红色的记号笔，锁了门，脱了短袖衬衫后，开始在自己的身上画。

他不知道的是，他在自己身上画的是镇魂符，可以要命的那种，不但会要了自己的命，还有可能要了孩子的命。

# 第三十七章　关心则乱

天理循环报应不爽，恶事做多了，早晚会遭到报应。但没人会否认孙青柏是一名好父亲，对自己的孩子可以付出百分之一百的心血，甚至是生命都在所不惜。

孙青柏抹了抹脑门上的汗，不时地看看手上捏得紧紧的手机，天气热得像一个蒸笼一样，但他完全感受不到，因为他完全沉浸在内心的剧烈挣扎上，到底是选择和绑匪周旋还是报警？

正所谓事不关己高高挂起，事若关己慌乱不已。

如果这件事情是别人家发生的，他一定会劝说人家别着急，冷静下来报警就行了，剩下的事情就是配合警方的工作，但事情一旦轮到自己，怕是也很难做出抉择，万一绑匪知道他报警了，可能会撕票，这种结果是孙青柏绝对不能接受的。

但不报警，仅凭自己的能力是无法与绑匪抗衡的，孙青柏的能力是管理和组织，在体力上他可能还不如一名天天跳广场舞的大妈，完全没办法和绑匪抗争。

关心则乱。

太阳毫不留情地炙烤着大地，热气从地面上不断升起，让人们的脚步变得更加匆忙，恨不得走得再快些，跑到空调房里享受凉爽。

人行道对面的指示灯红了又绿，绿了又红，过马路的人们换了一茬又一茬，只有孙青柏还在斑马线旁的人行步道上等着。

天气炎热加上他还穿着长袖衬衫，使得他在人群中非常扎眼，过往的路人带着疑惑的目光看着他。

而他除了不停地看向四周外，还不时地看着手机，绑匪的上一条短信指示他在这个路口等候下一步指令。

绑匪的意思他明白，让他在这里一直等是为了观察他是否报警，如果报了警，肯定有警察跟在他身后，如果绑匪就在附近观察着他，就会发现警察。

他内心焦急如焚，恨不得找到绑匪面对面地谈，这点钱对于孙青柏来说就是屁，根本不值得他去报警，他想要的就是自己孩子的安全。

电话的铃声突然响起，让焦急中的孙青柏猛地打了一个激灵，缓过神来后，他接起电话，对方却好半天没说话，只有孙青柏还在不停地"喂"着。

"看见对面的大厦了吗？"绑匪怪异的声音终于传来。

"看到了。"孙青柏抬起头看向马路对面的大厦。

这是一座商业大厦，如果有足够的钱，可以在里面吃住一年都不用离开。

"两分钟之内进入大厦里，电话别挂。"

孙青柏下意识地应了一声，他突然看到大厦开着的一扇窗户露出一只手。

大厦玻璃幕墙是弧形的，因为是夏天，大厦里面开了中央空调，所以整个玻璃幕墙没有打开的窗户，从远处看整个幕墙是形成一块完整的弧线形玻璃，如果打开其中一扇窗户会显得非常扎眼。

伸出窗户的手上拎着一件小孩儿衣服，孙青柏瞳孔同时一缩，他认得这件衣服，是他亲自给儿子买的，前胸带着迪士尼独特标志的童装。

"认识这件衣服吧！"

孙青柏并未完全失去理智，他用手机立刻给对面的大厦拍了两张照片，正当他准备录像时，却发现那只手一松，衣服顺着大厦飘了下来。虽然落下来的只是衣服，但孙青柏知道绑匪是什么意思，他的时间不多了，一旦绑匪失去耐心或者是钱没送到位，又或是知道他报了警，他儿子的下场就会和衣服一样，从大厦的高层落到地面上。

他看到了那只手冲着他的方向指了指，又招了招手。这只手对于路人来说，可能会视而不见，但孙青柏却看得清清楚楚，因为这只手掌握着他儿子的命。

"儿子！"他下意识地迈步向大厦走去，却疏忽了街道上的危险。

"别动，我还没让你过来呢！"

当他迈步的那一刻，绿灯刚好变成红灯，路两侧等待着的车辆已经发动起来。

而孙青柏听了对方的话后立刻站住，眼睛一直盯着那只手："钱我带来了，我……"

一辆转弯的大货车因为驾驶盲区并未看到违规闯红灯的孙青柏，径直地开了过去。如果是小轿车轧到人会立刻有感觉，可是对于一辆几十吨重的货车来讲，轧一个人和碾死一只蚂蚁没有任何区别，甚至连减震弹簧都不会有太大的跳动。

货车继续行驶着，直到一些人在车的前方猛地挥手大叫，周边的车辆也不停地按喇叭提醒，大货车的司机才感觉出有些不对劲，踩住刹车慢慢地停下来。

司机带着疑惑和忐忑下了车，当他看到躺在车轮下的孙青柏时，他下意识地向后一躲，整个人呆立不动，还是在路人的督促下，他才缓过神来立刻掏出手机拨打电话，拨打的却不是120急救电话，而是车队老板的电话。

围上来的人们纷纷捂住嘴，本来想要抢救一下的热心路人看到孙青柏后，也只是默默地叹了一口气，更多的人则是拿着手机对着车轮一顿狂拍。

如果一个人的头部碎了，只剩下一层头皮，这个人肯定是死透了，大罗金仙下凡也没法救回来。

两个巨大车轮下的人已经看不出究竟是谁，头部被后轮碾轧，只剩下一层头皮还挂在身上，其他部位被挤在两个巨大后轮之间的缝隙里，身上白色的衬衫也被拽了下来，光着的胳膊上露出红色的古怪符号。

大厦那只手慢慢缩了回去，随着窗户的关上，整个大厦的玻璃幕墙又恢复了一个完整的弧面。

孙青柏的手机仍在通话状态，手机的听筒传来古怪的声音："嘿嘿嘿……地狱见！"

……

让刘天昊没想到的是，凶手利用的是外部力量杀死孙青柏，不是将其绑架后杀死，最为诡异的是，他的四肢已经画满了符咒。

两人接到交警的通报后赶到现场时，孙青柏的尸体刚刚被抬到路边的人行步道上，白色的布单盖在尸体上，鲜血从布单上渗透出来。赶来的家属在一旁哭泣着，不时地想突破交警的警戒线去看孙青柏的尸体，由于尸体太过骇人，一名交警一直阻拦着家属。

交警部门的效率很高，根据调取的监控视频得出结论，孙青柏作为行人违反交通规则，是这起交通意外的主要责任人。

孙青柏的妻子却不认可，在她眼中，他是法律的捍卫者，是遵纪守法的好公民，平时走路时都会小心翼翼，怎么可能在最繁华的街道闯红灯被车撞死！

很显然孙青柏的妻子还不知道孩子被绑架的事儿，一旦知道了，双重打击会让她立刻崩溃，说不定又是一条人命。

　　刘天昊掀开白布单，发现尸体的四肢上满是符号，手上还紧紧地捏着那部手机。他从死者手上拿下手机，用死者的手指打开了手机，看了一阵后，抬起头望向对面的大厦，略加思索后冲着交警说道："同志，尸体先别动，法医马上就到。"

　　刘天昊和虞乘风交代完立刻前往对面的大厦，他们现在要找的是孙青柏的孩子。

　　"刘队，小谷肯定不在现场了。"虞乘风边走边提醒着。

　　"我知道，但按照小谷的行为方式，她应该不会牵连无辜，孙青柏在蒋天一醉酒肇事案中起了坏作用，但他儿子是无辜的。而且小谷还要继续犯案，不可能整天带着一个孩子乱跑，所以他很有可能会把孩子藏在这栋大厦里。"刘天昊说道。

　　通过孙青柏的手机，可以看出小谷是用孩子把他诱到附近的，又利用孙青柏焦躁不安的心理让他忽视一切危险，以致过马路的时候被大货车撞到。小谷利用的是概率犯罪，只不过在她的营造下，孙青柏发生意外的概率很高，就算他在过马路的时候没被货车撞到，小谷依然会创造让他发生其他意外的机会。

　　能诱孙青柏来这里的只有孩子，但目前为止，所得到的线索表明小谷只是一个人，并无帮手，所以从幼儿园拐骗了孩子之后，她就只能把孩子一直带在身边。

　　两人边走边小声讨论着案情，不知不觉便进了大厦中，此时由于天色较晚，人们下班后都来这栋大厦里消费、逛街、谈恋爱，大厦里面的人渐渐地多了起来。

　　"如果你是小谷，会把孩子藏在哪儿？"刘天昊看了看到处都是人的商场问道。

　　"人多的地方肯定是不妥，所以厕所、消防通道、地下车库和地下设备间、楼顶天台、楼顶的电梯间都有可能。"虞乘风说道。

刘天昊点点头："大厦的面积很大，咱俩找起来会很吃力，你和大厦的物业保安部联系一下，让他们协助排查，重点就是你说的这几个地方。"

虞乘风不愧是老刑警，人脉关系很广，他迅速联系了大厦保安部，安排了排查的事儿。保安很快行动起来，在大厦各个角落里寻找着。

两人则是前往大厦监控室，查看监控影像资料。趁着这个机会，虞乘风向刘天昊汇报了从汽车修配厂拿回来的监控资料。

修配厂的监控设备不太专业，清晰度很差，其中有一段录到了小谷路过修配厂门口的情景，能看得出有一名女子类似小谷，她依然戴着墨镜，上身穿着白色短袖，下边穿着碎花长裙，鞋是一双淡粉红色的高腰回力帆布运动鞋，路过修配厂门口的时候，她下意识地提起长裙踮起了脚。

裙子、鞋、人都没问题，问题就出现在提起的裙子高度太高，露出了一双黑色的袜子，由于鞋是高腰的，虽然就露出一点黑袜子，但在碎花裙子和粉红色的映衬下也显得很扎眼。

虞乘风是老侦查员，一眼就看出这双袜子和武彦斌嘴里的袜子材质一样！

穿一双浅粉红色的帆布鞋和黑色的军用袜子，这本身就很奇怪，恐怕普天之下也只有小谷能穿出这种效果来。

这也正好验证了刘天昊在慕容雪的奥迪 A8 主驾驶位地板找到油泥的事儿，油泥的成分正是来自于这家汽修厂。

小谷无论如何也想不到，这样一双袜子还能出卖她！

……

商场的监控录像比较清晰，追查的时间段又比较明确，在保安班长的帮助下，很快找到了小谷和孙青柏儿子的线索。其中一段视频是小谷领着孩子走在一楼商场的画面，小谷对孩子很好，两人的关系看起来更像是一对母子。孩子路过一家冰激凌店的时候，小手冲着冰激凌指着，同时身体向后缩不愿意继续走路，小谷便带着他买了一支冰激凌，三分钟后才离开。

还有一段视频是在进入消防通道时，小谷抱着孩子，孩子吃着冰激凌，进入消防通道后向楼上走去。

　　"你这里几楼的消防通道没有监控？"刘天昊突然问道。

　　保安班长一愣，嘴角一咧，笑着说道："神探就是神探，这么点小事您也能知道！没错，我们这里所有的消防通道都有监控，唯独十二层的监控头上个月坏了，是电路损害引发主板过载烧了，返厂维修了，到现在也没装上。"

　　刘天昊并非神仙，而是根据小谷的反侦查能力推断出来的。小谷一般都会尽量选择在人少或者是没有监控的地方做事。

　　刘天昊拔下已经拷贝完的U盘，对保安队长说道："带我们去十二楼，快！"

　　保安队长启用了大厦管理人员才能使用的专用电梯，三人迅速地赶到十二楼，十二楼的消防通道一片黑暗，由于电路出了问题，灯也不好用了，一名保安拿着手电在消防通道向楼上爬去，看到保安队长来了之后，说道："队长，这里我看过了，没发现小孩儿。"

　　刘天昊望向消防箱，他疾走两步上前打开消防箱，里面并没有消防水带，一个光着膀子的小男孩儿蜷缩着，闭着眼睛一动不动。

　　"啊，这里怎么会有个孩子！"保安用手电照在小男孩的脸上惊叫着。

# 第三十八章　最后一人

　　虞乘风立刻上前抱起小孩，发现小孩的身体还是软软的、热热的，于是用手在他的颈动脉上摸了一下，看了一眼紧张的刘天昊和保安班长，说道："还活着。"

小男孩闭着双眼、呼吸均匀，并不像受到伤害的模样。

刘天昊在小男孩的身上发现了一根长头发，目测有三十多厘米，和在之前案发现场发现的头发几乎一致。

刘天昊小心翼翼地把头发装进证物袋中，虞乘风抱孩子在一旁问道："是小谷的？"

"从理论上讲应该是，拿回去让孟丹化验就能确定，走吧，去保安办公室。"刘天昊边走边给韩孟丹打电话，接通之后韩孟丹立刻说道："刘队，我刚到现场，还没来得及验尸。"

"孟丹，你先别管尸体，先来大厦保安办公室，孩子已经找到了，但身体状况不是特别好，需要你先过来看看，我已经打了120，估计还有一段时间才能来，对了，把死者家属也带来。"刘天昊焦急地说着。

孙青柏的死明眼人都能看出来，属于交通意外，法医来现场勘察和验尸只是走个程序而已。

"好，我马上到。"

……

幸运的是，小男孩只是睡着了。

韩孟丹松了一口气，对刘天昊和孙青柏的妻子说道："应该是在消防箱里空气稀薄造成的肌体轻度缺氧，根据乘风的叙述，在他抱起孩子后一直到现在也没醒过来，很可能凶手给孩子喂服了安眠药之类的药物。"

孙青柏的妻子是个通情达理的女人，从得知孙青柏遇难开始，她就一直保持着冷静和克制。

"刘警官，你一定要还我们家青柏一个公道。"女人带着哭腔说道。

此时此刻，他不知道该说些什么好，对于一名女人来讲，在丢了孩子的情况下又死了丈夫，最大的悲哀莫过于此。

经过了解，孙夫人纯是家庭妇女，除了家庭生活就是孩子，对孙青柏的事业完全没了解，也从不过问。

刘天昊问了一阵之后见没有收获，便让其他警察送母子俩回家，看到女人离开的样子，他知道，女人面临的将是一个不眠之夜。

回到刑大后，刘天昊拿到了孙青柏出事时路面的监控录像，经过反复排查后，发现并没有人推他，而是他走到了人行道上后突然停住脚步，大货车正好又是盲区，这才出了这起车祸，如果没有孩子被绑架这件事，最终会认定这只是一起意外事故。

交警队对肇事司机的鉴定已经出了结果，司机和车辆的证件齐全，排除了酒驾和毒驾的可能。

孙青柏的法医鉴定也有了结果，他生前并未服用任何精神类药物，也没有吸毒或者醉酒，完全能为自己的行为负责，身体无任何隐疾，没有走路过程中猝死的可能性，死因就更不用提了，死于三十吨汽车轮胎的碾轧，头颅直接碎裂，大脑组织被车轮夹碎。

至少在孙青柏的被害现场，无法找到小谷的踪迹。

武彦斌的尸检也得出了最终结论，身体残存的血液内含有大量的安他非命，应该是小谷在折磨他之前给其静脉注射的，目的就是为了在折磨他期间令其保持清醒。

刘天昊立刻想起1985年发生在美国一名缉毒警察身上的故事，毒贩因为痛恨这名让他们损失了数千万美元的警察，便将其绑架，在随后的四十五个小时里用尽手段折磨他，而且还给他的身体里注射了大量的安他非命。

安他非命原本是治疗气喘和睡眠失常的，可以让中枢神经系统极度兴奋，无论遭受多大的肉体折磨，都可以令人保持清醒。

而小谷对武彦斌正是用了这种手段，令他痛不欲生！

韩孟丹把两份尸检报告重重地摔在办公桌上："这个小谷到底是什么人，凭咱们现在掌握的线索，她就真是恶鬼也应该抓出来了。"

韩孟丹原本是同情小谷的，毕竟她因为蒋天一醉酒肇事案家破人亡，但一想到她居然利用孩子谋害一名父亲这件事，气就不打一处来。父亲死了，等孙青柏的儿子长大以后知道了真相，肯定会留下心理阴影。

刘天昊并未说话，而是心里默默地梳理着线索。

从孙青柏手机上的信息和孩子身上的那根头发可以判定，凶手就是小谷。她提前做了功课，得知孙青柏孩子所在的幼儿园，又用电脑软件模拟了孙青柏的声音，利用电话从幼儿园老师手里骗走了孩子，利用了孩子将孙青柏诱到大厦前面的人行步道，又利用他着急交易赎儿子的心理制造了交通意外，而在此之前，小谷又逼迫孙青柏在自己的四肢上画上了道符，进而完成了又一次五行借尸还魂法。

小谷完成了对孙青柏的谋杀之后，并未再伤害孩子，她把孩子藏到大厦消防通道的消防箱中，她知道警察在孙青柏死后一定在全力以赴找孩子，大厦消防通道每天都有保安和保洁以及顾客通过，当孩子睡醒之后，肯定会哭，就算警察找不到孩子，最终也会被发现。

表面上看，小谷的这次作案完全没有破绽，但实际上却留下了痕迹。

"放心，这次她怕是跑不了。"刘天昊说道。

"怎么说？"韩孟丹问道。

"小谷在去幼儿园接孙青柏儿子的时候和老师有过接触，幼儿园规定，只要不是孩子的家长亲自来接，必须由家长打电话给老师，才能把孩子接走，老师对小谷的身份有怀疑，所以要求她摘下墨镜确认其身份。"

"老师看到了小谷的面貌？"韩孟丹有些兴奋。

小谷这个名字困扰了三人小组好多天，现在听说这个消息哪有不兴奋的道理。

"不但看到了面貌，还和她交流过，但不是说话，而是通过微信。"刘天昊说道。

……

刘天昊和虞乘风来到幼儿园寻找孙青柏时，正好遇到了那名老师。老师说孙青柏的儿子被一名奇怪的女人接走了，女人当着老师的面和孙青柏打电话确认过，因为接送孩子都是由孙青柏来，所以老师对他很熟悉，一听电话里的声音就知道是他。

而女人自称是孩子的小姨，天生哑巴，咿咿呀呀地比画着，最后还是加了微信用打字的方式和老师说明情况，由于孙青柏有一件案子非常急，需要在单位加班加点，所以才委托她来接孩子。

　　女人还出示了一张她和孙青柏一家人的合影以证明她的身份，老师看了一眼，并未看出 PS 的痕迹。

　　老师的手机上保留着两人的聊天记录，查看之下并未发现破绽，但通过老师的叙述，女人是用手写的方式微信聊天的！

　　玩过 QQ、微信和其他社交软件的人都知道，用手写的方式聊天是非常慢的，也是现代的年轻人所不屑一顾的，用惯了九键和二十六键拼音的人打字的速度很快，而手写的速度非常慢，识别时还可能出现一定的错误率，所以手写一般都是年纪稍长或者手指不太灵活的人才会使用的打字手法。

　　按说小谷也就三十不到的年纪，不可能用手写输入法呀！

　　恰巧的是，和小谷接触的幼儿园老师是教美术的，对人物特点的捕捉能力非常强，当女人在手机上写字的时候，老师观察到她的指甲短而厚，显然这种手指用拼音法输入有些不方便，误触的可能性很大。

　　老师也非常疑惑，这双手看起来骨节比较大，和眼前的美女完全不匹配。

　　在女人摘下墨镜后，她立刻分辨出女人应该是常年戴近视镜，不但鼻梁上有两个难以遮掩的凹痕，而且眼睛也显得有些无神，眼神涣散，给人非常奇怪的感觉。

　　这种感觉是常年戴近视镜所造成的，近视镜会对人的眼睛以及眼睛周边的皮肤产生一些微弱的改变，如果在这个过程中人的脸颊变胖，在鬓角处可能还会出现眼镜腿带来的两道横的压痕，至于眼睛无神而涣散，也是近视眼的特征，摘下眼镜后，近视的人看人和看物有些不清晰，所以造成目光相对呆滞。这种变化在当事人看来微不足道，但在一名擅长捕捉特征的美术老师眼里，这就是人物最大的特征。

　　女人戴墨镜不但是为了掩饰自己的相貌，而且最重要的是掩饰常年戴眼镜的特征!

……

"所以我让文媛和乘风两人去幼儿园见老师,给小谷做肖像还原。"刘天昊自信满满地说道。

"文媛之前一直在做小谷的肖像还原,但由于咱们提供的素材太少,很多只能凭借着想象来画,画了改,改了又画,一直没能拿出一幅满意的素描出来。"韩孟丹说道。

现在有了幼儿园老师这名目击者,还原小谷的相貌指日可待。

让虞乘风陪着姚文媛去也是他的一份苦心,虞乘风自打进入刘天昊的中队以来,大部分时间都在忙于破案,很少腾出时间陪姚文媛。

虽说姚文媛也是警察,能够理解虞乘风的行为,但不代表她没有约会和谈情说爱的需要。无论两个人多恩爱,也需要经营,没有永远保鲜的爱情。

自打姚文媛受伤住院后,两人便确立了恋爱关系,这件事在公安局人人皆知,姚文媛文静,虞乘风憨厚,两人非常般配,但所有人都一致担心的问题就是虞乘风的时间。

刑警最大的问题就是没有时间,不是没有时间破案,而是没有时间陪家人、陪妻子、陪孩子,陪伴着他们的永远只有数不清的案件和随时会来的危险,没人知道他们接到电话离开后会不会回来,没人知道他们蹲点时受了多少苦,没人知道他们看起来强壮的身体已经满是疮痍。

"幼儿园门口不是应该有监控的吗?"韩孟丹提醒道。

"可能是由于线路问题,监控昨天就不好用了,不过世界上没有那么巧合的事情,肯定是小谷进行的破坏,我已经委托幼儿园属地的派出所民警去查了,很快就会有消息。"刘天昊说道。

派出所方面的消息很快传来,监控头没问题,就是监控主机和监控头之间的线路被人为地掐断了,看切面的痕迹,应该没几天。查了最近几天幼儿园的监控并未发现任何异象,因为幼儿园的监控不是全时打开的,在最后一名老师离园后,监控就会关闭,第二天开门之前监控会自动打开，在两个时间点之间有一段是空白，小谷就是利用了这段空白期破坏了监控。

两人正聊着，阿哲从外面跑着进来，见到刘天昊后急忙说道："刘队，最后一名火属性的人找到了。"

阿哲话音刚落，一名老人从外面走进来，虽说他满头银发，但精神看起来却十足，腰板儿永远都是笔直笔直的，走起路来虎虎生风，眼神中自带着威严，让人看到后不由自主地想回避。

他就是蒋天一醉酒肇事案判决的老法官姜旭波，他办完蒋天一案子后就办理了退休，一直在家里练练书法、画点优雅的水墨画，偶尔带着单反相机出去摄影，反正一切修身养性的事情他都做，好不自在。

阿哲通过韩忠义找到了他，找到姜法官时，他正在水库旁钓鱼，但姜法官对阿哲的话当作是危言耸听，他一辈子一身正气，哪会怕这些鬼魅作祟，自然不肯接受阿哲等人的保护。

经过阿哲的一番思想工作后，这才答应和他去一趟刑大。

"在所有涉案人员里，还有谁是火属性的？"刘天昊问阿哲。

阿哲皱着眉头拿出一份资料递给刘天昊，上面写着所有涉案人员的资料，按照五行排列的顺序整理出来，姜法官是其中之一，在火属性一栏里还有慕容雪的名字。

看到慕容雪的名字，刘天昊的心又揪了起来，小谷只需要二选一就可以了，就算保护了老法官，慕容雪照样可以成为五行借尸还魂法的祭品。

如果不能在小谷发动最后祭祀之前找到慕容雪，她遇难的可能性就很大了！

# 第三十九章　另一个面孔

虞乘风已经记不得上一次和姚文嫒约会是什么时间，感情就是这样，腻歪在一起的时候多了会烦，但时间久了没接触又有一种生疏的感觉。

虞乘风稳稳地开着车，姚文嫒坐在副驾驶位置抿着嘴直直地看向前方。两人的性格都偏内向，加上各有心思，以至于不知从哪里打开话匣子。

借着等红灯的机会，虞乘风将头慢慢地转向姚文嫒，看了她一眼，清了清嗓子问道："啊……你吃了吗？"

姚文嫒听后扑哧一声笑出来，转头看向虞乘风，当看到他涨红的脸时，她又忍不住笑了出来。笑意好像是病毒一般在两人间传染开来，他们先是对视一笑，随后又各自扭过头去笑了起来。

其实爱情说起来复杂，也可以很简单，一个对视、一个笑容，或是一句甜蜜的情话都可以成为爱情的元素。

打开尴尬的局面后，两人开始腻歪起来，可能一只蚂蚁都会让两人讨论好久，木讷的虞乘风也变得幽默起来，文静的姚文嫒也变得热情起来。

不知不觉地两人来到幼儿园。到了放学的时间，幼儿园门口停着很多车辆，都是来接孩子的。

警车闪着警灯找了一处地方停下来，惹得等着放学的家长都纷纷望了过来，当虞乘风和姚文嫒两人穿着警服从车上下来时，男男女女的众家长更是羡慕带着嫉妒。

姚文嫒自不必提，本身就是大美女，加上警服的映衬，让她在美字上又加了一层英气。虞乘风虽说长相比较憨厚，但眉目之间的正气十足，用相貌堂堂称呼他再合适不过了。

幼儿园的老师早在门口等着两人，一见警车来了，便立刻打开小铁门，将他们迎了进去。

有了专业人士的帮助，姚文媛还原肖像的速度很快，一幅素描肖像很快出炉，当姚文媛把素描递给美术老师看后，美术老师几乎在第一时间发出了一声惊叹。

她惊叹的是姚文媛画得几乎达到了传神的境地，无论从大轮廓还是细节都近乎完美。

"呀，你这张画得好像。"美术老师赞叹道。

虞乘风也凑过来看，皱着眉头问道："这人化妆了，能不能把妆去掉？"

美术老师疑惑地看着姚文媛，显然这件事在她的眼里是不可完成的。姚文媛却歪着头一笑："可以。"

看姚文媛画画绝对是件幸福的事儿，无论观众是虞乘风还是其他人，用下笔如有神这个词形容姚文媛再合适不过了，每一笔都好似有着神韵，都带着她的情感，看起来简简单单的横竖和弧线，最终组成了一幅惟妙惟肖的画作。

由于时间比较紧迫，姚文媛用了半小时的时间完成了初作，一幅与之前不同的素描。

当虞乘风拉开距离看到画像的第一眼，他立刻呆住了，也没说话，也没有任何动作，只是呆呆地站在那里，过了一阵才缓过劲来，几乎半喊着说道："是谷石木！"

"谷石木是谁？"姚文媛和美术老师异口同声地问道。

虞乘风并未向两人解释，立刻拿起电话给刘天昊打了过去。

……

大学校园是一个极具活力的地方。

后勤处管理几千人的饮食，还有几十栋建筑的维修和一大片待建设的校区等等。食堂的诸多报销单据等着谷石木签字确认付款，很多在建的工程款等着他签字盖章才能到财务拿到钱继续开工，所以谷石木至少在工作时间是整个大学最忙的一个人，按照他的工作性质，如果下班之后，也是可以非常忙的。

此时，一大群人在他办公室外排着队等他，可谷石木却不见踪影，打电话不接，人也不知去向。人们等了一阵后，有的放弃离去，有的则是直接去找了主管后勤的副院长，但公章还锁在谷石木的保险柜里，没有钥匙和密码，没人能拿到公章，事情还是办不了。

后勤处的副处长苦着脸向刘天昊三人说道："大家都在找他，电话不接也不回，都两天了。"

"他宿舍去看过了吗？"刘天昊问道。

后勤处副处长摇摇头："公寓就在大学校园里面，我可以带你们去。"

副处长心里已经猜想到谷石木可能要出事，大学校园管理后勤是一件肥差，谷石木却不开窍，从来不肯谋私，又喜欢较真，这样一来，其他人想谋私也没机会，所以铲除谷石木已经不是一天两天的想法了。

副处长每天都梦想着接上处长这个位置，但谷石木比他还年轻，想熬到对方退休是不太可能的，而谷石木平时又没有把柄抓在他手里，所以他只能急得干瞪眼。现在有刑警找上门，他心里乐开了花，巴不得谷石木涉及的是一桩命案，而且最好就是凶手。

刘天昊等人心思单纯，哪懂得这些道道。

来到公寓后，副处长象征性地敲了敲门，见没人应声，就冲着刘天昊等人摇了摇头。公寓是大学集体装修的，门是棕红色的防盗门，看起来很结实，撞肯定是撞不开的。

刘天昊给虞乘风使了个眼色。虞乘风立刻联系了锁匠小钟。不到十分钟的工夫，小钟便气喘吁吁地来到众人面前。

"来得这么快，你不是又要做坏事吧？"虞乘风看了一眼小钟。

"我正好在大学里进修英语，所以来得比较快！"小钟嘻嘻一笑。

原来小钟在开展业务过程中遇到过很多外国人，沟通不便造成业务开展起来不太顺利，所以他就利用闲暇时间自费学习英语。

任何一门专业都需要大量的知识垫底，否则就很难做精做透。

小钟是一名既肯钻研业务，又肯动脑筋学习的人，他用了十七秒的时间打开了防盗门，随后姿势优雅地做了一个请的动作。

刘天昊和虞乘风对视一眼，掏出手枪，一人开门一人立刻进入房间。他们掏出枪的刹那，吓得后勤副处长下意识地躲在门后。

公寓的面积不大，两室一厅的格局，七十来平方米，并未发现谷石木。两人收起枪，看向客厅中的一块小黑板，上面画着五行的图案，同时在五行属性的旁边画着很多符号。

黑板旁边的小木桌上放着一些画符用的朱砂和黄纸，还有几支毛笔，桌子中央有一本书，看起来有些年头，书名是《五行还魂法》，翻开一页后，发现是用毛笔写上去的字，应该是孤本。

刘天昊迅速浏览了这本书，随后立刻把黑板上的内容照了下来发给葛青袍，并附上了几个问题，这次葛青袍并未立刻回复，而是让刘天昊把《五行还魂法》这本书送到他那里研究一下。

葛青袍研究的是奇门遁甲，五行还魂法是其他分支道派衍生出来的邪门法术，因为事关人命，他不敢轻易下结论。

刘天昊原本也是要去葛青袍处请教一些问题的，正好在谷石木这里发现了线索，一块向葛青袍求教。

搜集了一些证据后，刘天昊向副处长问道："谷石木还有其他的住所吗？"

副处长立刻摇摇头："我和他平时不熟，这事儿你最好直接问院长，他和院长关系能近一些，刘警官，老谷究竟犯了什么事儿？"

刘天昊没理会副处长，冲着虞乘风说道："乘风，先封锁这里，让技术科进行彻底搜查和取证，不要放过任何一条线索，抱歉副处长，这里得封锁了。"

副处长愣了一下，嘴角微微撇了撇，说了两句客套话后转身离开。

刘天昊打开了一些抽屉和大衣柜，发现大衣柜里面大部分的衣服是女装，而抽屉里面有很多名牌的化妆品和香水，还有女人用的一些金银首饰。

谷石木是男人，又是单身，据副处长等人说，从来没见过他领女人回过家，但家里却储备了这么多女人用的衣服和化妆品、首饰等，衣服和化妆品、首饰都是偏年轻化的，很显然这是为了乔装成小谷而准备的。

打开门口的鞋柜，除了一些男士鞋之外，果然发现了很多双女士的高跟鞋和其他的鞋。

在厕所里发现一个古老的金属火盆，里面有一些燃烧过的纸的残渣，有几片纸未完全燃烧，捡起一看，上面画着的是符咒。

看来谷石木为了今天的案子准备很久了，符咒都是经过反复练习的。

小谷的真面目终于浮出水面，但他的下落依然成谜，慕容雪的生死未知，刘天昊揉了揉已经困得不行的眼睛，长出了一口气。

"无论结果如何，也要争分夺秒把人救出来！"

# 第四十章　李代桃僵

俗话说得好，好事不出门恶事行千里。

谷石木被刑警追查的事情很快传遍了大学，院长带着主管后勤的副院长急匆匆地来到教师公寓，正好遇到勘察的刘天昊。

院长也听说了谷石木没来上班的事，毕竟后勤处长是非常重要的岗位，当他看到刘天昊三人一脸严肃时，他知道谷石木一定出事了。听了刘天昊对案情的基本介绍和谷石木可能涉及几桩谋杀案后，院长惊得下巴差点掉在地上。

在他的印象中谷石木是一名优秀的教师，在转成行政岗位后，一直兢兢业业，从不接受任何贿赂，在工作上一丝不苟，对待下属平易近人，对待上级尊重有加，和每个人的关系都处得非常融洽，他的胆子很小，别说是杀人，就连杀一只鸡都不敢，如果不是一直单身，可以用完美这个词来形容他。

但就是这样一个人，突然说他和四桩谋杀案有关，无论如何院长都不肯相信。

主管后勤的副院长一直保持着冷静，听到这些骇人的消息后表情没有任何波动，反而嘴角露出一丝冷笑。

"院长，谷石木在学院除了有一间单身公寓之外，还有没有其他的住所？"刘天昊问道。

院长想了想，最后还是把目光望向主管后勤的副院长。

副院长是一名五十来岁的女人，从面相来看非常精明，一看院长征求意见式的眼神，她就立刻说道："谷石木已经两天没上班了，他所有的业务几乎都来找我，后勤部门的人也来直接找我签字，到底我是后勤处长还是他是，这个字我到底签还是不签？"

副院长的态度表明她对谷石木很有意见，但谷石木从不贪污腐败，也从不搞权钱交易，所以无论是谁都对他没办法。

院长显然拿副院长没办法，只好摆了摆手，语气柔和地说道："先别说工作上的事儿，现在找到人最重要，你知不知道他除了学校的教师公寓之外，还有没有其他的住所？"

副院长白了院长一眼："他有没有其他住所我怎么知道！"

刘天昊一眼就看出来副院长和谷石木之间的矛盾不少，因为都是管理后勤，一个是学校分管领导，另一个是主管业务，如果谷石木从不贪污腐败，那么就代表着副院长也没有任何机会涉足这些违法行为，副院长要是不生谷石木的气才算奇怪了。

有句名言说得好，最了解你的人也许不是你自己，也不是朋友、家人，而是敌人。

副院长和谷石木不和，肯定会对其做一定的调查了解。

"副院长，这桩案子涉及很多人被杀，凶手的下一个目标还未确定，也许……"刘天昊的话说了一半，看了看副院长和院长。

院长一脸坦然，显然他从未对谷石木做过亏心事，所以问心无愧。但副院长的脸上立刻露出一丝惊慌，持续了两秒后才掩饰过去。

他这话属于一语双关，对谷石木心里有愧者和毫无瓜葛者，听起来的效果完全是不一样的。

副院长显然和谷石木之间有矛盾。人的感觉是很奇妙的，无论如何掩饰，都不能阻挡双方的感觉。

比如两个人之间有怨恨，但因为他们的涵养很好、城府很深，所以在面对彼此时依然是谈笑风生，但双方都能感觉得出来，对方笑意中是包含着一股厌烦之意的，这种感觉可以称作第六感，或者叫直觉，是人类的最原始的感觉。

其实第六感在感觉比较灵敏的动物身上体现得更加直接，比如狗，当主人回家时的心情不好，它就会消停很多，可能会窝在一旁偷偷地看着主人，如果主人表现出不耐烦的神态，它一定不会靠近。

果然，副院长冷哼一声："谷石木除了公寓之外，在学校外面还有一间租的房子，说是装东西用的，之前工地的人帮他搬家具去过那里，说里面什么都没有，就是一个家而已，想不到啊……这人表面看是一个单身，实际上还不知道做了多少肮脏的事儿。"

副院长发泄不满，刘天昊等人自然听得出来，一个人年纪四十多岁，还保持着单身，要是说没问题任谁都不会相信。

"能找到帮他搬东西的工人吗？"虞乘风立刻问道。

"不知道，得去工地找，这年头，有的工人也不安分，都是哪给钱多去哪干活儿。"副院长说罢便做出向外走的姿势。

"刘队，我跟着去吧。"虞乘风立刻向外走去。

副院长看了一眼刘天昊，问道："这人什么时候能抓住啊？弄得人心惶惶的，整个大学都传遍了，说谷石木是个杀人魔，人人自危呢。"

刘天昊嘴角抽了抽，终于明白了什么叫落井下石："只要知情人多配合，相信很快就会抓到他，警方有义务保护任何一名合法公民的安全。"

他说的是官话套话，就像某些官员嘴里的"相关部门一样"，相关则相关，不相关则不相关，话虽说没有实质性意义，却可以堵住别有用心的人的嘴。

副院长张了张嘴，发现无论再问什么问题都可能会被刘天昊顶回来，只得作罢，转身追着虞乘风离去。

院长看了看副院长离去的背影叹了口气，向刘天昊说道："副院长就是这样一个人，工作上还是很负责任的。刘警官，您还有没有其他的要求，我全力配合。"

刘天昊一直在思索着，现在警方查谷石木的事儿已经传遍整个校园，隐瞒是不可能的了，索性就发动起所有人，寻找谷石木的线索。

从理论上来讲，谷石木不可能再回公寓，但蹲守还得安排。

"院长，我需要谷石木所有的线索，如果您能广泛地帮我搜集，也许对找到他会很有利。另外，您安排一下学校保卫科，二十四小时在公寓里蹲守，如果有谷石木的消息立刻通知警方。"刘天昊特意强调了"找到"这个词，而规避了抓捕的字眼，他从兜里掏出一张名片递给院长。

院长点了点头，接过名片："这件事容易，我去办。"说完便自顾着离去。

韩孟丹从房间里走出来，手里拎着很多证物袋，边走边说道："我在卫生间的化妆柜和下水道的弯管里发现了很多头发，和案发现场的三十五厘米头发很相似。"

刘天昊接过证物袋看了看，随后说道："基本可以肯定谷石木就是小谷，我看他的脱毛膏就在化妆柜里，一个男人恐怕用不上这种东西吧。"

"谷石木做这些事就是为了复仇？不应该呀，他现在的身份地位来之不易，怎么可能会为了大哥一家人轻易放弃！"韩孟丹已经陷入巨大的疑惑中。

这件案子从一开始就充满了仪式感，借尸还魂才是凶手最主要的目的，只是借了诸多仇家作为祭品而已，其实按照五行借尸还魂法，只要符合五行要求，任何人都可以成为祭品的。

"从种种迹象表明，他需要还魂的是谷佳欣，真正的小谷。"刘天昊说道。

"有些不合理，他们毕竟是叔叔和侄女的关系，作案动机不足。"韩孟丹说道。

刘天昊微微摇头，说道："他们也可以是父女关系。"

"什么！你说谷佳欣是谷石木和全小娟的女儿？"韩孟丹惊讶地说道。

"我没这样说，我说的是谷佳欣仍然是谷石楠和全小娟的女儿，但谷石木已经不是谷石木了，而是谷石楠！"刘天昊走到单人床前，指了指叠得如同豆腐块状的被子。

韩孟丹进入房间后一直在搜集证据，并未注意到这些细节，一看之下她立刻明白刘天昊的意思，住在这间公寓的人一定是有过当兵经历的，而且习惯影响他的一生，直到现在也改变不了。

有些当兵的人也有这种习惯，就是在刚刚退伍的时候会保持在部队时的一些习惯，比如早起、按时睡觉、午休、家里的被子依然叠成豆腐块，床铺收拾得干干净净，但经过一段时间后这些习惯就会慢慢退化，直到和普通人没有任何区别。

但有些人受到军营的影响太重，回到地方之后很多习惯照样坚持下来，例如眼前的这位。

"谷石木是个地道的文人，教书先生，没有当兵的经历，怎么可能遗留下这样的习惯，而谷石楠却有当兵的经历。你还记得谷石楠从精神病院逃出来这件事吧？"刘天昊问道。

"啊……我想起来了，当时谷石楠跑到河边悬崖坐着，精神病院的看守不敢靠近，谷石木冒险救自己的哥哥，结果两人一起掉了下去。"

韩孟丹说道。

"就是这里，死去的是谷石木，活下来的是谷石楠，哥儿俩长相比较像，所以外人很难分辨，我查过谷石木的资料，他的妻子并非病故，而是离婚，时间正是哥儿俩落水之后。"

"我明白了，谷石楠代替了谷石木的身份，却无法面对谷石木的妻子，就只好逼迫着她离婚，而且谷石楠的学历很低，根本不懂外语，更别提教学了，所以他才提出到后勤岗位上，而且当时院长也说他的嗓子有些不一样，并不是生病或者是被水淹的，而是彻底换了一个人！"韩孟丹兴奋地说道。

"没错，这听起来有些不可思议，但事实就是事实，谷石木就是谷石楠，谷石楠也玩了一次借尸还魂。也许，没有葛青袍老师的专业帮忙，我也能知道他最后的祭祀地点在哪里了！"刘天昊双眼中散射出光芒。


# 第四十一章　极阴之地


有些事情要是朋友帮忙做，未必能尽到全力，但若是由冤家来做，怕是不死不休。

工地杂七杂八的人很多，而且流动性特别大，工人今天在这儿干活儿，明天可能会换另外一个地方，总之就是哪里钱多去哪里。

劳务分包公司只关心利润，至于工人在哪干活儿并不重要。

副院长却有她的手段，她来到大学的工地后左挑右挑，意见弄出一大堆，很多都是需要返工才能完成的。工程的利润是固定的，反一次工就意味着利润要少一大块，所以项目经理一直苦着脸，但又受制于人，只得强忍下来，一直赔着笑脸。

当然这里面也存在着利益问题，原来和建设方打交道都是谷石木的事儿，副院长虽说是主管，却无法直接参与，现在谷石木失踪的消息已经传遍大学，和谷石木有业务来往的人都心知肚明，在新的后勤处长上任之前，副院长肯定要插手。

几个回合下来，项目经理已经明白副院长的意思，当副院长说要找那几名给谷石木搬东西的工人时，项目经理仅用了十分钟就把工人弄了过来。

工人是几名湖南籍的老乡，一名领头的一进屋就开始发牢骚，说谷石木有点抠门儿，这大热天的搬东西连口水都没给。

虞乘风详细询问了搬东西的过程和地址，工人也说不上来是哪个地方，反正是跟着货车去的，回来时坐的公交，搬的是一些常用的家具，并没有太显眼的物品。

"你们再好好想想，这件事很重要。"虞乘风拿出证件出示给工人看。

领头的工人咧了咧嘴："我们都听说了，说是谷处长杀人了嘛，不过现在的事儿谁是真谁是假都不好说，过几天可能谷处长又官复原职，到时候……嘿嘿。"

工人的意思很明显，是怕一旦谷石木今后再回来会对他们不利。这几名工人不是短工，而是大学下属工程队的工人，平时做一些房屋修缮的活儿，有大的工程就在里面承包一些小活儿，赚点小钱。

还没等虞乘风说话，就听副院长开了腔，满嘴的官话："你们放心吧，这一摊儿活不是我负责嘛，该说啥就说啥，而且我们会为你保密的。"

见工人还是有些犹豫，虞乘风的脸一板，说道："如果隐情不报造成恶劣后果，你们是要负法律责任的。"

几名工人互相看了看，最后领头儿的叹了一口气，说道："就在七路公交车终点站旁边的那个小区，六单元十六楼二号，应该是个一百五十几平方米的中户型，楼上是阁楼。"

虞乘风点了点头，又说道："如果你们提供的信息对破案有重大帮助，我会帮你们申请奖金的。"

一听说有钱，几名工人开始兴奋起来。

不得不说，随着科技的发展和物质的极大丰富，人们在情感方面越来越淡薄，有人曾经说过，越穷的地方，人们的感情就越浓厚，正是这个道理。

虞乘风立刻给刘天昊打电话做了汇报，而此时的刘天昊正开着车，他和韩孟丹准备前往小谷最后的祭祀地点乱坟岗。

"乘风，咱们兵分两路，你去谷石木的房子，我和孟丹去乱坟岗，根据葛老师的专业分析和我对案情的剖析，谷石木很有可能把最后的祭祀地点放在城北的乱坟岗，那里距离谷石楠一家人的原住址很近，就在精神病院对面的荒山上，但现在也不能排除他在另外一处落脚地祭祀的可能。具体的过程我以后再和你说，咱们先抓人。"刘天昊的声音从话筒里传出来。

"好！"虞乘风放下电话后，看了看副院长。

副院长虽说心思有些偏，但办事上绝对是一把好手，她立刻让项目经理给几名工人照常发工钱，让他们今天跟着虞乘风去办事，不去工地干活儿。

几名工人一听也乐得听命，能拿到钱，还能坐车去看警察抓人，这种事真的是百年难遇。

谷石木的房子坐落在一个相对比较偏僻的小区，小区内很多人家还处于装修的状态，一些厢式货车停在小区门口，装修工人们搬着东西走来走去。

一路上虞乘风和几名工人聊天，得知谷石木的房子是简装房，只收拾了卫生间和刮了大白，家具都是从大学各处不要的旧家具搬过去的，看样子是不想常住。

开锁自然少不了开锁匠小钟，谷石木家的防盗门是开发商原配的防盗门，防盗等级非常低，小钟只用了不到十秒钟，房门便被打开了。

虞乘风并未放松警惕，掏出手枪潜了进去。

小钟早就见惯了这种状态，但民工们哪见过这种架势，一看虞乘风掏出了枪，便立刻都缩到了防盗门后躲了起来。

房子正如工人所说，大约有一百五十平，三室两卫一厅的格局，房间内并未进行太豪华的装修，地面用的是防滑的地板砖，墙面只是刮了大白，阳台并未封死，主卧室里有一张床，床上放着一床叠得如豆腐块样的被子，三双鞋在床头摆得很整齐。

另一个房间内放着一张破旧的桌子，桌子上有几张黄表纸和盛着朱砂的碗，桌子下面的垃圾篓里有很多张写了符号的废旧黄表纸。

除了破旧木桌之外，还有一张供桌，上面放着两个女人的遗像，一名四十岁上下，另一名二十多岁，相貌和谷石木非常像。

虞乘风拿起遗像看了看，在遗像的后面画着一张地图，虽然很不专业，但熟悉 NY 市各处的他一看就知道这是精神病院对面的那座山，地图上标注着两个红点，红点在半山腰的位置，几乎紧紧地挨着。

第三个房间几乎是空的，地面很干净，一进入后就闻到一股隐隐的香水味道。虞乘风立刻想起了这种味道应该属于慕容雪，他心里一惊，急忙查看地面。

地面的地板砖之间的美缝是用大白做的，如果要是有血迹很难清除，仔细看了一圈后，并未发现地板砖之间的缝隙有血液喷溅过的痕迹，这才放下心来，过程中他又发现了一个衬衫的扣子，因为扣子的颜色和地板砖很接近，又在角落里，这才被疏忽。

虞乘风拿起扣子仔细一看，扣子的做工和质量很好，所属的衬衫也是价值不菲，应该属于慕容雪无疑。

虞乘风立刻给刘天昊打了电话，刚一接通他急忙说道："刘队，我在谷石木的新房子里，发现了慕容雪留下的线索，但人不在这儿。"

虞乘风仅用了一分钟的时间就把整个房间看了个遍，不是因为他是老侦查员，而是房间中实在是太空了，除了一些必要的家具之外，再也没有东西，别说是藏人，连一只老鼠也藏不下。

......

刘天昊已经连续数天没怎么好好睡觉，每次睡着后都是被噩梦惊醒，噩梦中有张晓雪、有蒋天一、有武彦斌、有老法官、有孙青柏，还有谷石木和谷石楠一家人，慕容雪的身影也不时地浮现出来。

他现在最大的心愿就是抓到谷石木，然后好好地睡一觉。

开车的是韩孟丹，刘天昊一边查找着资料一边和葛青袍互发微信沟通。葛青袍在五行研究上还是非常专业的，当他看了刘天昊提供的资料后，根据自己多年的经验，计算出五行借尸还魂术不但有地点的限制，而且还有时间的限定。

施法的地点必须符合五行相生相克，张晓雪、蒋天一、武彦斌、孙青柏四人都是按照五行方位杀害的，杀死受害者的时间也需要符合五行规律，按照规律计算，最后一次祭祀的时间折算成现代的时间是下午一点，而地点需属火，是极阳之地。

乱坟场是最初刘天昊推理出来的，因为既然想借尸还魂，那就得在死者坟前完成，这样才合理。

全小娟还好些，因为是自杀，所以走的是火葬场火化，而谷佳欣则是生不见人死不见尸，自打她出院后，就再也没人见过她。谷石楠就更玄乎，从悬崖掉落河水中后就没了踪迹，生死不明。

而目前所掌握的线索是那场意外坠河中谷石楠并没有死，死的是谷石木，当谷石楠找到谷石木的尸体后，因为心中有执念，所以便借了谷石木的身份活了下来，这就是所谓的第一次借尸还魂。

但谷石木是有妻子的，一旦把尸体送去火葬，势必会面临妻子的查看尸体，当时的谷石楠已经住在精神病院有一阵了，身体和一直养尊处优的谷石木自然有些不同，所以他只好将谷石木的尸体偷偷地土葬。

至于谷佳欣，因为涉及借尸还魂术，所以也不能火葬。

NY市周边能够土葬的地方并不多，城北的乱坟场就是其中一处，早年还未实行火化之前，没钱的穷人死后就被埋在乱坟场。实行了火葬之后，很多人也会偷偷地把人埋在乱坟场，完成死者土葬的愿望。

但算计了一切的刘天昊却疏忽了一点，按照五行理论，最后一名祭祀者五行属火，而举行最后仪式的地方也应属火，是极阳之地，但好坟场属于极阴之地！

这种疏忽放在平时也无伤大雅，但在争分夺秒救命的时候，有可能真会要了一个人的命。


# 第四十二章　灯下黑


人不是神仙，一生中会犯很多错误，刘天昊虽被人称为神探，但也是人，犯错误是避免不了的。犯错误并不可怕，重要的是犯错之后如何去纠正错误，弥补错误带来的损失。

葛青袍的提醒并未让刘天昊去乱坟场的脚步停住，在他的眼里，五行借尸还魂这种东西仍列为迷信行列，与五行相比，他更加相信他的推理和直觉。

在 NY 市，甚至是在整个南方，葛青袍被很多人奉为神人，很多人慕名而来，只为葛青袍能为其推演命运，有的甚至带着一后备厢的钱来求，但葛青袍坚信缘分，有缘者自然可以见到葛青袍，无缘者就算拿一座金山来，葛青袍依然是避而不见。

刘天昊显然属于有缘人这一类，用葛青袍的话说，两人的缘分绝不是这一世的缘分，而是早就注定的。

不信则不灵。

葛青袍坚信和刘天昊有缘，但刘天昊却不相信他的理论，哪怕和案情有关，刘天昊依然把葛青袍的提醒放在第二位。

他还记得在"画魔"和"冤魂"一案中，凶手杨红和纪福山的选择，这种报复性杀人的案件一定是有规律可循的，完成杀最后一人的地点通常都会选择凶手自认为最有意义的地方。

人常有一种执念，为了钱，为了生活，为了所爱，甚至是为了仇恨等等，爱很难坚持太久，但恨通常可以持续一生，这就是人之所以要学习、要沉淀、要有信仰的原因，就是为了对恨渐渐释怀，而对爱不断地加以追求和探索。

化身为谷石木的谷石楠就是带着仇恨坚持到现在的，一场无妄的车祸改变了他的一生，改变了女儿的命运，要了妻子的命，最终又让关心自己的双胞胎兄弟谷石木跟着殒命。

他忍辱负重就是为了今天，所以他心甘情愿地放弃自己现在的身份和地位，至少目前给刘天昊的线索表明，仇恨已经占据了谷石楠的全部，现在又要夺走其他人和他自己的性命！

按照这种报复杀人犯罪的特点，一般罪犯选择最后执行仪式的地点很可能在死难者坟前，或者是具有背景事件的地点。

蒋天一醉酒肇事的地点是条繁华的街道，无法作为最后祭祀的地点，全小娟和谷佳欣的坟前应该是他最好的选择。

侦探的推理过程并不是百分百正确的，用一名现实侦探界的警察的话说，推理能有百分之三十的正确率已经很不错了，最近十年比较流行的日本侦探动画《名侦探柯南》，里面描述的柯南的推理几乎都是百分之百的准确，每一次都能够清晰地指出犯罪者的破绽并将其锁定，然后在结尾部分辅以社会派推理的内容，但这种情节也只是在影视剧里才可以出现，现实中并没有那么多精准推理，更多的是扑朔迷离和并不清晰的线索。

所以刘天昊才赌一把，赌谷石楠会在妻子和女儿的坟前完成最后一次祭祀。葛青袍提醒的五行问题他也考虑过，只不过将其放在次要位置考虑。

乱坟场之所以称之为乱就是因为埋葬的时候没有规划，找个土质相对较软的地方挖个坑就葬了下去，为了避免相关部门的追查，甚至很多坟墓前都只立了一块墓碑，并未进行大面积的修缮，上面自然是刻了往生者名字的，以免以后烧香祭祖的时候找不到墓。

为了避免烧香上坟的时候会引发森林大火，当地的民政部门每年都组织义工来清理乱坟场，除掉杂草，砍掉乱坟场附近的一些树木形成隔离带。

之所以葬在乱坟场，早年是有些老人特别反对火葬，认为遗体被火化后灵魂无法转世，死后所遭受的罪到了阴曹地府要应验。还有一部分人就是因为没钱，在 NY 市这种经济发达地区，公墓中最便宜的一块独立墓地也要五万多，集体放置骨灰盒的地方也要一次性缴纳两万元左右，节俭了一辈子的老人宁可偷偷地被葬在乱坟岗也不愿意在去世之后花这笔钱。

二人沿着小路爬到半山腰，从山腰向下看，风景是没的说，山清水秀，怪不得人们都愿意葬在这里，的确看着风水不错。两人本来想说说话，但案子却始终缠在心头，加上半山腰的坟地带来的不适，所有的话最终都变成一句：先破案吧！

找到了乱坟场，刘天昊几乎一眼就看到了谷石楠一家人的墓地，有三座坟墓和整个乱坟场有一定的距离，处在一处比较陡的山坡上，是人硬生生地把斜坡开辟一块平地出来，显然花了不少工夫。三座墓碑前斜斜地放着很多花束，坟头和周围收拾得干干净净，与其他的坟堆形成鲜明对比，在众多无名坟墓中特别扎眼。

墓碑是普通的花岗岩的，上面只刻了名字，分别是谷石楠、全小娟、谷佳欣，除此之外再无其他的信息。

刘天昊和韩孟丹走到坟前，冲着坟头拜了拜，随后韩孟丹拿起花束仔细地看着，刘天昊则蹲在墓碑前勘察现场的脚印。

山上的土质较软，留下了一些脚印，由于风雨侵蚀的缘故，脚印大部分已经不太清晰，但能看得出来，脚印无一例外都属于一个男人，大约四十三码的鞋，体重在七十公斤左右，从步跨来看，身高大约在一米七五，完全符合"小谷"的设定，除此之外再无其他脚印，这就意味着慕容雪并未来过现场。

从脚印非常模糊的情况看，形成脚印的时间至少是一个月之前。

花束远远地看着还行，拿起来一看，花儿早已经干了，由于干的速度比较快，还保持着原本鲜艳的颜色。

"是谷石楠一个人上的山！"韩孟丹说道。

"有人在今年来祭拜过，但时间至少有一个月了，而且从脚印看来，只有谷石楠一个人来过！"刘天昊说完便陷入深思中。

虞乘风打来电话，和他汇报了谷石木新家的事儿，刘天昊突然想到了一件可怕的事儿。

他几乎喊了出来："我和孟丹已经到了乱坟场了，但这里没有谷石木和慕容雪的痕迹……哎呀，我明白了，乘风，你先别管谷石木的家了，立刻去慕容雪家！"

谷石木除了学校提供的公寓外就只有一套住房，再无其他地方可以安置慕容雪，而警察此时正被武彦斌和孙青柏的案子缠着，就算反应过来，也会去公寓和新房子寻找谷石木，却没想到谷石木安置慕容雪最好的地方就是她的家！

慕容雪不但是独身，经济条件还特别好，住的房子私密性堪比别墅，而且她还有个特点，无论多好的朋友，都不会领到家里玩耍，在她的意识里，家是她最后属于自己的一片天，容不得任何人侵犯，哪怕是最好的姐妹也不行。

谷石木已经研究慕容雪等人好长时间，对每个人的情况了如指掌。凭着慕容雪家的私密性和隔音的豪华装修，到了她家后，可以任意折腾而不被人发现。

在慕容雪失踪之初，刘天昊就带着人去她家搜查过，而且还沿着线索找到了瑞士银行，又找到了蒋天一醉酒肇事案的大部分内容。而之后的慕容雪家就变成了真空状态，警方绝不会想到绑匪用这个地方当作最后一个安置点和祭祀地点！

……

当刘天昊和韩孟丹赶到慕容雪家的时候，虞乘风已经和开锁匠小钟在门口待命了，同行的还有王佳佳和老蛤蟆。

刘天昊看了看虞乘风，虞乘风微微摇了摇头，意思是王佳佳是自己来的，绝不是他给的消息。

王佳佳眉毛一挑，说道："刘队，别猜了，干我们这行不能光有警察朋友，各行各业的朋友多着呢，所以得到这个消息也不是难事儿。"

刘天昊没再说什么，反正他已经答应王佳佳做这件案子的专访，来就来吧。

虞乘风说道："刘队，我和小钟是在你之前五分钟来的，开始来的时候，屋里面还有点动静，我敲了一次门后，动静就没了，那时候小钟还没来，我没敢轻举妄动。"

小钟是个能人，他的效率是非常高的，总能比其他的锁匠早几分钟到，别小看这几分钟，很多客户就是因为几分钟挽回了很多损失，也正是这几分钟，让他积攒了很多客户。

小钟不但是 NY 市技术最好的开锁匠，也是动作最快的开锁匠，他为了缩短去客户家开锁的时间，甚至参加了业余级汽车拉力赛的培训，以增强开车的技巧和速度，最后居然还拿到了亚军。

刘天昊冲着小钟使了个眼色，小钟用开锁工具鼓捣了半天也没见门打开，不知道是热的还是紧张，他脸上的汗开始流下来。

"不可能啊，她家的防盗门上次我开过，不到一分钟就打开了，这次按说应该不会超过半分钟的。"小钟又换了一套工具继续鼓捣着。

"小钟！"虞乘风小声叫着。

刘天昊立刻冲着他摆了摆手，示意他再给小钟一点时间，随后他拿起小钟之前用过的开锁工具，冲着走廊灯看了看，又放在鼻子下闻了闻，说道："小钟，别开了，锁芯用 502 胶水粘上了。"

小钟不太甘心，闻了闻开锁工具，脸上的表情更加凝重，他又换了一套工具鼓捣一阵，见还是不能打开，最后站起身，抱歉地说道："防盗门反锁，而且还用 502 胶水粘上了，我这几套工具走的是技术路线，遇到这种情况毫无办法，只能强拆！"

"刘队，叫支援吧。"虞乘风一向都是求稳。

"支援和强拆都来不及，好在她家是顶楼，可以从楼顶顺一条绳子，直接从窗户进去。"刘天昊说道。

"这样会不会惊动小谷？"虞乘风依然习惯地称呼嫌疑人为小谷。

刘天昊冷哼一声，说道："咱们这么大动静，他早就知道了，现在他要争取的是时间，赶在咱们破门之前完成五行借尸还魂术，所以咱们也不能走寻常路。"

"我车上有绳子，静力速降绳。"小钟说道。见刘天昊没反对，立刻按了电梯按钮。

虞乘风颇有意味地看了一眼小钟，意思是他是不是又用速降绳做一些非法的事儿了。

小钟立刻摇摇头，说道："风哥，我这是登山用的，非常专业的，绝不是偷鸡摸狗用的，不信你去问安然。"

虞乘风一时间没反应过来，小钟又补充道："许安然，市医院精神科主任医师，我俩是一个登山俱乐部的会员，开锁这活儿也需要体力，没有充沛的精力干啥都不行。"

没等虞乘风答话，小钟冲进刚上来的电梯，不大一会儿，他又从消防通道的顶楼方向冲了下来，手里拿着一捆绳子和一把工兵镐。

好快的速度！

他冲着刘天昊一摆头，脸不红气不喘地说道："我去过楼上了，是个平台，刘队的方案可以。"

小钟的速度和效率是三人意想不到的，一名开锁匠居然能做到这种程度，也难怪他的生意好。

"孟丹、乘风，你们守在这里，我和小钟上楼顶！"刘天昊不容分说，立刻和小钟沿着消防通道上了楼顶。

楼顶平台和消防通道也有一道门，平时都是锁着的，小钟刚才上来勘察的时候顺便就给打开了。到了楼顶平台后，小钟在一根护栏上绑了速降绳，还有一截绑在自己的腰上，拽了拽后，才把绳端拴在刘天昊的腰上，说道："刘队，下去后用工兵镐砸破玻璃，我从楼下看了她家的玻璃，是双层的钢化玻璃，中间带了一层胶，砸开后不会产生锋利的碎片，我给你留了一个绳头，只要轻轻一拉，绳子就会从你身上脱开，不过您别担心，如果不拉绳头，绳扣会越来越紧。"

小钟没有丝毫担心的表情，他坚信自己的专业，同时他更渴望刘天昊能像电影里演的那样，从楼顶飞下去，一脚踹开玻璃，然后跳进去之后轻松拿下绑匪！

刘天昊拽了拽绳子，走到楼边缘，毫不犹豫地跳了下去。

# 第四十三章　精神分裂症

当刘天昊借着冲势冲破玻璃进入客厅时，一声叹息从一间房间传了出来，这一声叹息充满了悲戚，充满了在即将成功时又突然面临失败的无奈，但声音却不像谷石楠的声音，而是带着半男半女的腔调。

刘天昊解开绳子，观察客厅没有任何危险后，才从里面打开防盗门，防盗门的门锁被 502 胶水粘住只是为了防止开锁工具，但用里面的把手稍一用力就可以打开门。

虞乘风进入后，两人举着手枪向房间潜了过去，当他们推开虚掩的房门向里面瞄准时，一股血腥味道迎面扑来，刘天昊看了房间内的情况后一下子愣住了。

房间内没有任何家具，地面是地板砖，墙面刷的是涂料，除了墙上的几个电源开关外，再也没有其他的装修装饰。地面上有两个人，一个是慕容雪，另一个是谷石楠。

慕容雪躺在地面上一动不动，她的头部冲着墙，四肢和脸上画着一些符号，身体周围也画着符号。符号一部分是鲜红色的，还有一部分有些发黑。

细看之下，她的胸口居然没有任何起伏，脸色在血符号的映衬下显得惨白，完全没有活人身上的那股红润。

"来晚了！"刘天昊心中立刻充满愧疚感。

慕容雪虽说不是他的朋友，在某些事情上，甚至还站在韩孟丹对立面上，但她给刘天昊的印象并不差，本以为这次能走到小谷前头，把慕容雪救出来，没想到还是晚了一步。

谷石楠呈打坐状盘坐在慕容雪的头顶位置，他的身上和四肢、脸上、脖子上都画满了符号，他一只手捏着眼镜，另一只手不停地揉着眼珠，胸腔一直在慢慢扩大，看样子是在吸气，吸了好一阵之后，才吐出胸中的闷气，抬头看了看刘天昊苦笑了一声。

刘天昊看到谷石楠后第一时间想到的不是谷石木，而是姚文媛笔下的小谷——谷佳欣，若不是提前知道小谷就是谷石木，任何一个人看到他都会认为这就是一名化装了的年轻女孩儿。

他的左手腕割开了一个口子，鲜血不停地从手腕上流下来，胳膊上和半边身体都已经浸湿，地上也有一些鲜血。可能是由于失血过多，他的脸色有些苍白，像一张白纸一样。

一把裁纸刀放在身边，锋利的刀刃上有一抹血迹。

虞乘风用枪指着谷石楠，走上前一脚踢飞裁纸刀。谷石楠微微摇了摇头，惨笑一声："你的动作好快！"

谷石楠说话的时候有气无力，很明显是流血过多造成的。

刘天昊上前下意识地摸了摸慕容雪的颈动脉，令他惊喜的是，居然还有微弱的跳动。

谷石楠依然坐在地上一动不动，身体不住地摇晃，若不是身后靠着墙，怕是早就倒在地上。

虞乘风观察了谷石楠周围，并没有发现攻击性武器，遂小心翼翼地上前检查谷石楠。

谷石楠的手腕有一道很深的伤口，伤口处外翻，露出里面的肌腱等组织，附在伤口上的血浆已经呈现半干状态，在结痂部位和皮肤之间的缝隙还有血液慢慢地渗出来。

他的心跳很快，明显是失血过多造成的，要是不及时抢救，怕是会有生命危险。

刘天昊直接给市医院的院长打了电话，让他立刻派救护车出来。

要是走常规的120，估计等救护车到了，现场的两人也死了，刘天昊不是一个循规守旧的人，他要的是人能活下来。

救护车几乎和第二批到达的警察同时进了房间，给谷石楠戴上手铐后，警察押着他和慕容雪一起跟着救护车去了医院。

王佳佳不知什么时间走了进来，拿着摄像机到处拍，尤其是地面上的那些符号，在鲜血的映衬下显得异常诡异。

"昊子，这些符号真的可以让人借尸还魂吗？"王佳佳问道。

虽说她并未参与案件侦破的全过程，但多多少少也听说了一些，五行借尸还魂术的传说已经悄悄地传遍了NY的大街小巷，其实更多的人并不盼望刘天昊能成功破案，也不关心凶手是谁，人们最关心的反而是五行借尸还魂术能否成功。

刘天昊摇了摇头，他不知道应该怎么回答这个问题。至少从谷石楠最后的那句话来看，他失败了，但奇怪的是，慕容雪应该作为火属性祭祀的牺牲品才是，如果是借尸还魂，就算把谷佳欣或者是全小娟又或是谷石木的魂还到他身上，但这具躯体也杀了人，违反了法律，最终肯定是要被判死刑的，那还魂的意义又何在？

刘天昊思索了一阵，随后眼珠又活动了起来，一拍脑袋："原来是这样……"

王佳佳见刘天昊并未回答自己的问题，显得有些尴尬，但现在又被他的话吊起了胃口。

"到底是哪样嘛？"王佳佳把摄像机对准了刘天昊。

刘天昊立刻用手捂住她的镜头，说道："你别录，我一看镜头就紧张得说不出话来。"

其实他这样说也有他的顾虑，推理分析这种事本身就是有概率的，对了还好说，如果错了，就会毁了他神探的名声。

话音未落，虞乘风从另外一个房间走了进来，说道："刘队，都勘察完了，整个房间并没有特殊的线索，但我在储物间发现了一些属于女士的衣物和用品，都是新的，看起来比较奇怪。"

王佳佳头一歪，说道："女生的新衣服有什么不妥当的？"

"去看看！"刘天昊跟着虞乘风来到了储物间。

储物间的空间不大，有下面带几个抽屉的大衣柜放在里面，大衣柜已经是打开的状态，里面挂着一些女士的衣物，抽屉里放着一些女生用品和内衣裤等。

王佳佳从两人身边挤了过去，翻看着物品。

大衣柜里面挂着的衣服都是今年最流行新款，还有一些是比较性感的服装，内衣裤也都是品牌货，看起来价值不菲。

最外面是一个鞋柜，鞋柜里放着很多鞋，夏天的居多。王佳佳一看到鞋柜后两眼立刻放光，因为她看到了几款鞋都是最新款，而且是连王佳佳都不舍得买的！

她拿起一双鞋放在自己的脚边比量了一下，发现鞋大了很多，便说道："能穿得上这种鞋和衣服的女人身材一定很好，应该比我还高一些，丰满一些，比如……"她眼珠转了转，又说道："慕容雪。"

"佳佳，现在我可以告诉你刚才我说的话了，因为你对女装的专业再次验证了我的推理。"刘天昊信心满满地说道。

自打经历了小谷一家人坟场捉凶后，他开始怀疑自己的推理是否正确，而且每次都陷入这个怪圈，其实这是人在自信心受到打击后所产生的心理焦虑，开始变得有些不信任自己，甚至不信任眼睛所看到的一切。

所以刚才王佳佳拿着录像机给他录像时，才遭到了强烈反对，万一推理错了，岂不是又丢了人！

"快说，我不录像就是了。"王佳佳急着想知道结果。

"慕容雪并不是最后的火属性祭品，最后的祭品是谷石木本人，也就是谷石楠！"

"啊！这样啊，的确挺出乎意料的。"王佳佳有些惊讶。

"谷石楠要借尸还魂的人是谷佳欣，就是他的女儿，而不是妻子全小娟。"刘天昊说道。

"你的意思是说，慕容雪不是祭品，而是最后谷佳欣灵魂的载体，如果仪式完成的话，谷佳欣就会在慕容雪的身上重生？"王佳佳领悟能力的确要比虞乘风高上一些。

"应该是这样的，不过，如果我的推理成立，慕容雪就算捡回一条命，也有可能会有后遗症。"刘天昊语气中带着些许的无奈。

五行借尸还魂术最重要的是最后一步，要通过法术把最后载体的灵魂清空，成为一个没有思想和灵魂的行尸走肉，再通过法术把要转移的灵魂转移进去，最终完成法术。

谷石楠的行为出乎了刘天昊的意料，他本就是属火的命，最后将自己当作祭品，完成五行借尸还魂的最后一步，再让谷佳欣的灵魂进入慕容雪的身体里。

王佳佳立刻明白了他的意思，愣住了好一阵，才说道："这样说来，慕容雪可能会变成白痴？"

刘天昊微微点了点头，又说道："你再看大衣柜里和鞋柜里这些衣物、鞋等物品，都是适合慕容雪这种身材用的。"

虞乘风拎起一双鞋看了看，遂点点头。

"其实谷石楠在心理学上来说已经不是谷石楠了。"刘天昊一语惊人。

"先是谷石木不是谷石木，现在谷石楠又不是谷石楠？"虞乘风已经完全被刘天昊的弯弯绕弄昏了头。

"昊子的意思是谷石楠其实就是谷佳欣，男人的身体女人的灵魂，所以他最终想要用慕容雪的身体来做载体，重新做回女人！"王佳佳说道。

刘天昊竖起大拇指，说道："没错，但在西医的学术理论上来说，这属于精神分裂。"

重度的精神分裂症患者！

# 第四十四章　各怀鬼胎

世界上最难猜测的就是人心，尤其在面临巨大利益和灾难时，人心会变得更加叵测。

纵观蒋天一醉酒肇事案，看起来很简单，但在人心各异的加持下，变得复杂起来。

老法官自不必说，眼看着就到了退休的年龄，犯不着为钱出卖自己，但也没必要得罪蒋小琴夫妇。

医生赵江是人心不足蛇吞象，只要有钱，让他做什么都肯，可以放弃尊严，可以放弃职业道德，可以不顾伤者和家属的感受，可以任意践踏法律。当然，他也有自己必须要做的理由，就是如果他不做，其他的医生也会做。甚至为了钱，他放弃了最后的道德，居然做出非法买卖人体器官的事儿，最终受到了法律的惩罚。

孙青柏和慕容雪不单是为了钱，还有业内的名气、前途等等。孙青柏是个非常有野心、控制欲望非常强烈的人，他不甘心庸庸碌碌地过一辈子，有了蒋小琴和刘大龙等人做靠山，梦想就可以轻易地实现。

慕容雪功利心更重，她的能力毋庸置疑，但律师这行需要从底层一点点地做起来，需要多年的沉淀和积累。

她知道凭借自己的能力早晚有一天会成功，但不希望等到成功的那天自己已经是一名步入中年的妇女。得到了财富和地位，但没了青春，这点是让她难以忍受的。所以她等不及，非常渴望能有一次脱颖而出的机会，成为一名年轻有为、美貌和智慧并存的律师，但在原来的事务所，靠资历慢慢熬的规律是无法打破的。

如果这件案子成功，就代表着她可以出人头地，从原来的律师事务所独立出来，会有各种各样的大客户蜂拥而至，钱自然就不用多说了，业内的名气会达到极致。说白了，这件案子就是人生的一个新起点，只要成功了，一切安好，所以她没有不玩命的理由，无论使用了什么手段，目的只有一个，不能让蒋天一担任何刑事责任。

蒋小琴家族和刘大龙也处于一个巨大考验中，蒋小琴家族正在考验蒋天一有没有资格接蒋家的班。如果在这个时候，蒋天一因为这件事入狱，怕是在家族再也没有出头之日，也就意味着失去了所有的家族优势，等蒋小琴到了退休的年龄，就得把经营了很多年的事业拱手让给家族的其他继承人。

蒋天一事件不但对蒋小琴有影响，对刘大龙更是一个巨大的损失。

刘大龙正醉心于做慈善和从政，他是半黑半白的出身，傍上了蒋小琴这棵大树后，好不容易洗白了自己，又通过一点点的努力爬到政协委员的位置，虽说儿子的事儿属于个人的事儿，但养不教父之过，牵连一点点也会让对手把他踩在脚下，甚至在商业上的敌人也会利用机会反扑，让他好不容易建立起来的金融帝国瓦解。

千里之堤毁于蚁穴。

刘大龙明白这个道理，精明如斯的蒋小琴自然也明白。

无论是蒋小琴还是刘大龙，都不允许儿子蒋天一有犯罪记录，他们必须要摆平这件事，不能让事件发酵。

事件的受害者们得到了部分赔偿后，同时得知蒋天一的背景，在蒋小琴一方愿意用钱摆平这件事的前提下，没人愿意在失去亲人的悲痛后再得罪不能得罪的人，所以大部分人选择拿到后续的钱息事宁人，这其中也包括谷佳欣一家人。

谷石楠没有谷石木的学历和经历，他只是普通百姓，他最大的希望就是女儿能完全康复，康复的前提就是钱。

所以谷石楠是第一个愿意拿钱和解的人，这与之前任何一个版本都是不同的。无论是慕容雪档案中的版本，还是谷石木的版本，又或是老法官的版本中，谷石楠都是一名不畏惧强权的卫道士，倔是他的最大特征，不畏强权敢于斗争的精神也震撼着所有人。

但实际中的谷石楠却并非这样，本来事情很简单，蒋小琴和刘大龙有钱，也愿意出钱摆平这件事，而谷佳欣的后续治疗需要钱，拿钱就可以得到很好的治疗，甚至过上很好的生活。

可就是这样一件简单的事儿，在孙青柏的欲望之下，开始变得复杂起来。

在孙青柏的眼里，只有案情变得无限复杂、难度超高之后，他的作用才能得到发挥，蒋小琴和刘大龙对他的重视程度才能达到最大。

蒋小琴和刘大龙就是想息事宁人，一点惹事儿的想法都没有，可以做工作的就只有受害者一方，但大部分的受害者会选择息事宁人，怨言稍多一些的就只有谷石楠一家人。

全小娟没有文化，家里大大小小的事儿都听谷石楠的，但谷石楠生性憨厚，最主要的是他还倔！

所以孙青柏找到谷石楠后，添油加醋地把案子说得复杂一些，并危言耸听地告诉谷石楠，谷佳欣后续治疗的费用可能会很多，和蒋天一和解后会得到一笔赔偿金，但用于后期的治疗远远不够。

而他再到刘大龙和蒋小琴处又是另外一套说辞，说谷石楠可能会咬着蒋天一不放，如果光是用钱摆平，怕谷石楠胃口太大，这件事会没完没了！

在孙青柏的精心包装下，谷石楠变成了不畏强权，敢于挑战强者的弱势群体，而谷石楠和全小娟是老实巴交的普通人，凭着蒋小琴和刘大龙两人的身份，根本不屑和他们接触，哪怕他们有愧于谷石楠一家！

蒋小琴的性格强势，刘大龙又有黑道的背景，为了儿子已经做出了低姿态，要是这件事换在刘大龙身上，可能他连想都不会想，就一句话：爱咋咋地！

当两人从孙青柏口中得知谷石楠的态度后非常恼怒，说出了很多狠话，并让孙青柏转述给谷石楠两口子。

就这样，在孙青柏的撺掇下，利用了双方信息的不对称，一桩原本可以很简单的案子变得复杂起来，而孙青柏和慕容雪的作用变得越来越强。

慕容雪并不傻，她只是想利用这件案子一鸣惊人，并没有害人的想法，她很快就明白了孙青柏的意图，尤其是在老实巴交的全小娟找到她说情之后，她更觉得这件事被孙青柏利用了。

当慕容雪发觉孙青柏的意图后，她觉得无论多想事业成功，也不能这样昧着良心做事，她和孙青柏深谈了一次，见他没有任何退让的可能，便告知自己要退出。

孙青柏并未阻拦，在慕容雪退出后，完全接手了这个案子，彻底地按照他的意愿开始执行。在他的努力下，全小娟找上刘大龙的家闹了几次，蒋小琴两口子本身有愧，加上业务比较繁忙，不愿意把时间浪费在全小娟这种人身上，便把所有的事情都委托给孙青柏来处理。

他的作用越来越大，随着事件的发展，他知道这件事情不了结，刘大龙和蒋小琴就得听他的，所以这件事既不能了结，但也不能闹得太大无法控制。

在此过程中，他利用刘大龙和蒋小琴完成原始资金积累后，终于让自己的事务所上了一个台阶。

慕容雪在原来的事务所也待不下去了，只得到孙青柏的事务所，虽然她知道孙青柏的为人，但她想要的东西只有孙青柏才能给，所以她的选择是没有选择。

谷佳欣一家人只是孙青柏实现欲望的一颗棋子，用过之后就会扔掉，棋子的死活对于他来说并不重要，他们活在两个世界里，一方是律政达人，每天沉醉于金钱、权力、官司中，另一方则是陷入想治疗但没钱治疗的恶性循环中。

七十五万的欠款，代表着谷佳欣的一条命。由于缺少治疗，谷佳欣出院后伤情开始恶化，身体的恶化导致心理发生变化，她变得疯疯癫癫，好不容易养好的伤口又被她撕开，非要找到里面的异物，就这样，几番折腾后，谷佳欣终于在一个晚上离开了人世。

仇恨的种子一旦埋下就很难清除。

旁观者可以用富有哲理的话来评价和指点，但身在其中者却很难走出阴霾，这是由于所处的位置不同造成的。

谷佳欣事件就是一场游戏，在这场游戏中，每个人都得到了想要的，当人们心满意足地享受着成果时，只有谷石楠两口子正沉浸在失去女儿的悲痛中。

福无双至祸不单行。

全小娟失去女儿后也变得疯疯癫癫，每天喊着女儿的名字出门，一出去就是好几天，谷石楠出去找也找不到，过几天后，她可能会安然无恙地回来，也可能伤痕累累地躺在临时租住的家门口。

终于有一天，全小娟的精神崩溃了，万念俱灰后她选择了自杀。

谷石楠受到妻女离世的打击，每天日思夜想，最终变得浑浑噩噩，行为开始有些异常，在准备一把火烧了出租房时，被赶来的房东制止，并通过派出所送进了精神病院。

随后的事情和慕容雪档案里记载的一样，谷石楠趁着看守不注意逃了出来，坐在悬崖边思考着要不要自杀去见妻女的事儿，而赶来的弟弟谷石木不但没能救下他，反而和他一起摔下悬崖，掉进湍急的河里。

# 第四十五章　一念成魔

　　一念成魔，一念成佛。

　　文弱的谷石木在河水中几个起伏后，最终沉入河底，而此时，谷石楠距离谷石木只有二十米的距离，但他眼睁睁地看着弟弟沉入河底却没有任何办法，目睹了这一切的他绝望地号叫着，原本埋在心底的怨念一股脑随着泪水冲了出来，湍急的河水不停地冲刷着他，从额头上流了下来，甚至已经分不清究竟是泪水还是河水！

　　谷石木是家族里最有出息的人，凭借着刻苦努力考上大学，又如愿地当上了大学教师，未来的发展潜力很大，可因为他的原因惨死在河中，作为哥哥却只能眼睁睁地看着对方沉在河底，放在任何人身上都会崩溃。

　　在这一刻，谷石楠甚至再次体验到万念俱灰的感觉，若不是心中那股怨念，他几乎决定要放弃自己的生命陪妻子和女儿、弟弟谷石木。

　　但冰冷的河水令他又清醒过来，呛水后的剧烈咳嗽让他本能地挣扎着，冥冥之中，他感到有一股力量把他从地狱的边缘又拉回了人间，他清晰地感到这股力量属于女儿谷佳欣。

　　河水无情，在湍急的河流中，凭他的体力难以再坚持三分钟，就在他要放弃的时候，他的脚突然接触到了河底，这是一个很好的机会，但会游泳的人都知道，在水里行走还比不上游泳来得快。

　　他突然觉得老天爷既然让自己活下来就应该有活下来的理由，他的求生欲望突然强烈起来，本能地在河水中挣扎起来，凭借强悍的意志力硬生生对抗河水走上了岸，耗尽了所有体力的他瘫软在河滩上，眼皮仿佛千斤重一般，两眼一闭晕了过去。

在浑浑噩噩中，他的眼前出现了女儿谷佳欣、妻子全小娟、弟弟谷石木，还有这件事的始作俑者蒋天一、律师慕容雪、孙青柏，宣判的老法官，做伪证的武彦斌和张晓雪，还有不可一世的刘大龙和蒋小琴等人，他觉得自己不应该死，应该替自己的家人活着。

他甚至看到女儿的灵魂出现在他的面前，最后淡淡一笑，钻进了他的脑袋中。

当他在医院醒来的时候，双眼有些茫然，嘴唇毫无意义地上下抖动着，过了好一阵，他的眼神才渐渐聚焦起来，脸上有了一丝生气。但他仍有些分不清自己的身份，究竟是谷石楠还是谷佳欣？

随着护士喊医生的声音，他才完全回到现实中。他长长地呼出一口气，定了定神，至少他认为自己是谷佳欣，而且拥有了父亲的身体和一切记忆！

他知道绝不能再以谷石楠的身份回到精神病院，一旦进了精神病院，再想证明精神没问题是一件很难的事，而且按照他现在的处境，只要说出"他已经变成了她"的想法，一定会被人认为是精神病！

好在谷石木和谷石楠是长得特别像的兄弟，如果谷石木摘下眼镜，外人很难从外表上分辨出两人的差别。

谷佳欣生前和谷石木同在外国语学院，只不过身份略有不同，一个是研究生，一个是教师。他熟悉校园的一切，虽然回不去谷佳欣的身份，但成为谷石木是有可行性的。

这些念头都是他醒过来之后，医生和护士询问他身份之前那一瞬间完成的，想明白之后，他的眼神逐渐坚定起来。

他看了看周围关心他的人们，他笑了，因为他已经变成了谷佳欣，变成了"她"，她重生了，身体却是父亲谷石楠的，当人们询问她究竟是谷石楠还是谷石木时，她犹豫了一下。

"我是谷石木，我大哥呢？"

于是她成了谷石木，而且得知了"哥哥谷石楠"已经遇难，搜救队正在打捞遗体。

得到了谷石木的身份不代表着可以拥有他的一切，首先要解决的是谷石木的妻子，只要还在一起生活，她就无法把身份隐瞒下去，便以感情不和为理由硬生生地和她离了婚。

妻子虽对谷石木的行为百般不解，但她见谷石木态度坚决，便没有再挣扎，强忍着内心的悲戚办理了离婚手续，回了老家。

第二个障碍就是工作，她是有自知之明的，凭她的能力，只要一上课肯定会露馅，她无法胜任谷石木大学外语教师的职务，但如果辞职，化身谷石木的优势就会全部消失，无奈之下只得以病假的名义在家休养。

学校领导得知谷石木哥哥一家人的遭遇，也知道他为了救哥哥差点搭上性命，近期还离了婚。校长爱才，于是就找了老师顶替他的位置教学，特意批准了他的假，让他在家里休养一段时间。

在家休养过程中她有了重大发现，她在谷石木的书房发现了很多中国古代玄学方面的书籍和一些笔记。他不但精通两门外语，还喜欢钻研梅花易数、五行八卦等传统玄学理论，在诸多藏书中，她发现了一本《五行秘术》的玄学书。

也许是冥冥之中自有定数，她发现书里面居然有五行借尸还魂术，讲述的就是利用五行道术还魂的方法，这种东西在现代的科学体系下就是无稽之谈，要是她没有自己的经历也绝不会相信，但现在她却坚信这种事是存在的，因为她本人就是最好的例子。

恰好大学主管后勤的处长到了退休的年纪，按照规定，下一届处长需要竞聘上岗，在她的努力争取下，她成为了新的后勤处长，这份工作无论是对谷佳欣还是谷石木都是新岗位，所以上手有些生疏也不会被人怀疑。

在很长一段时间里，她介于谷石木、谷石楠、谷佳欣三人的身份来回转换，在后勤处长的位置上时，她变成了兢兢业业、勤劳奉公的后勤处长谷石木。回到家中后，她又重新变回她，穿上女装、化妆，在镜子前欣赏着自己，再趁着夜幕以谷佳欣的身份出门。在梦中，她又变成了谷石楠，那名心存愧疚的父亲。

在某种程度上，她已经无法分清自己究竟是谁，甚至有时候在工作的时候突然串了角色，让别人感到不适。

但无论变成谁，她内心中的那一缕执念是没有变的，就是她对蒋天一等人的恨。

爱一个人很难，恨一个人却很容易，因为让她失去所爱，这种恨在她的心里可以持续一辈子。

恨归恨，毕竟女人的心还是软的，她从未想过复仇的事儿，她每天要做的就是祈祷诸天神魔给这些恶人以恶报，直到有一天，她把五行秘术全部通读之后，她发现在某些程度上来说，秘术是行得通的。

信则有，不信则无。

她相信五行秘术是真的，也相信这些秘术能把她和他们剥离开，但这种秘术需要用五个人做祭品，辅以很复杂的符咒，最后用一具没有灵魂的躯体完成借尸还魂。

她第一时间想到了她的仇人们，既然需要用人的生命做祭祀，用仇人的最好不过了，但她也考虑过，一旦自己借尸还魂成功，父亲这具躯体势必会因触犯法律而被执行死刑。

让她打消疑虑的是她父亲出现的时间越来越少，在梦里她几乎再也看不到她父亲谷石楠的身影，出现更多的是五行借尸还魂术的用法，这就是人们常说的日有所思夜有所梦。

最令她惊讶的是，她发现自己的胡子越来越少，皮肤也开始变得白皙起来，声音渐渐地开始女性化。

时间紧迫，她必须要尽快完成这个法术，经过她的钻研后，她决定采用比较冒险的逆五行借尸还魂法。

正五行是相生原理，木生火，火生土，土生金，金生水，水生木。逆五行是相克原理，木克土，土克水，水克火、火克金、金克木。

在她所认识的仇人里，最合适的载体就是慕容雪。因为慕容雪本身是一名绝世美女，职业上又是一名大律师，年纪又和谷佳欣差不多。

谷佳欣开始收集仇人们的资料，从生辰八字到职业、家庭状况等等，到了最后，甚至她比他们自己还了解。

幸运的是，在她眼中的几名仇人正好凑够了五行之数，金木水火土！原本还有些犹豫的她，现在下定了决心，因为她坚信这是老天爷给她的机会。

但是在预演法术实施过程中她发现一个问题，五行借尸还魂术不但对人的属性有要求，地点有要求，而且在时间上也有要求，只有天时地利人和全部具备了之后才能一举成功。

慕容雪、孙青柏等人生活相对比较有规律，而且生活圈子相对比较简单，独自一人的时候比较多，抓捕起来相对难度较小，但蒋天一和武彦斌两人却不一样，几乎每天都会搞一场聚会，喝酒、唱歌之后就是男男女女之间的那些事儿，很少有一个人的时候。

至于刘大龙还没等到谷佳欣的计划实施，便惨死在杨红手里。而蒋小琴几乎身边不离人，很难从她的身上下手。

于是她只能等，等待一个机会。但她身上男性的特征越来越微弱，女性的特征越来越明显，她认为这是上天在给她发信号，要尽快实施法术，否则将会让她的身份曝光于天下。

在大学工作的好处之一就是拥有带薪的寒暑假。在这两个时间段里，除了一些必要的少量工作外，大部分时间是属于谷佳欣自己的。

她开始利用这两段时间接近她需要的这些人，以各种各样的身份接近他们，默不作声的文员、神情憔悴的保洁人员、努力推销的保险员、临街推车卖水果的小贩等等，只要有益于搜集他们的情报，她都会去做。

功夫不负有心人，机会果然来了。

武彦斌、蒋天一、张晓雪居然能凑到一起，武彦斌开始打张晓雪的主意，此时的蒋天一和母亲蒋小琴闹翻了脸，两人又策划出一起蠢得掉渣的绑架勒索计划。

而此时的谷佳欣正在蒋天一所在的别墅区兼职保洁，经过精心化装的她没人能认出来，没人想到这人竟然是大学后勤处的一名处长。

她的第一个目标是张晓雪。

当她看到武彦斌弄晕了张晓雪并施暴之后，她知道机会真的来了！


# 第四十六章　尾声


1540 年 Valerings 合成乙醚，1818 年 Faraday 发现乙醚的麻醉作用，1842 年美国乡村医生 Long 使用乙醚吸入麻醉给病人做手术成功，是用乙醚做临床麻醉的开创者。

他们的初衷都是为了消除手术的疼痛，为了更好地给病人治疗，但这些人从未想过，后世的人会利用乙醚来犯罪。

张晓雪被乙醚迷昏后受到武彦斌的侵犯。

谷佳欣早就在蒋天一的车上安装了定位器，她知道武彦斌不会轻易放过张晓雪，肯定会长时间侵害，一次又一次地侵害她。

谷佳欣就利用了这个时间，用租来的别克车来到蒋天一停车地点，用早已准备好的针剂救活了他，并将软弱无力的他劫持到他的新房子内绑了起来，随后她再回到别墅区，过了好一阵，才看到武彦斌心满意足地离开。

武彦斌虽说是纨绔子弟，又侵害张晓雪这么久，但身体素质还算不错，如果硬性实施抓捕，难度会很大。

谷佳欣虽说是男人的身体，却是女性思维，绝不肯做冒险的事儿，所以她决定第一个祭祀品是昏迷状态的水属性的张晓雪，然后是土属性的蒋天一。

谷佳欣在这个小区工作很久，对别墅区的情况了如指掌，顺利地回到别墅区后，轻而易举地躲开监控进入蒋天一的别墅中，轻松地杀害了张晓雪，完成了第一次祭祀。

杀害张晓雪的时候她犹豫过，眼前是一名如花似玉的大学生，即将毕业走向社会，她也有她的父母、亲人、男友、闺蜜等等，如果知道她死了，这些人一定会很伤心。但转念一想，她在遭遇车祸后，为什么没人这样为她着想！

她开始痛恨这些各怀鬼胎的人！

谷佳欣的心渐渐地硬了起来……

杀人这种事在正常人眼里是绝不可行的，但杀人犯却不一样，手上沾了第一滴血后，便像嗜血狂兽一般会把罪恶之手伸向第二个人。

其实完成五行借尸还魂术可以很简单，只要按照计划杀几个人就可以了，但谷佳欣知道刘天昊肯定会介入这起杀人案，她想起了当年的冤屈，想让世人看清这帮人的真面目，于是就有了想利用神探翻案的想法，所以她才费尽心机地弄出蒋天一绑架案，尽量引导神探查出源头的案子。

然而刘天昊的效率出乎了她的意料，因为五行借尸还魂术有时间限制，她只得继续作案，在刘天昊还没来得及查到线索时，她又杀害了蒋天一。

直到死的那一刻，蒋天一仍然没有任何改变，甚至恬不知耻地和谷佳欣谈条件，要她做他的女朋友，享受荣华富贵，因为此时谷佳欣已经化了装，完全变成了一个大美人。

蒋天一哪里能想到，这人竟然是一个大男人！

谷佳欣表明身份后，蒋天一才明白今天是必死之局，于是他又开始咒骂着，诅咒着谷佳欣一家人，结果自然能想象得到，愤怒的谷佳欣杀了他……

谷佳欣知道慕容雪手上有一份资料，是关于当年蒋天一醉酒肇事案的调查卷宗，所以她又引导着刘天昊走向慕容雪的世界，通过重重努力，让那份原本永远不见天日的卷宗得以重现。

她的下一个目标定的是武彦斌，但武彦斌却闻风躲了起来。

此时的世人还不知道张晓雪和蒋天一涉及的当年的那个案件，武彦斌却知道，他之所以能活下来，就是拥有足够的警惕性，当张晓雪死亡、蒋天一被绑架之后，他预感凶手很可能和当年的案子有关，而他作为证人之一，肯定也脱不了干系。

所以他躲起来并非为了躲蒋小琴，而是神出鬼没的凶手谷佳欣！

想不到的是，刘天昊按照谷佳欣故意留下的线索盯上了他，把他从他的秘密住宅里揪了出来，让他曝了光。

于是，他成了谷佳欣的第三个祭品。

武彦斌异常狡猾，做事没有任何底线，而且他一向都是为了自己活着，从不为任何人考虑，哪怕是父母也不行，他几乎没有弱点，唯一的弱点就是他的身体不算强壮。抓他的过程并不顺利，谷佳欣险些被武彦斌弄死，在抓到他之后，她决定用最严酷的刑罚来完成祭祀。

第四个目标是孙青柏，他就简单多了，因为他有牵挂，就是他的小儿子，轻而易举地利用他的小儿子让孙青柏自己给身上画了符咒，又诱惑他来到马路旁，再用电话指挥他茫然无措地前行，直到一台巨无霸的大卡车右拐弯……

……

刘天昊说到这里停了下来，看了看他。

他躺在病床上，手腕铐在床沿的铁架子上，他已经卸了妆，恢复了男人的面容，但依稀还能看到他骨子里透着女人的韵味。刘天昊和韩孟丹、虞乘风三人坐在病床旁边，虞乘风记录着。

"看来你知道的还真不少，大部分让你猜对了。可惜呀，就差一点，功亏一篑！这事儿怪不了别人，只怪我自己就不应该有让你帮着翻案的欲念。"他半躺在病床上叹了一口气。

"其实你的破绽很多，只是我们被一件件快速发生的案子牵着，所以才慢了一步，凶手有当过兵的经历，这一点从案发现场和你的住所就能得知，但谷佳欣和谷石木都没有从军，只有谷石楠有，另外，从案发现场发现的头发看起来是刚刚剪下来的，但实际上是数年前谷佳欣刚理完发就出了车祸，为了给头部做手术，就剪光了所有头发，作为父亲的你心很细，拿着头发为女儿做了一顶假发，却想不到女儿没用上，你自己倒是用上了。后来孟丹通过 DNA 检测，又结合虞乘风的侦查，才得出结论，头发属于多年前失踪的谷佳欣……"刘天昊说道。

"你说的都对，但也没用，都是马后炮！"他打断了刘天昊的话。

刘天昊不知道现在应该怎么称呼他，是谷佳欣、谷石木还是谷石楠，至少在法定身份上他现在是谷石木，但身体却是谷石楠的，而灵魂是谷佳欣的。

为了叙述方便，我们继续用"谷佳欣"来称呼这个人。

在刘天昊三人审问之前，出差赶回来的赵清雅约了许安然对谷佳欣进行了心理测试，测试完成后，两人都很惊讶，没敢当场下结论，去找赵清雅的老师商量结果去了。

慕容雪并没有死，洗去了身上的血迹符号后，经过医院详细的检查，身体没有半点问题，只是整个人不知为何变得浑浑噩噩，眼神呆滞，对外界刺激没有任何反应。

阿哲找来葛青袍，以探视的名义看慕容雪。为了不显得太扎眼，葛青袍换上了西装打了领带，和医生了解了她现在的状况后，才给慕容雪查看。看完后，他并没有说任何话，只是默默地叹了一口气，转身离去。

显然，葛青袍的结论是现代人所不能相信的，也是不科学的，就算他没说，阿哲也能猜得到，应该是五行还魂术起了作用，已经抹去了慕容雪原本的灵魂，但因为刘天昊等人的强力介入，谷佳欣的灵魂转移未能完成，所以慕容雪现在变成了行尸走肉。

一个人之所以能成为一个人是因为有灵魂，如果人的灵魂被污染了，充满了负能量，那这个人就要做坏事，如果人的灵魂充满了正能量，那么这个人就算不是伟人，也是一个比较优秀的人，但还有一种人，就像慕容雪这样，失去了灵魂，也只能叫行尸走肉，而不能称之为人了。

从西医的角度来看，慕容雪精神上受到了强烈的刺激，导致大脑功能受损，以至于失去了思维能力，属于功能性病变，凭借现在的医学技术，想医治好并不是件容易的事儿，好在慕容雪之前积攒了大量的财物，足够她无忧无虑地过完后半生，若是能等到医学发达的时候，说不定还可以复原。

葛青袍顺便看了看"谷佳欣"，脸上现出惊奇的神色后又是可惜的表情。谷佳欣对他的表现颇有意味地一笑，她看得出来，这人虽说是西装革履，却是同道中人，能看出他是与众不同的。

但葛青袍的理论只能是信而信，不信则不信，相信刘天昊等人不太可能相信这些事。

"你有没有想过让老法官充当第五名祭祀对象？"刘天昊问道。

谷佳欣微微一笑，说道："我原本的计划第五人就是我现在这具身体，别以为就你们懂法律，我也懂，别忘了，我是准备上研究生的谷佳欣！"

她的计划就是利用谷石楠的身体完成借尸还魂术，然后以慕容雪的身份继续生活，而谷石楠这具身体，将会被绳之以法，判处死刑。

刘天昊冷笑一声，正要说话，却被谷佳欣打断。

"我知道你要说的是什么，你想说的是我就是谷石楠，我得了严重的精神分裂症，因为思念女儿所以获得了女儿谷佳欣的人格，对吗？"

刘天昊抿了抿嘴，眼眉挑了挑却没说话。

赵清雅临走前还真说过这话，这人肯定是谷石楠，只是得了精神分裂症，多重人格，从目前的情况看，更加倾向于女性的谷佳欣，而且随着时间的推移，这种倾向会越来越严重，最后谷石楠和谷石木会彻底消失。

"其实我离开了父亲的身体后，这具身体也没用了，因为父亲和叔叔已经离开了，与其像慕容雪那样浑浑噩噩地生活一辈子，还不如死了好，被你们抓到也是枪毙，所以我就用这具身体当作最后的祭品。"谷佳欣下意识地用另外一只手撩了撩刘海儿，然而刘海儿的位置却没有头发。

细心的韩孟丹和敏锐的刘天昊都注意到了这点，心里也打了鼓，这人究竟是谁？谷佳欣还是谷石楠呢？

"如果不是你的莽撞，我现在已经以慕容雪的身份和你说话了，也许……"谷佳欣看着刘天昊的眼神亮了一下。

韩孟丹立刻朝刘天昊盯了一眼。刘天昊摊了摊手，表示无辜，同时打了一个冷战，毕竟眼前的是一具男人的身体，在世俗人的眼里，这就是男人！

"我知道你们不相信，开始我也不信，但在河水中逃出来之后，我就进入了这具身体里，这种事只有我自己知道是真的。"

刘天昊明白无论如何都无法说服眼前这位，所以也没有争论的必要，无论是精神分裂还是真的有借尸还魂，总之她杀了人，就要被法律惩戒！

"你们调查过我父亲，他连初中都没毕业，怎么可能会英语？"谷佳欣随后用英语背诵了几首很难的外国诗歌，又和韩孟丹进行了一段随机的对话，这些足够证明她的英语水平绝对不比正宗的英国人差。

在这个世界上，有很多事是难以解释的，眼前的谷佳欣就是一个很好的例子。但也有可能是谷石楠在精神分裂期间自学的英语，她自己不说，没人会知道她的语言能力是怎么来的。

"你是怎么让慕容雪乖乖地跟你走的？"韩孟丹还记得一直困扰着她的问题。

"每个人都有好奇心，慕容雪也不例外，我在大学时学的是英语，这点你应该调查过，我用英语和慕容雪沟通过，告诉她我是谷佳欣，她开始不信，当我展示了我是谷佳欣的所有证据之后，她有些相信了，慕容雪的好奇心很大，甚至超过你和王佳佳。"谷佳欣看向刘天昊。

"为了探索你的身份，所以她就和你走了？"刘天昊问道。

"没错，但她能跟我来并不是因为我身份这件事，而是我还魂还到了我父亲身上，这是获得永生的一条渠道，她是个心机很重的女人，听了之后不可能不动心。所以并不是所有的好奇都是好事儿，其实……我只是为了完成借尸还魂术而已，报仇这个段子太老土了，我想都没想过，只是恰好用到了他们的生命而已，如果带着报仇的念头，死的怕就不是这几个人了，蒋小琴、孙青柏的儿子我都有机会杀死他们，而且要是单单为了复仇杀人，我早就做了，没必要忍这么久。我只想好好地生活，本本分分地做一个女人！"谷佳欣说道。

韩孟丹正要再问，就见谷佳欣抢着说道："当你懂得了这个世界上所有人都不信的知识时，你会感到无比的孤独，而且当你离目标越来越近时，就会变得无比兴奋，可以疏忽一切的兴奋，我想，在这个世界上，也只有他能懂我吧。"

刘天昊第一时间想到了葛青袍，如能懂她，也只有葛青袍了。

"其实一个女人的灵魂困在一个男人的身体里真的感觉不好，你们没经历过，自然感受不到。"

"无论怎样，你杀害了四个人，会受到法律的严惩。"刘天昊说道。

"谢谢你刘警官，虽然我的计划失败了，但我真心感谢你能把当年的案子翻案。"谷佳欣说完后，冲着刘天昊眨了眨眼，随后翻过身去再也不说话。

……

关于谷佳欣是否有精神分裂症，许安然和赵清雅得出的结论是惊人的，在两人的多项测试中，谷佳欣都顺利通过，精神分裂症患者她们见多了，可没见过这么完美的，要是谷佳欣的身体不是男人的身体，她的精神状态是没有一点问题的。

至于她身体开始越来越女性化的原因也查到了，因为他的睾丸有了病变，无法产生雄性激素，而生活中大量食物中含有雌性激素，造成了他女性特征成了显性特征。

因为赵清雅和许安然的鉴定结果，谷佳欣或者说是谷石楠并未被判决死刑，而是终身监禁。

慕容雪转到一家专门治疗精神疾病的私人医院进行治疗，慕容霜也从蒋小琴处辞了工作，专心陪伴自己的姐姐。刘天昊、许安然、赵清雅成了医院的常客，刘天昊关心慕容雪并非惦记她的人，而是她记忆中的NY五号案件的细节。

许安然和赵清雅自然关心的是她的病情，这种情况在医学界很罕见，究竟是利用法术清空人的灵魂还是利用了药物？在慕容雪失踪的这段时间，她的身上发生了什么，让她有了这么大的变化？

可惜的是，慕容雪的情况一直没有好转，一切成谜！

……

案子已经告一段落，但对于人性的思考却只是刚刚开始。

如果在蒋天一醉酒肇事案中，人们的心思能正能量一些，或者说这些闲得屁股疼的富二代别视法律于不顾，或者是中间人孙青柏等人心术正一些，蒋小琴和刘大龙等人不要为富不仁，就不至于弄出当年的冤案出来，也就没有后来的谷石楠一家人的悲剧，也就没有了现在的案子。

世界上没有那么多如果，只能从现在开始做起。

……

NY市的春天是温暖而惬意的，苍凉之意慢慢隐退在红花绿叶之间，人们在公园、野外肆意地享受着柔和的阳光、带着泥土清香的青草、新鲜的空气，欢声笑语充斥着每一处。

在一处相对隐蔽的公园角落里，一个男人戴着鸭舌帽巧妙地隐藏在树荫里，眼睛警惕地盯着一群跳广场舞的大妈，他的目标却不是跳舞大妈，而是小广场上几名穿着警服做询问记录的警察。

男人是刘天昊，他的脸上有一块淤青，嘴唇也破了一处，鲜血不停地顺着伤口渗出来，当一名大妈指着刘天昊站里的方向指了指，两名警察立刻向树下看过来，随后从腰间掏出手枪上膛，朝着刘天昊所在的方向摸来……